MW01539391

LOM PALABRA DE LA LENGUA YÁMANA QUE SIGNIFICA SOL

Díaz Eterovic, Ramón
Letras rojas: Cuentos negros y policiacos [texto impreso] /
Ramón Díaz Eterovic. – 1ª ed. – Santiago: LOM Ediciones,
2009. 264 p.: 14x21,6 cm.- (Colección Narrativa)

I.S.B.N.: 978-956-00-0112-2

1. Cuentos Chilenos I. Título. II. Serie.

Dewey : Ch863 .– cdd 21
Cutter : D5421

Fuente: Agencia Catalográfica Chilena

Diseño, Composición y Diagramación:
Editorial LOM. Concha y Toro 23, Santiago
Fono: (56-2) 688 52 73 Fax: (56-2) 696 63 88
web: www.lom.cl
e-mail: lom@lom.cl

Impreso en los talleres de LOM
Miguel de Atero 2888, Quinta Normal
Fonos: 716 9684 – 716 9695 / Fax: 716 8304

Impreso en Santiago de Chile

Ramón Díaz Eterovic
(compilador)

Letras rojas
Cuentos negros y policiacos

narrativa

LOM
EDICIONES

CUENTOS NEGROS Y POLICIALES

Desde hace un buen tiempo a esta parte, la narrativa criminal –negra o policial– se ha reinstalado en el panorama de la literatura chilena como un género ideal para explorar los trasfondos de nuestra sociedad y las pasiones e intereses que en ella se mueven. Enigma y retrato social se han unido para dar nuevos aires a esta narrativa que cuenta con adeptos en todo el mundo y que hoy en día constituye un buen reflejo del funcionamiento social y de los sentimientos que motivan algunas conductas individuales. En este marco se insertan los cuentos de la presente selección que, sin afán antológico, pretende ser una muestra de las expresiones del género criminal en Chile, desarrollado de manera constante o esporádica por los distintos autores seleccionados.

"Letras Rojas" tiene un nexo con una anterior selección de cuentos policíacos realizada por el mismo compilador –"Crímenes Criollos"– en la que se recogieron cuentos vinculados al origen del género criminal en Chile, de autores como Alberto Edwards, Luis Enrique Délano y L. A. Isla. En la presente muestra, el nexo con la anterior publicación está dado principalmente por los cuentos de René Vergara, Poli Délano y Bartolomé Leal, correspondiendo el resto a autores de promociones más recientes o a textos que se han dado a conocer en los últimos años, lo que no hace más que ratificar el interés que esta narrativa despierta actualmente en muchos escritores y escritoras.

Los autores que se recogen en esta muestra dan cuenta de la narrativa criminal como una expresión que privilegia el desarrollo de historias cotidianas, próximas a la sensibilidad de los lectores, y de la intención de sus autores de darle una calidad literaria que la proyecten más allá del simple y tradicional juego deductivo. Estos textos son una respuesta a las manifestaciones de la violencia, visible o subterránea, que existen en nuestra sociedad, constituyéndose en un espejo en el que se refleja la confusión del hombre enfrentado a una realidad que cada día le es más agresiva y ajena. Junto a lo anterior, son textos que sin duda llamarán la atención de los lectores por las atractivas historias que presentan y porque en su conjunto permiten apreciar el desarrollo de la narrativa criminal chilena.

RAMÓN DÍAZ ETEROVIC

Su sonrisa en el refrigerador

GABRIELA AGUILERA[1]

La recordó como la había visto esa tarde de primavera, cuando venía de cumplir el turno en la posta. Ella caminaba por el sendero del parque y luego de titubear se sentó en un escaño, justo debajo del pruno en flor.

Adolfo era miope y tras las gafas de cristal grueso, pudo delinear la mancha delgada de su silueta, el movimiento lento de su pierna derecha al montarse sobre la izquierda, el abandono con que ella dejó la cartera a un lado. Se acercó pareciendo confiado, sintiendo que el estómago se le apretaba en un nudo frío. Le preguntó si podía sentarse en ese banco y ella dijo que sí, pero tardó apenas unos minutos en ponerse de pie y marcharse. Apenas unos minutos en los que Adolfo pudo observarla, deteniéndose en el detalle de su nariz con pecas, de los labios que destacaban sobre la piel con un color rosado natural, ligeramente húmedos, terminando en unas comisuras de líneas ascendentes.

Cuando ella se fue, Adolfo se quedó sentado en el banco. Imaginó esa boca como si la tuviera enfrente. Una boca de tamaño justo, levemente entreabierta, algo prominente en el centro, sin arrugas profundas, sin pliegues, sin piel descamada, sin maquillaje. Pensó en los labios desplegándose a lo largo de unos dientes pequeños, muy blancos, sin manchas. Unos labios de tejido terso y suave, hechos para acariciarlos con los dedos,

---

[1] Antropóloga y escritora. Ha publicado *Doce guijarros* (1976), *Asuntos privados*, (2006), *Con pulseras en los tobillos* (2007) y *En la garganta* (2008). Ganó el segundo lugar en el Concurso de Cuentos Eusebio Lillo (1993), obtuvo nominaciones en el Concurso de Cuentos Eróticos de la Revista *Caras* en 2004 y 2005. Ganó el segundo lugar en el Concurso de Cuentos de la Municipalidad de Peñalolén (2005) y fue nominada en el Concurso Jacinto Benavente, en España, el mismo año. Sus cuentos han aparecido en diversas antologías de Ergo Sum y en la antología de microcuentos eróticos de mujeres latinoamericanas, *Microscopios eróticos* (España).

para recorrerlos con la lengua, bosquejándolos de lado a lado, sintiendo las protuberancias de los montículos del centro. Labios hermosos, construidos, pensados para sonreír, para besar, para envolver palabras dulces.

La imagen de otros labios le saltó a la mente; unos labios delgados, abriéndose para aprisionarlo entre sus músculos, labios que cubrían su boca en un beso mojado con sabor a alcohol y cigarrillo; unos labios de los que quería huir, que no deseaba que se le acercaran, que le producían asco, que lo avergonzaban; unos labios hechos para insultarlo y recorrerlo en el silencio de la noche, cuando tenía miedo y se ovillaba en su cama de niño solo, huérfano de padres y de amigos. Esa boca que se abría en una sonrisa de dientes saltados que aún lo perseguía en las pesadillas.

Cerró los ojos y estiró las piernas. Una brisa lo despeinó y se le metió bajo los pantalones.

Ese día había empezado a seguirla, a recorrer el parque calculando las horas en que ella pasaba por ahí. Varias veces intentó iniciar una conversación, utilizando el delantal blanco para imitar el aplomo y la indiferencia que veía en los médicos. Varias veces se le atravesó en el sendero, fingiendo que se tropezaba, afirmándose los lentes y echándole la culpa a la miopía, con la intención inocente de rozarla y escuchar su voz. Pero más que nada, para encontrarse con su boca, que se abría al principio en una sonrisa condescendiente y luego modelaba una frase de disculpa.

Adolfo se dio cuenta de que ella no deseaba relacionarse con él. En cada ocasión en que quiso hablarle, articuló unas frases comunes y corrientes y se fue. Pero con el tiempo, cuando se tropezaba con ella, la muchacha ya no sonreía ni decía nada. Apenas fruncía los labios y apuraba el paso, sin detenerse ante el banco bajo el pruno, donde él la esperaba. Adolfo supo que estaba asustada, porque la vio tomado otros caminos, cruzando el parque con rapidez, mirando hacia atrás a cada momento. Supo que jamás llegarían a algo, ni siquiera a ser amigos. Ella dejaría de pasar por el parque y cambiaría sus rutinas. Nunca más podría verla sonreír.

Adolfo se sobrepuso al golpe. Durante semanas la acechó, siguiéndola, esperándola, soñando con su sonrisa, pensando todo el tiempo en cuánto deseaba tener esos labios para sí. Con cuidado, averiguó dónde vivía, dónde trabajaba, con quién salía. Ella nunca lo sospechó, tal vez porque pensaba que él era solo un tipo raro que circulaba por el parque. Quizá lo presintió en una oportunidad, cuando volvía de la casa de su madre o de quien creía Adolfo que era su madre. La muchacha caminaba a ritmo parejo el trayecto de dos cuadras entre el paradero de la micro y el edificio en que vivía. De repente se detuvo, con las manos en los bolsillos de la chaqueta, tensa, respirando agitada. Adolfo, desde la esquina, la había visto darse vuelta y mirar a su alrededor. La adivinó escuchando, escuchándolo a él, oliéndolo a él. Y tuvo miedo. Si ella lo sorprendía en ese momento, todo estaría perdido. Pero no. Alguien abrió una ventana y después la cerró. Y ella siguió andando luego de una vacilación, apurando el tranco y desapareciendo en la entrada del edificio.

Adolfo supo que no era prudente esperar más. Debía tomar la delantera. Lo planificó para el sábado siguiente. La esperó agazapado en la esquina de la calle desde que la muchacha salió, a las diez de la noche, hasta las cuatro de la mañana cuando regresó. La vio bajarse de un auto en el que venían otras personas, de las que se despidió entre risas.

Mientras ella buscaba la llave en su cartera, Adolfo se acercó rápido. No hubo gritos, arañazos, resistencias o testigos. El cuchillo se abrió paso entre las ropas de Adolfo y se deslizó sobre el cuello de la mujer, que quedó laxa entre sus brazos. Cuando la soltó, ella se desplomó sobre las escaleras de piedra.

Adolfo fue meticuloso. Sabía lo que debía hacer y lo hizo. Los movimientos fueron finos y cuidadosos, prolijos. Desplegó el bisturí como si fuera un pincel y luego caminó a paso normal calle abajo, sin preocuparse del cuerpo ensangrentado que dejaba atrás.

Ahora estaba en su departamento, trabajando en la mesa de la cocina, atento a la lámina que había sacado del hospital y que estaba pegada en la pared. Cuidaba de no ensuciar, de retirar el exceso de piel, de cortar con meticulosidad los restos de orbicular, de los cigomáticos, del risorio, sin torcer la línea de los tejidos y de las fibras musculares.

Tomó distancia y contempló la obra, satisfecho. Sonrió demorando el movimiento de sus propios músculos faciales, pensando con exactitud en lo que le estaba ocurriendo en el rostro, en la forma que se levantaban las comisuras de su boca.

Abrió el refrigerador y puso dentro el plato blanco con esos labios recortados, alargando con limpieza el gesto suave de esa sonrisa que le pertenecería para siempre, solo a él y para él. Una sonrisa perfecta, secreta, conformada en esos labios sin rostro, que se perdieron en la boca oscura del refrigerador cuando Adolfo cerró la puerta.

Disparos sobre el espejo

Carlos Almonte[2]

¡Pues está soñando contigo!, dijo Tarari, palmoteando con gesto
triunfal. Y si dejara de soñarte, ¿dónde crees que estarías?

Lewis Carroll

Uno

Esta vez ella decide no escucharlo. Sean Penn le habla de un
estado de gracia y su elegante chaqueta luce escuálidas manchas
de sangre y whisky irlandés. La muchacha sale del departamento
sin siquiera despedirse. Le da la espalda y le cierra la puerta
en las narices. Ya no importa haber pasado la noche juntos, ni
sus hermosos senos apuntando al cielo, ni el suave vaivén de
sus caderas.

No, ya nada importa. Él sabe que lo que le espera es la muerte.
La de él, o la del grupo al que enfrentará, un velado desfile de
irlandeses, todos ebrios y eufóricos, gritando obscenidades en
contra de la policía o de quien se les cruce por delante. Es un
día soleado, pero Sean debe internarse en callejones menos
concurridos, solitarios y polvorientos, rumbo al bar que también
es el refugio de su ex jefe de pandilla. En cuanto Sean abre la
puerta, comienzan los disparos. La balacera es interminable; los
impactos van a dar en cada sitio imaginable, incluso en medio del

---

[2]   Santiago, 1969. Tiene estudios de literatura en la Universidad de Chile y diplomado
en Cultura Árabe e Islámica, de la misma Universidad. Ha ejercido como académico
de la Universidad Andrés Bello y participado en diversos talleres. Editor de la Revista
Descontexto, de diversas antologías poéticas y narrativas, y de los sitios web Archivo
Bolaño y Blog Descontexto. Sus artículos, cuentos y poemas han sido publicados en
diferentes revistas y periódicos en Chile, Argentina, México, Perú, Brasil, Uruguay y
España. Ha escrito la novela *El frío atardecer de los reptiles*; la colección de cuentos
Antología visceral, ficciones dentro de ficciones, y el libro de poesía *Flamenco es un
sueño* (2008).

televisor, que expulsa luces de colores y sonidos quejumbrosos, señales irrevocables del final.

Dos

Me fastidio al no poder seguir viendo la película. Ejecuto gestos de desprecio y reclamos silenciosos, pero los demás siguen concentrados en lo suyo. Tomo una botella del mostrador y salgo a la calle. Cruzo un largo puente colgante, con calzadas interiores para evitar a los suicidas. Camino por el borde exterior, sin hacer caso de los autos que me alumbran insistentemente con sus focos. No quiero llegar de frente al desfile ni encontrarme con ninguno de ellos.

Entro en otro bar, aún más vacío que el anterior, y descubro que la televisión muestra la película que estaba viendo antes. Me siento y pido un whisky. Me concentro en las imágenes y reconstruyo la historia que he visto una docena de veces. Sean Penn aún no ha muerto, lo que me hace beber el whisky de un trago y pedir otro de inmediato... *Hoy beberé al estilo irlandés*, me digo con respeto solidario. Pero enseguida ocurre algo que altera mis planes. Una jovencita adolescente se levanta y avanza rumbo a la televisión. En no más de tres segundos sintoniza un canal de videos musicales, en donde se ve a un hombre correr semidesnudo por el campo, seguido de unos cuántos perros mal alimentados que, luego de unos segundos, salen de su propio cuerpo. Y cuando le voy a decir a la muchacha que vuelva a poner el canal anterior, oigo los aplausos de los demás... *Por fin cambiaron esa porquería*, fue la conclusión unísona.

No cabía duda, me perdería el gran final. *¡Qué mierda!* En un segundo me levanto y, con un gesto de desprecio, lanzo unos billetes sobre la mesa y salgo, dando un portazo tan fuerte que por poco no hace caer los anaqueles. *Eso habría estado bien, dejarlos sin su maldito alcohol*, pensé; tal como Sean botó las botellas de ese italiano bastardo renuente a los pagos semanales. Pero no sucedió, y tal vez fuera mejor. Cabía la posibilidad,

12

mínima pero existía, de que volviera más tarde al mismo bar. Era día de desfile y la mayoría de los negocios estaban cerrados. *¡Estúpidos! Los bares deberían estar siempre abiertos, por ley, las veinticuatro horas del día, tal como las iglesias o los hospitales.*

Al salir llamé a algunos amigos, pero no encontré a nadie en casa. Solo conseguí entenderme con contestadores automáticos y mujeres ocupadas. Llamé a Clara, pero tampoco contestó. Debía estar aún en su trabajo, o tal vez en una cita. Ya eran las nueve, doce horas habían transcurrido desde el portazo y despedida en la mañana. El desfile había pasado, pero aún quedaba algo de ánimo festivo y familiar en las calles. Me encaminé hacia el puerto. Todavía tenía una botella en el bolsillo que bebía con apuro. Los letreros se movían al compás de mis ojos, abriéndose y cerrándose. La gente caminaba por la calle como si cargaran con el mundo a sus espaldas. Sus movimientos pétreos, torpes, casi inexistentes...

Dudaba de la escasa realidad cuando, producto de una acción seguramente divina, escuché a alguien gritar mi nombre. Me di vuelta y vi que, desde la otra acera, Kayser me hacía gestos para que me acercara. Lucía como siempre, es decir, como si no se hubiera bañado en una semana... *Vamos, Kayser, cruza tú,* le dije mediante gestos; no tenía fuerzas para gritos. Pero el Gordo insistió en que me acercara, indicándome con su mano una raída puerta metálica. En mitad de la calle la botella me dio su última gota y, antes de llegar al otro lado, la estrellé contra el poste más cercano. Kayser me saludó con inusitado afecto y me invitó a tomar una copa en su bar. Le pedí su teléfono celular y antes de entrar llamé por segunda vez a Clara. Necesitaba explicarle algunas cosas, pero más que nada quería hablar de lo que fuera. Dejé un mensaje en su contestador: *Si quieres llámame en la mañana, cuando despiertes. Si no, está bien. En realidad lo que quería decirte, en pocas palabras... Lo que sucedió el otro día, no sé, fue extraño, no me refiero al reencuentro, ni a los cuatro años en los que ambos creímos olvidarnos, pero... El semáforo indica verde. Adiós.*

13

Ya en el interior, Kayser saludó a su chica tomándola del cabello. En una mesa conversaban Franco, David y los demás. También estaba Leo, el grandote al que le gustaba jugar con los cuchillos. Me senté junto a Fernando, o Feno para los cercanos, y Kayser se acercó hasta la barra para pedir por mí. El Gordo dejó sobre la mesa una botella… *Irlandés*, me dijo al alejarse, guiñando uno de sus ojos. *Luego llegarán las chicas*, comentó Feno casi en total silencio. Fue el momento que escogí para decirle, al oído, que alguien quería matarlo y que tal vez se tratara de su propio hermano. Le recomendé que se cuidara y le recordé mi lealtad a toda prueba, pero Feno solo me miró con incrédula ternura. *Ya estuviste viendo tus películas de gangsters. ¿Por qué mejor no llamas a la Rubia?, tal vez aún quiera ser tu amiga.* Y como si lo hubiera tenido pensado desde antes, comenzó a cantar una versión de *Like a virgin* tan desafinada, que desde las mesas vecinas le pidieron que se callara. Aunque solo consiguieron que elevara el volumen de la voz y se subiera arriba de la mesa, imitando los peores gestos de la Rubia, indicándome con el dedo y posando su mano en la entrepierna.

Pensé que no era tan mala idea la de llamarla. Después de todo, nunca se sabe. *No sé, dicen que tuvo un hijo, que se casó, quizás después…* Feno volvió al suelo y besó en la cabeza a un sujeto calvo que le tendió su mano en señal de amistad. *Eso fue para ti, querido amigo*, le escuché decir, antes de concentrarse en su vaso de bourbon, ya en las postrimerías.

Tres

A partir de entonces el tiempo transcurrió en intervalos erráticos. Ni siquiera me molesté en preguntar la hora. Por eso no puedo decir cuánto tiempo estuve ahí dentro. Pudo haber sido un día entero, dos horas o unos minutos. Lo cierto es que, en algún momento, salí a la calle y caminé sin saber a dónde ir. Por tercera o cuarta vez crucé el puente y recorrí la avenida principal de punta a cabo. Busqué cigarrillos en mi abrigo y encontré el teléfono de Kayser. Lo usé para llamar a Clara que esta vez sí contestó. *Escuché tu mensaje hace un rato. Pensaba llamarte en la mañana. ¿Estás borracho? La verdad es que ahora estoy un poco ocupada. Adiós. Sí, sí, sí, adiós...* Ella era así. Un día amaba con el alma, al siguiente odiaba todavía más y al siguiente todo le era indiferente. Pero, ¡qué más da! No podía reclamar, yo era exactamente igual.

Me devolví al bar de Kayser para devolverle su teléfono y para ver si Feno aún seguía ahí. Sin embargo una sensación extraña me recorría. Una sensación de vacío; una tristeza moderada que no alcanzaba a hacerme daño pero que me impedía sentir a gusto. Tal vez por eso sentí alivio al ver el sucio neón del bar de Kayser pestañeando sobre la entrada.

Apenas nos cruzamos, Kayser me abrazó y dijo estar feliz de verme de vuelta. *Te tenemos una sorpresa,* dijo con un aire de misterio que me pareció ridículo. Sin hacer caso de sus palabras, me acomodé en la mesa junto a Feno, quien me preguntó algo sobre el baño. Ya estaba demasiado ebrio y ni siquiera había notado mi ausencia. Agregó que el show de esa noche iba a estar excelente, que me quedara a su lado porque debía hacer un *estudio de reacciones.* Kayser, con su solicitud acostumbrada, depositó en mis manos un vaso de whisky, y soltó en mi oído una frase muy larga, de la que no entendí ni una sola palabra. Quizás estaba hablando en idioma nativo, o quizás no quería que lo entendiera. Quizás yo estaba demasiado ebrio. Lo cierto es que en pocos segundos se abrió la cortina que daba al escenario y apareció la Rubia, en todo su magnífico esplendor, vestida de blanco inmaculado, tal como la primera noche que bailamos, hace años ya. *Quiero regalarle una canción a una persona muy especial,* y enseguida comenzó a quitarse la ropa y a cantar. Feno me miraba de reojo y mascullaba, mientras yo intentaba poner cara de sorpresa, pero la verdad es que estuve lejos de conseguir siquiera algo parecido. Más bien estaba atónito. Miraba a la Rubia con alegría, eso sí, recordando algunas noches y mañanas en que escuché su voz desde muy cerca. Entre una canción y otra, Kayser dejó caer un papel en frente mío. No dijo nada, ni me hizo ninguna seña. La letra de la Rubia decía simplemente: *"como siempre, quiero besarte en París"*.

El resto de la noche me aparece como escenas de algún film teñido en blanco y negro. Kayser iba y venía trayendo botellas, vasos y cubos de hielo. En un momento me levanté para ir al baño y, gracias a los intrincados recovecos del bar, llegué hasta el camerino de la Rubia. La sorprendí desvistiéndose. Dijo algo que olvidé al instante y me invitó a pasar. No recuerdo si fue ella quien me besó, o tal vez fui yo quien tomó uno de sus senos. Lo cierto es que, casi a oscuras, solo la luz de una vela acompañó sus gráciles movimientos sobre el espejo. *Quiero besarte en París*, dijo de nuevo, una y otra vez. Era lo único que escuchaba, su voz y su boca dando mordiscos. *Quiero besarte en París. Hoy vine acá, porque quiero besarte...* La Rubia sabía lo que hacía, y lo hacía bien. Como fuera, cuando fuera y donde fuera, siempre terminábamos estando juntos.

En un momento de relajo aproveché de encender una pequeña televisión, a un costado de la alfombra. Sean Penn seguía disparando a diestra y a siniestra. Ella dijo que amaba a ese tipo. Yo le contesté que me caía bien. *Él sí sabe lo que hace*, y dejó caer sobre mi cabeza su cabello, que de nuevo usaba largo, a lo Marilyn Monroe. Le dije que le quedaba bien, que era así como más me gustaba. *Da lo mismo, Sean*, contestó sin pensar en lo que oía. *Dime que eres él, como antes. Yo te digo lo que quieras. Anda, dime que eres él, dímelo...* La Rubia estaba nuevamente sobre mí. Le dije que la amaba, que aún la amaba, pero no escuchó. Le subió el volumen a la televisión, y entre el ruido de las balas gritó un par de obscenidades, levantándose y dejándose caer. Me pidió que la acariciara entre las nalgas. Me pidió más fuerza. *Haz como que me disparas*, dijo gritando, y juntando dos dedos comenzó una balacera interminable, en contra del espejo, de la puerta, de mis ojos. *Dime, Sean, dime que eres él*, apuntaba y disparaba, quejándose a dos centímetros de mi oído. *Anda, dímelo...*

Pero esa noche no quería ser Sean Penn. Esa noche quería ser yo mismo, y no le dije ni una sola vez quién era, o quién quería que fuera. Tampoco realicé disparos imaginarios y tampoco me moví. Ella lo hizo todo: las subidas y bajadas, las caricias, los gritos... Murmuró agitada. Me cantó al oído. *Algo te sucede, Sean, esta noche estás extraño*, me dijo una vez que estuvo a mi lado, todavía desnuda... Displicente, toqué uno de sus senos y le dije que no se preocupara, que haría para ella mi mejor actuación, pero no en ese momento. Que no quería ser alguien que no era, que no quería representar a nadie, que me perdonara. Y cuando me aprestaba a una reacción furiosa de su parte, la Rubia me sorprendió haciéndose la tierna. Me dijo al oído que había estado como siempre, o mejor quizás. Que a quien amaba era a mí y no a un tipo disparando en la pantalla, que siempre estaría en su corazón. Luego se acurrucó en mis brazos e hizo como que dormía.

Ella sabía cómo enamorarme. Era tal vez la única que lo sabía, pensé con preocupación. *Vamos*, le dije, *vístete y vayamos a mi departamento. En algún lugar debo tener todavía... No sé, debo hacer una llamada... Te amo y siempre lo haré, aunque no lo entiendas, o no te importe. Hace cinco días te vi corriendo por la calle, cerca de un cine... ¿Sabes lo que pienso? Podría cubrirte de flores esta noche, o de balazos...* Y sabía que mientras más le hablaba más la amaba, pero también sabía que nuestro destino era inevitable. La Rubia me miró con ojos de no entender, aunque ambos sabíamos que entendía perfectamente. *Eres un maldito loco, ¿sabías?*, me dijo con una dulzura que llegó hasta el infinito. Aún así, sentí el apuro y, besándola una vez más, le dije que debía irme, que podía acompañarme; aunque sabía de antemano que no lo iba a hacer, de todas maneras se lo dije, porque sabía que era lo que me gustaría que hiciera, aunque si lo hiciera, tal vez ya no me gustaría. *¡Bah, quizás sí sea un maldito loco!*, me oí balbucear en voz baja. La Rubia se preparaba. Debía cantar de nuevo. Y ante mi desconcierto, explicó que debía hacerlo, que después de la actuación iría donde yo estuviera.

De un momento a otro, me quedé solo en su camerino, acompañado de una botella de whisky casi vacía, una línea sobre el espejo y la ropa que la Rubia había usado en la primera parte de su show. Como por instinto, saqué el revólver y apunté con cuidado exagerado. Apenas un poco de luz, que entraba por la pequeña abertura de la puerta, me indicó que el círculo apuntaba directamente hacia mi frente. Comenzó la música, una música triste y vacía como esa noche. La Rubia cantaba quejumbrosa sobre el escenario, rodeada de ebrios que la admiraban y deseaban. La mano ya no me temblaba y los pulsos del corazón me habían bajado al mínimo. Solo había una bala. Apreté el gatillo. Apreté por segunda vez. Por tercera... Pero mi sorpresa fue tan grande que no quedó tiempo para pensar. Escuché la voz de Feno, y a los demás aplaudiendo y silbando. Y concluí que no era el momento o que, al menos, no estaba tan seguro de que sí lo fuera. Feno pidió a gritos mi canción favorita, mientras yo caminaba directamente hacia su mesa, en donde había un vaso servido para mí. Vi que la Rubia se sonrió y comenzó otra canción. *Esta es para ti*, gimió, y sus manos se recorrieron por entero.

Miré hacia el techo, y ahí estaba, todavía estaba, reflejándome en el acero de uno de los focos dirigidos a la Rubia. Y ya sin pesadumbre le dije a Feno que el inicio de todas las cosas era el final. Que no importaba quiénes fuéramos ni lo que hiciéramos, el inicio era el final, siempre era el final.

Preparaba la segunda parte del discurso cuando la imagen de cuatro tipos entrando al bar me sobresaltó. Uno de ellos llamó a Feno por su nombre y recién entonces comprendí el real destino de esa noche. Toqué mi costado, comprobé la presencia del revólver y respiré, aliviado de no haberlo dejado olvidado en el camerino. Lo saqué por debajo, disimuladamente, aún observando a la Rubia que seguía cantando, y le quité el seguro. No tenía tiempo de cargar, pero una bala era suficiente.

Feno miró a su hermano, apoyado sobre la barra con un vaso entre las manos, y mientras éste le regalaba un gesto parecido a una sonrisa, la perfecta melodía de los disparos comenzó a sonar... *I wanna kiss you in Paris. I wanna run naked in a rainstorm. Wanting, needing, waiting for you to justify my love...*

El asesino de pájaros

ROBERTO AMPUERO[3]

Para Ximena Lucrecia

Fuimos a consultar al detective la misma mañana en que encontré vacío el nido de los zorzales. Hasta la tarde anterior piaban allí, en el níspero del pasaje de nuestra casa, tres pichones escuálidos y más bien feos, cubiertos de motas de algodón en lugar de plumas. Alguien nos los robó durante la noche. Por la mañana los padres revoloteaban y trinaban desesperados alrededor del nido. No hay gato en el barrio que pueda encaramarse tan alto, de eso estaba yo seguro. Intacto se veía el nido y en el pasaje no quedaba huella de los pichones. Nada, ni gotas de sangre, ni una patita olvidada, ni una pluma, ni siquiera el pico de los pobres zorzales que no cumplían una semana de vida.

–¿Sí? –preguntó el detective cuando nos abrió la puerta de su oficina, con un puro en la mano. Ignacio y yo habíamos llegado hasta el último piso del Edificio Turri en un ascensor de jaula que se desplaza silencioso por rieles bien engrasados. Luego habíamos subido a pie el último tramo de escaleras que conducen al entretecho, donde trabaja el detective.

–Vinimos porque necesitamos que nos resuelva un caso –le dije de sopetón.

Nos quedó mirando con extrañeza a través del humo y las dioptrías de sus gafas de marco negro. De adentro venía una

3   Valparaíso, 1953. Ha publicado las novelas *Los amantes de Estocolmo*, *Pasiones griegas* (2007) y la ficción autobiográfica *Nuestros años verde olivo* (1999). Además es autor de la saga del detective privado Cayetano Brulé, que incluye *¿Quién mató a Cristián Kustermann?* (Premio de Novela de Revista de Libros, 1993), *Boleros en La Habana* (1994), *El alemán de Atacama* (1996), *Cita en el Azul Profundo* (2003), *Halcones de la noche* (2005) y *El caso Neruda* (2008). Es también autor del volumen de cuentos *El hombre golondrina*. Sus obras son publicadas en todos los países de América Latina, en España, Alemania, Croacia, China, Francia, Italia, Grecia, Brasil y Portugal. Vive actualmente en Estados Unidos, donde es académico de la Universidad de Iowa y enseña escritura creativa y literatura latinoamericana.

canción tropical, un bolero, diría yo, cantada por una dulce voz masculina. El detective era macizo, con un bigote de pirata del Caribe y vestía una camisa de mangas largas con cuatro bolsillos e hileras de botoncitos blancos.

–¿Qué tipo de caso? –preguntó.

–De unos gatos –dije.

–¿De unos gatos? –repitió–. A ver, mejor pasan y me explican de qué se trata.

El despacho era pequeño y con tres ventanas amplias. Una daba al Pacífico, la otra a los cerros y la tercera al barrio del Barón. Olía a café y a tabaco allí, también a brisa marina, porque las ventanas estaban abiertas de par en par. Nos ofreció unas sillas de madera, altas y de respaldo duro, y nos sentamos frente a su escritorio. Mis pies no alcanzaban el piso de tablas y lo mismo le ocurría a Ignacio, que además había perdido la voz, impresionado de ver a un detective de verdad. El hombre se acomodó detrás del escritorio atestado de carpetas y papeles en desorden, donde sobresalían, como la cima de un iceberg, una máquina de escribir y un teléfono antiguo, enlazó las manos y nos miró con ojos cansados.

Le contamos la historia. Que del nido que había en nuestro pasaje, un pasaje estrecho y húmedo que mira hacia la bahía con los barcos de carga en el muelle y los de guerra atracados al molo, y también hacia los edificios del plan de la ciudad y las casas de los cerros vecinos, que tienen colores vistosos y pilares para empinarse en las laderas, en fin, que de ese nido habían desaparecido los tres zorzales que aun no aprendían a volar.

–¿Y qué quieren que haga yo? –nos preguntó.

–Que investigue quién nos los robó, pues –afirmé yo.

–Pero...

–¿No es usted detective privado acaso?

–Claro que lo soy –masculló él tras impulsar el humo contra la ventana que daba al Pacífico. El bolero terminó en ese instante y el silencio volvió al despacho.

–¿Entonces? –pregunté.

–Uhm, es que este asunto…

–Afuera dice que para usted no hay caso desdeñable –atinó a agregar Ignacio.

El detective se puso de pie, se acercó a la hornilla eléctrica instalada a su espalda, donde había una cafetera de aluminio, y vertió café en una taza chica, manchada. Echó tres cucharaditas de azúcar, regresó al escritorio y apartó varias carpetas con una mano.

–¿Y ustedes no van a la escuela? –preguntó revolviendo el café.

–Estamos en Fiestas Patrias, pues, señor. ¿No ve las banderas flameando en los cerros?

Barrió con la vista el Paseo Gervasoni, donde estaba la casa del pintor Renzo Pecchenino, cuya fachada recubierta con planchas de zinc pintadas de amarillo, resplandecía contra el tibio sol de setiembre y, algo sonrojado, con acento extranjero, preguntó:

–¿Cuándo pasó todo eso?

–Tiene que haber sido anoche, porque nos dimos cuenta esta mañana –dijo Ignacio.

–¿Pero quién les dijo que yo podría ayudarles?

–Mi padre comentó en un asado que los detectives investigan misterios –repuso Ignacio, que por suerte iba ganando aplomo–. ¿No es un misterio el robo de los zorzales acaso?

Envuelto en el humo, el detective asintió con la cabeza. Se peinó las puntas de los bigotazos hacia abajo y luego paseó su mano por la cabellera algo venida a menos. Tenía dedos gruesos, voz ronca, profunda.

–Claro que es un misterio. Pero por desgracia, no de los que acostumbro a investigar –aclaró.

–Bueno, eso solo lo sabrá al final, cuando haya esclarecido el misterio. ¿No cree?

Me miró sorprendido, sin responder, como boxeador tocado en el mentón por un buen golpe, y sorbió de su café con los ojos entornados. Después sacó libreta y lápiz de una gaveta del escritorio.

–Y para eso vinimos –continué–. Para que usted aclare quién nos robó los zorzales.

Garabateó algo en la libreta y nos miró serio, supongo que planeando sus próximos pasos.

–¿Y cómo me pagarán? –preguntó antes de lanzar una voluta de humo hacia la ampolleta desnuda que pendía del cielo.

–¿Cómo? –pregunté yo.

–Que cómo me pagarán la investigación de este caso…

Con Ignacio no habíamos pensado en ese detalle. Creíamos que un detective se daba por satisfecho con solo investigar un misterio, mientras más complejo, mejor, y punto.

–No me diga que usted cobra por esto –reclamó Ignacio sin poder ocultar su decepción.

–Pues, claro que cobro. De algo vive un detective privado. ¿O no? –rastrilló con la vista las paredes descascaradas con orgullo y extendió los brazos, el puro entre los dedos.

–Tiene razón, señor –agregué yo–. Pero, despreocúpese que de algún modo arreglaré yo esto –añadí, repitiendo la frase que mi padre solía pronunciar ante el dueño de la casa cuando nos cobraba el arriendo a comienzos de mes–. Los del pasaje somos gente de esfuerzo y palabra.

–Me tranquiliza escuchar eso –comentó el detective con una sonrisa–. Y ahora nos vamos derechito a la escena del crimen –anunció después de apuntar algo más en la libreta y se puso de pie.

De un armario, donde había una radio vieja, extrajo un largo impermeable claro y un sombrero negro, y los tres bajamos a la ciudad.

Cuando arribamos al pasaje, mi madre estaba echando empanadas de piure a la sartén y mi padre, bajo el parrón, tomaba una copa de tinto y leía el diario. El detective, vistiendo su impermeable y el sombrero, que tenía ala ancha y una cinta floreada, el sombrero más bello que he visto en mi vida, espió a mis padres desde el pasaje sin que ellos lo notaran. Cachazudo y pensativo le arrancó unas chupadas al tabaco mientras unas gotitas de sudor le resbalaban por las mejillas.

—Me gusta su sombrero —le comenté—. Con él puesto parece un detective de verdad.

—Muéstrenme el nido —dijo él sin darse por aludido. Habíamos bajado las escaleras del Edificio Turri, subido en el ascensor del Cerro Concepción y cruzado a toda popa por el Pasaje Gálvez hasta alcanzar mi pasaje.

Le mostramos la copa verde, de follaje denso, del níspero. Estaba sin pájaros, silenciosa, triste.

—No hay en todo el cerro otro como él para dar nísperos grande y dulces. ¿Divisa el nido? Los zorzales lo bañan por dentro con barro. ¿Y se da cuenta que ningún gato puede llegar hasta allí?

—¿Algún sospechoso en la mira? —indagó el detective observando hacia las ramas con el puro en la boca y las manos a la espalda. Me sentí en una teleserie policial norteamericana, de esas en que aparecen muchos autos y policías, y hay reflectores y hasta periodistas. Aquí la cosa era más modesta: unos vecinos nos aguaitaban por entre los maceteros de las ventanas y la ropa que se secaba al sol, colgada de los alambres tendidos sobre el pasaje. Los ojos miopes del detective apuntaron a la cresta de un muro donde dormitaban tres gatos, uno romano, de rayas verduzcas, uno gris, ya bastante viejo, medio ciego, y otro negro, una gata pesada y ancha.

—Sospechamos de una banda de otro pasaje —dijo Alejandro—. Nos odian esos cabros.

—¿Por qué?

—Historias que no vale la pena recordar. El jefe de ellos es un tal Conrado. Va al liceo. Un tipo peligroso.

—Interesante —dijo el detective y aspiró con fruición el tabaco en la brisa aterciopelada del Pacífico. Luego se acercó al muro con revoque agrietado y manchas de humedad en su base, y observó a los gatos. En lo alto, el romano enroscó la cola y se alejó con la prestancia de un equilibrista, saltó más allá al pasaje y se desapareció presuroso. Los otros siguieron inmóviles, echados, escudriñando al detective con ojos entornados.

Le conté que el níspero lo había plantado un siglo atrás el comerciante alemán que trazó el pasaje. Su copa era ancha y fuerte, de follaje apretado, que se veía desde incluso del plan de la ciudad. Sus nísperos parecían damascos de lo grande y amarillos que eran.

—Y es imposible que un gato llegue al nido —repetí yo—. Deben haber sido los cabros de Conrado. ¿No cree usted, señor detective?

—¿Y qué harán con ellos si son ellos? —nos preguntó el detective.

Intercambiamos una mirada con Ignacio, y después dije:

—Ya veremos. Pero no volverán a hacerlo.

—Pierda cuidado —afirmó Ignacio rotundo—. No volverán a hacerlo nunca más.

—Mejor vayan a almorzar —recomendó el detective cuando un campanilleo lejano anunció que subía por el cerro el camión con cilindros de gas licuado—. Yo me encargo de esto. Les aviso por email.

—De acuerdo —dije yo, feliz de que él hubiese aceptado nuestro caso y nos diese tiempo para saborear las empanadas de piure que hacía mamá.

Almorzamos bajo el parrón, escuchando a mis padres quejarse de la carestía de la vida y de que ese verano no viajaríamos a Chiloé, la isla de mis abuelos, porque la bencina estaba cara y faltaba plata. Mi papá añadió que a la sastrería ya no iba nadie, pero que no se quedaría de brazos cruzados, pues sabía hacer muebles, como el abuelo, e incluso ataúdes rústicos. Lo último lo alentaba su poco, pues en tiempos difíciles lo único que hacía la gente era seguir muriendo, agregó soplando el interior de una empanada. Y mamá nos recordó que así era la vida desde los tiempos bíblicos: los pobres seguían pobres, los ricos se hacían más ricos, y la gente como uno se hundía al igual que esas monedas que caen al mar y van despidiendo reflejos juguetones contra el cielo. Yo me quedé pensando en lo triste que debe ser construir cajones para muertos y en el sombrero del detective, en su alegre cinta con flores de tonos llamativos y en el suave misterio de su ala ancha, y en eso de que el hábito sí hace al monje.

*

Días después me llegó un mensaje al computador del centro de llamados. El detective avisaba que pasáramos por su oficina, a las tres de la tarde, pues tenía buenas noticias.

—Caso resuelto —nos dijo ufano desde su escritorio en desorden. La misma voz de la ocasión anterior cantaba un bolero—. No fue la banda de Conrado, muchachos. Fue el gato negro, el mismo que vive en el pasaje de ustedes.

—¡Imposible que Luzbel trepe tan alto! —exclamó Ignacio.

—¿Luzbel?

—Es la gata de don Eusebio. Gran cazadora de ratones. La adora todo el pasaje —precisó Ignacio.

—Cuando huelen pichones, son capaces de atravesar por los alambres de la ropa —afirmó el detective afincándose los anteojos sobre la nariz—. Es el manjar de los gatos.

—¿El manjar? —repetí.

—Sí, como para ti las empanadas de piure que prepara tu madre.

—¿Cómo lo sabe?

—Puse una cabeza de congrio cerca del nido. El negro subió y se la devoró en un dos por tres. Los otros no pudieron llegar tan alto. Esta madrugada ella subió y bajó sin problemas.

—¿Usted la vio? —pregunté pensando en que la remolona de Luzbel era una campeona para cazar en sótanos y talleres, pero no para trepar por las ramas como los monos de la selva.

—Con mis propios ojos —afirmó el detective y sorbió de su tacita de café—. Fue el negro. ¿Dices que es gata?

—¿No le ha notado las tetillas? —preguntó Ignacio.

–Pues, no.

–Bueno, entonces no nos queda sino hacer lo que hay que hacer –comentó Ignacio lentamente, dirigiéndose a mí.

–¿A qué se refieren? –preguntó intrigado el detective.

–A que a Luzbel le pondremos otra cabeza de congrio cerca del nido.

–¿Otra?

–Pero envenenada –aclaré yo.

–Yo que ustedes no lo haría –dijo el detective serio.

–Si no lo hacemos, Luzbel seguirá matando zorzales y nos quedaremos sin cantos en el pasaje –le expliqué.

–Mejor no lo hagan –insistió el detective–. Hay cosas de las cuales uno después se arrepiente para toda la vida.

*

Al día siguiente, por la noche, salí al pasaje con Ignacio portando una cabeza de pescado comprada al vendedor que pasa por el barrio y una bolsa con veneno en polvo para ratones, que había en la despensa de casa. Nos encaramamos por el níspero y colocamos el bocadillo preparado en las inmediaciones del nido. La gata se despacharía en horas y seguramente se echaría a morir en un escondrijo, en una alcantarilla o debajo de una escalera. Es en la penumbra donde prefieren morir los gatos, como los seres discretos que son. Bajamos del árbol con la satisfacción del deber cumplido y nos fuimos a casa a lavarnos bien las manos y a dormir.

*

El detective amaneció en el pasaje al día siguiente. Aun lo recuerdo. Era domingo y todavía no se escuchaba el tañido de las campanas llamando a misa. Nos esperaba al final del pasaje, de pie, apoyado contra el muro, fumando un puro y con una mano en el bolsillo del impermeable. Su sombrero estaba tirado sobre los adoquines. A sus pies yacía la gata negra.

–¿Ustedes hicieron esto? –nos preguntó con ceño adusto y mirada dura.

Luzbel yacía de costado, tiesa, con el hocico y los ojos abiertos. Unas moscas revoloteaban en torno a sus tetillas. Parecía que soñaba que estaba corriendo: las patas traseras apuntando hacia atrás, las delanteras hacia adelante, la cabeza buscando la distancia.

—Fue ella la que se comió a los pobres zorzalitos —dije yo.

—Eso lo sabíamos. Luzbel no podía hacer otra cosa. Era su instinto —dijo el detective, sacudiendo el tabaco en el aire. De la ventana de un segundo piso nos miraba una anciana con pañuelo negro en la cabeza. Al fondo se apreciaba el mar azul y liso, con filigranas albas, como un pantalón recién planchado.

—Será su instinto, pero iba a seguir matando pajaritos —alegó Ignacio.

—¿Y no fue usted acaso el que dilucidó el misterio? —pregunté con sorna.

—Pero la verdad no autoriza a matar, cabros —murmuró el detective, la vista fija en la gata.

Nos quedamos sin respuesta. Más moscas se posaron sobre Luzbel, que ahora parecía una pantera embalsamada. El pasaje se alargaba desierto y sombrío, con plantitas asomando entre los adoquines, y al frente descollaban los cerros Cárcel y Panteón con muros encalados.

—Ahora tienen que enterrarla —retumbó la voz del detective. A través de los cristales nos escrutaban sus ojos miopes. Después comenzó a alejarse sin decir palabra.

—Don Cayetano —le grité yo.

Se volteó en medio del pasaje. Ya iba lejos.

—¡Olvidó el sombrero! —exclamé.

—Levántalo —ordenó.

Lo hice. Y cuando lo hice, pues pensaba llevárselo volando de vuelta, descubrí, los tres gatitos negros que dormían sobre un trapo.

—Quedaron huérfanos ayer —gritó el detective y luego continuó su marcha por el adoquinado.

—¡Don Cayetano! —insistí yo con un nudo en la garganta.

—¿Qué pasa ahora? —preguntó él volviendo a girar sobre los talones. La brisa marina lo despeinó un poco.

—¿No dijo que teníamos que pagarle?

El detective abrió los brazos, su puro humeando en una mano, meneó con parsimonia la cabeza y después echó a andar con el impermeable agitándose como un pañuelo a su espalda. No tardó en desaparecer del pasaje.

Abajo la bahía era ya solo un resplandor intenso.

Ernestina F*Q*: la musa redonda

CLAUDIA APABLAZA[4]

Anoto: Ernestina FQ, treinta y dos años, prostituta; hace dos semanas fue internada en el Hospital Psiquiátrico de Avenida La Paz. Insiste en que es la culpable del asesinato del escritor Jordi Bravari. La sintomatología que presenta la paciente dificulta la resolución del caso. Se mantiene en un estado de catatonia constante (simulada o genuina), repitiendo de vez en cuando la siguiente frase: "Asesiné a Jordi Bravari, yo lo maté, yo asesiné a ese escritor de pacotilla".

El diario *Nacional* dice: "Jordi Bravari, escritor chileno, cuarenta y siete años, hace tres semanas fue encontrado muerto en el motel Afrodita, ubicado en la calle Bandera n° 395. No presentaba heridas en su cuerpo. La autopsia certifica que murió producto de una sobredosis de Trileptal (Oxcarbazepina), antiepiléptico utilizado también para algunos trastornos del ánimo…"

El equipo clínico del sector siete del Hospital intenta determinar con exactitud el diagnóstico de Ernestina FQ.

El Dr. Mackenna me derivó el caso de la paciente. Me ha pedido que realice los tests que correspondan. Ernestina se resiste a no emitir más palabras de que "asesiné a Jordi Bravari, yo lo asesiné". ¿Acaso de veras lo hiciste, mujer? "Asesiné a Jordi Bravari, yo fui, yo asesiné a ese infame".

La muerte de mi escritor preferido me descoloca. Me deja en un estado horroroso. Esperaba que escribiese otro libro. En

---

4   (Chile, 1978). Estudió psicología y literatura en la Universidad de Chile. Ha publicado el libro de relatos *Autoformato* (2006), la novela *Diario de las especies* (2008) y el fanzine *s(s) y la no historia* (2008). Finalista Joven Talento Booket, Planeta, España, 2008; primer lugar en el Concurso de Cuentos de la revista *Paula*, Chile, 2005; y primer lugar Concurso de Cuentos Filando, cuentos de mujer, 2004, Asturias, España. Su obra ha sido incluida en diversas antologías, como *Quince golpes* (Cuba, 2008) o *Tiempo de relatos* (Booket, Planeta, España, 2008).

cierta medida lo extraño. Esperaba que Bravari escribiera otro libro, esperaba ese libro de las desdentadas que tanto anunció en todos los periódicos: las mujeres sin dientes son mis favoritas para una buena *fellatio*, por eso les rendiré homenaje con un excelente libro que será triste, melancólico y ardiente.

Siempre los escritores anuncian sus especímenes futuros, hablan de ellos como si fuesen sus hijos, esa manía extraña es un delirio, diría yo. No deberían hacerlo, ni siquiera pensarlo. No deberían hacerlo. Deberían esperar a que todo esté listo, en imprenta, y luego comenzar a hablar.

*

Jordi Bravari escribió una sola novela: *Muerte prematura*, editada el año 1998. En ésta, Bravari relata la vida caótica y bohemia de un escritor alcohólico y frustrado, incapaz de amar a una mujer de carne y hueso, como todos. El personaje principal de *Muerte prematura*: Antonio Lara. Este intenta aparecer en la escena literaria del momento, pero no consigue que las editoriales se interesen por su literatura. En general, el libro está centrado en el personaje mismo, sus frustraciones como escritor, como amante y la forma de huir de ese dolor que lo atormenta a diario. Las noches de fiesta, el exceso de alcohol, de mujeres, una que otra prostituta y la forma en que esto va aplacando el tremendo desgarro que le produce el vivir en el anonimato. Es decir, una historia común, algo cliché, típica de escritores nacionales sin un moco de imaginación o lecturas.

Hacia el final de la novela, el personaje Antonio Lara cae en una fuerte depresión. Los trámites burocráticos de las casas editoras, la falta de dinero, la soledad y su infinito deseo de ser reconocido por la crítica, sin conseguirlo, se potencian y lo sumen en un estado depresivo. Antonio consulta a un psiquiatra. El psiquiatra le medica Fluoxetina. Una semana después, el personaje favorito de Bravari se suicida en el dormitorio de su casa, con un tiro que deja desparramados los sesos en el techo de la habitación.

El suicidio del personaje de Bravari, Antonio Lara, ocurre el mismo día de su nacimiento: 8 de Enero.

Tomo nuevamente el libro, en la contratapa leo la fecha de nacimiento de Jordi Bravari: 18 de Octubre. Tomo el periódico y corroboro mi hipótesis. Es el mismo día de su nacimiento. Jordi Bravari se mató, o lo mataron, el mismo día en que nació; igual que el personaje de su única novela.

Anoto: Jordi Bravari fue autor intelectual de su propia muerte, siendo posiblemente él mismo, personaje de su propia novela. Podríamos pensar este libro como una autobiografía de un escritor frustrado, cliché y melancólico. Incluso, podríamos preguntarnos si es que los personajes construidos por los escritores son ellos mismos, los delatan en cada uno de sus actos y fantasías escondidas, incluso en sus muertes, ya que siempre encontraremos en sus escritos publicados algún indicio de su muerte futura. ¡Ridículo! ¡Soy un estúpido! Bravari era un escritor de renombre. Publicaba donde quería. Jamás fue rechazado por una editorial. Esta idea no vale. Arranco la hoja, la rompo en pedacitos. La mastico. Me trago unos pedazos, siento el sabor a tinta. Escupo, tiro lo que me resta al water. Estúpido, me digo, ¿acaso no recuerdas bien la vida de Bravari?, soy un psicólogo amateur, un charlatán.

Como segunda posibilidad, pienso que Jordi Bravari no se habría suicidado como el personaje Antonio Lara, sino más bien habría sido asesinado por alguien que intenta despistar por alguna causa que desconocemos, reproduciendo para eso la historia de este personaje. Simplemente anoto. Es como si algo moviese mi mano: A Bravari lo mató un lector que lo odiaba. Un fan. Eso. Me parece más asertivo. Seguro fue así. A Bravari lo mató un lector demente que lo odiaba.

*

—¡Yo lo maté, yo maté a Bravari! —grita Ernestina.

Me siento en mi escritorio. Leeré mil veces su novela si es necesario. De lejos escucho a Ernestina que grita nuevamente:

–¡Yo lo maté! ¡Yo maté a Jordi Bravari!

Un enfermero intenta calmarla:

–¿Te podrías callar, que me desconcentras?

Voy al libro. Miro la tapa. Me encanta. Muerte prematura en cursiva y una foto de una mujer desnuda. Voy a la última página: "Lara estaba tirado en el suelo, cuando su vecina, que era la única que tenía llaves de su casa, lo encontró muerto luego de sentir el estruendoso balazo que se dejó oír en toda la calle San Isidro. Provenía del n° 346".

¿Dónde vivía exactamente Jordi Bravari cinco años atrás, cuando se publicó su novela? ¿Acaso vivía en San Isidro 346?

Antes de retirarme del hospital rumbo a San Isidro 346, echo un último vistazo a Ernestina FQ. En absoluto tiene la apariencia de Carmen, la prostituta preferida de Antonio Lara. Carmen, "mi musa-redonda", como la llamaba Antonio, es una mujer robusta, morena, tiene una cicatriz prominente que se inicia en la oreja derecha y termina en la comisura de sus labios. En cambio, Ernestina, mujer delgada, tez blanca, ojos caídos, no porta en sus ojos aquella pasión "…por la cual cualquier hombre se dejaría matar", página 20 ó 21.

–¿Cómo estás, Ernestina?

–Asesiné a Bravari, yo lo maté.

–Dije cómo estás.

–Asesiné a Bravari, yo fui, yo lo maté.

Camino. San Isidro n° 300, 328, 340, 346. Aquí es. Un bar. Bar El Truquito. ¡No era esta acaso la casa de Bravari! La entrada, un pasillo largo, oscuro, al fondo una escalera. El bar está ubicado en el segundo piso.

Subo. Me instalo en una mesa. Saco el libro que llevo en mi bolso. Página 19: "Bar El Siglo Anterior. Un pasillo largo, oscuro. Antes de llegar a mi escondite, a mi lugar de origen, debo subir trece escalones, que me comunican con el paraíso nocturno que me acoge y me cobija, que me ayuda a olvidar a esas putas, a todas las mujeres de mi vida". ¿Trece escalones? Cierro el libro. Me paro. Bajo la escalera. Un, dos, tres… cinco… doce…

Exactamente trece escalones. Vuelvo a subir. Son las ocho de la noche. Me instalo en la barra. Pido una cerveza.

–¿Hace cuánto tiempo que existe este bar? –le pregunto al dueño.

–¿A qué viene esa pregunta?

–Bueno, simple curiosidad. Paseaba por estos barrios y bueno… El calor de primavera… usted sabe… me dieron ganas de tomar una cerveza.

–¿Paseas por estos barrios?

Vacilé. Cada palabra adquiría un peso tremendo. Cada palabra puede ser un paso en falso, un error o incluso la que llevaría a resolver la muerte de Bravari.

–Exacto. PASEO (¿No leyó a Walser, acaso, viejo de mierda?)

–Bueno… este bar lo tengo hace quince años.

"Quince años", pienso. "Entonces, Bravari no vivió acá. Este era solamente su bar favorito".

Pido otra cerveza. Otra, me siento un poco borracho, incluso siento que soy Antonio Lara; seguro me estoy pareciendo a él en esta situación lamentable. Me quedo hasta las cinco de la mañana, hora en que cierran, escuchando la típica historia de dueños de bares; que en un momento tuvieron mucho dinero, que el bar tuvo su buena época, una clientela de lujo y el barrio lato, las mujeres lindas, estupideces más estupideces.

*

¡Riiing!

Mi despertador suena. Una sola hora. Solo dormí una sola hora. Pienso en los personajes, en Ernestina, los lugares en que se sitúa la novela. Me ducho. Tomo desayuno y parto al Hospital.

Antes de llegar, paso por el kiosco que está en la esquina. Compro el periódico. "Aún no se resuelve el caso de la muerte del escritor Jordi Bravari. Por el momento, la única inculpada es Ernestina FQ, quien se mantiene internada en el Hospital

Psiquiátrico de Avenida La Paz. Se le están realizando los exámenes correspondientes. El psiquiatra de la unidad, el doctor Mackenna, ante la pregunta de si considera que la paciente es culpable o no del asesinato, dice que debemos tener en cuenta que se trata de una paciente psiquiátrica, que debe ser procesada tomando en cuenta el diagnóstico correspondiente".

Nuevamente la prensa nacional. El doctor no me había comentado sus sospechas de que Ernestina fuese culpable y además que fuese una paciente genuinamente patológica. Puede ser que lo haya olvidado, o bueno, qué sé yo, no tiene demasiada importancia.

Cuando llego al hospital, Ernestina está tomando desayuno. Llego más temprano de lo habitual. La miro de lejos. No me ve. Está en silencio.

Me encierro en el box a leer por cuarta vez la novela. Sé que aquí puedo encontrar más claves, más lugares, personajes, conexiones extrañas. Sé que aquí lo puedo encontrar todo, más que en ese sonsonete de Ernestina, incluso supongo que si recorro las otras tres direcciones que aparecen en la novela pueda definir un buen mapa de búsqueda. Los escritores siempre anotan todo, pero en claves herméticas. Lo dan vuelta, lo desbocan, lo retuercen y forman una telaraña. Eso lo leí en un libro barato que me compré en la feria del Mapocho.

Comienzo con mi mapa de direcciones. Anoto:

La primera dirección es San Isidro n° 346, supuesta casa de Antonio Lara, pero que finalmente terminó siendo un bar, el que supongo habituaba Bravari a emborracharse.

La segunda dirección que aparece en la novela es del bar El Siglo Anterior. "... El Siglo Anterior, ubicado en Dublé Almeyda n° 2403. Cada noche me instalo en la barra, pido una piscola, un ron, cualquier cosa que me ayude con esta carga demoniaca, implacable..." (Quizás qué mierda hay acá. Ya sabemos que El Siglo Anterior era El Truquito, ubicado en Dublé Almeyda).

Tercera: Página 210 "...Camila me dijo que debía consultar a un psiquiatra. Abrió la cartera y de ésta sacó una tarjeta: Doctor Eugenio Silva, California n° 1720, depto. 51, Providencia".

Cuarta dirección: Bandera n° 395: "...la casa de mi amada, mi querida Daniela". Bueno, esta dirección ya se sabe cuál es: el lugar donde fue encontrado el escritor, en el Motel Afrodita.

Escucho unos pasos. Espero que no sea el doctor Mackenna. Ya va a comenzar a mandarme, a pedirme que realice el trabajo que le corresponde. Me quedo en silencio. Por la hora, supongo que no puede ser nadie más que él. Los otros psiquiatras llegan justo a las ocho treinta, o incluso un poco más tarde. Intento no moverme, no respirar, no emitir ruido alguno.

Son dos personas. Siento los pasos. Entran al box del lado. Continúo leyendo. Lo único que he podido deducir de la trama y vida de mi escritor favorito, es que cambia los nombres de los lugares y la ubicación de los mismos; como todos, supongo, pensando en ese librajo que me compré en el Mapocho.

Al lado escucho un grito:

–¡Cállate, no grites y deja de llorar!

Es el doctor Mackenna. Luego viene un silencio.

–¡Te digo, imbécil, que no sé!

Ahora es Ernestina. Reconozco su voz. ¿Ernestina?, ¡mierda!, la misma que no ha emitido más palabras que "yo lo maté, yo asesiné Jordi Bravari".

Estoy en silencio. Transpiro. No sé lo que sucede. Intento oír algo más. No se escucha nada. Ahora sucede que esta loca además sí que habla y le habla a Mackenna.

Bueno, puede ser un simple examen de rutina. No lo sé. Tal vez oí mal. Estoy en silencio. Intento escuchar algo más, pero nada, nada más; la puerta del box se abre, siento unos pasos, se alejan.

*

El día transcurre lento. Esto de los personajes y lugares me tiene cansado. Puede ser un delirio Pero no. Bravari era mi autor favorito. Estoy cansado, casi muerto, pero puedo llegar a develar su alma como nadie.

Abro el libro. Pestañeo. Quisiera dormir, ir a mi casa. Estoy agotado. Qué ganas de gritar como un loco también. Gritar cualquier cosa, algo así como: ¡Sé que no la mataste, puta desaliñada! ¡Sé que acá hay gato encerrado! Luego vagar por estos pasillos gritando. Que me agarren entre cuatro enfermeros, de esos fortachones, y me instalen una camisa de fuerza, Amparax a la vena, quedarme dormido por algunos días.

Busco a Ernestina en el patio, camina por los pasillos del sector. Fuma un cigarrillo tras otro. La noto angustiada, ansiosa tal vez. No habla con nadie. Tal vez debería preguntarle qué le pasa, si es que era ella la que hablaba hoy con Mackenna. O a él, directamente. Me dirá que estoy loco, que mejor tenga cuidado, que no vayan a quitarme la beca de manutención y fotocopias.

*

—¿Qué te parece, Ernestina? ¿Terminaste el informe psicológico?

—Eh, intento hacerlo, doctor, pero usted sabe lo complicado del caso.

Miro al doctor Mackenna. Lo noto un poco nervioso. Aparece ese clásico movimiento de su barbilla, como si la mandíbula estuviese a punto de descuadrarse, de salirse y comerme de un solo golpe.

—¿Pasa algo?

—No, jefe, no pasa nada.

—Es que… tu cara. Te noto cansado. Tienes unas ojeras… Pareces trasnochado. ¿Has andado de fiesta?

—No jefe… No pasa nada.

—Bueno, aun quedan algunos días. Sé que el caso es difícil. La sintomatología no nos permite acceder a más información. Sigue intentándolo. En el informe puedes poner que la paciente está gravemente perturbada y punto. Lo cierras ahí. No es necesario que te esfuerces demasiado.

El doctor sale de la sala de reunión. Me quedo ahí durante toda la tarde, leyendo, releyendo capítulos de la novela. ¡Estúpido!, le repito nuevamente ¡Esperaba que saliera tu próxima novela! ¡Quería leerla, escritor de tercera!

Al salir del trabajo me voy directo a la supuesta consulta que aparece en el texto, aquella que Camila le entregó a Antonio. California n° 1720, depto. 51, Providencia. El día sigue apestando. Me duele la cabeza. Pienso en el bar, en un litro de cerveza, emborracharme nuevamente, en los personajes que puede que estén ahí desplegándose. ¿Estará ahí Carmen, su musa-redonda? Apestoso día de sol, que me revuelve las ideas que por momentos parecen tan claras. ¡Eso! Ahora parezco poeta. ¿Seré como Bravari? ¿Seré la reencarnación de Bravari?

Doy con la calle.

Aquí no hay ningún edificio, solo una casa antigua. ¡Qué horror! ¿Dónde está el maldito edificio que instala Jordi Bravari en este lugar? Maldito escritor. ¡Mentiroso! Eso de andar inventando direcciones falsas, jugando con los tiempos, los espacios, armando majamamas en la cabeza. Creo que nunca podría llegar a hacerlo. Creo que nunca podré ser como tú, Bravari. ¿Dónde estás, maldito? ¿Por qué te has muerto?

Tomo un sorbo de agua, me paso un pañuelo por la cabeza, sudo demasiado; una mujer aparece en el antejardín, viene saliendo; abro mi bolso y saco el cuaderno de anotaciones. Escribo cualquier cosa, algo así como dos más dos son cuatro o uno más uno, dos. Miro de reojo. Es robusta, morena, una cicatriz prominente se inicia en la oreja derecha y termina en la comisura de sus labios. Página 27 ó 28 del libro. La musa, es ella, esta mujer es la musa-redonda. ¡Mierda!, la tengo.

Continúo mirándola de reojo, pero ahora comienzo a caminar, alejándome. Puedo parecerle sospechoso, no quiero perder esta oportunidad, creo que ya casi tengo todas las pistas. Llego a la esquina. Corro, corro, me detengo. Volveré de noche, cuando esté oscuro. Ahora me voy al Truquito.

El ambiente del bar está igual que anoche. Un poco más de bulla, supongo porque es jueves. Pido un litro de cerveza. La música suena a un volumen adecuado. Es un tango, "Uno busca lleno de esperanza el camino de los sueños prometieron a sus ansias...". Me emociono, me pongo a llorar, estoy mal de la cabeza.

Intento encontrar en esos rostros algún otro indicio. Hay una pareja, se besan. Un grupo de hombres que conversan. En la barra estoy solo yo. A veces siento que todos me miran. En otra mesa hay un grupo de mujeres. Toman vino blanco con chirimoya. Se ríen, hablan de sexo. Me coquetean.

Pago la cuenta y salgo. Tomo un taxi. California 1720. Directo a la casa de la musa-redonda.

*

–¿Qué sucede, hombre?

–Por favor, le voy a pedir que no haga preguntas.

El taxista pone música. Se queda dormido. Nadie aparece. Recuerdo el "¡Te digo, imbécil, que no sé!" de Ernestina.

Ernestina, el doctor Mackenna, la musa-redonda, las mujeres guapas del bar. Uf, mi cabeza da vueltas.

La casa está en penumbras, es pequeña, ni siquiera una sombra se mueve en el interior. Me quedo esperando, sin embargo. Algo tiene que suceder. Siempre sucede algo. Miro desde lejos. El taxista intenta hablarme nuevamente. Le digo que silencio.

Dos de la mañana en punto. Se acerca una silueta desde el fondo de la calle. Redonda, exuberante. Estatura media, pechos enormes, un vestido rojo, ajustado. Sobre él, una blusa negra, tacos altos, y lo más importante, la cicatriz.

Entra a la casa. No se percata de mi presencia. Al parecer viene cansada, algo triste. Sus ojos, a la luz del farol que está sobre su casa, se ven hinchados. Desaparece en la penumbra.

Me quedo en el taxi; la noche pasa, estoy en el taxi esperando; pasan las horas, la musa-redonda no vuelve a aparecer.

*

—Maté a Bravari. Yo fui.

—Cállate un rato, Ernestina.

El hospital nunca está en silencio. Estoy cansado. Siempre, a cualquier hora, hay alguien deambulando, rompiendo algún vidrio, gritando con ira por esos monstruos que se les aparecen en sus cabezas.

Ernestina toma desayuno. La observo de lejos. Está igual todos los días.

Hoy el doctor Mackenna no ha venido a trabajar. Ha pedido algunos días de vacaciones. Nadie me preguntará nada. Podré hacer lo que quiera. Hoy podré descansar de esa mandíbula maloliente, severa, desencajada. Leeré mil veces *Muerte prematura*.

Camino. Miro a Ernestina, la saludo; ella no responde, no me saluda. No cede ante su diagnóstico simulado.

—Hola, mujer.

—Yo lo maté. Yo maté a Bravari.

—¡Mentirosa!

—Yo maté a Bravari.

La verdad, es que no sé para qué sigo con todo este juego. Estoy entrampado. No puedo detener el deseo de reunir toda la información en mis manos y cantar esa especie de victoria de los mediocres, salir en todos los periódicos lunáticos, salir en portada, ir a la TV. Pero ¿para qué? Para nada, supongo. Alguien me dijo una vez si pensaba que me transformaría en el escritor muerto, seguir sus pasos, hacer lo que él hacía. Ser yo el mismo Bravari. Pero no… ¡nada que ver!

Leo toda la tarde. Página treinta y algo, "…es que eso fue lo que más me sedujo. Es de esas mujeres que nunca van a rechazar una invitación. Va a llevar el asunto hasta el límite. Mujer sin límites, desbordándose a cada instante. Un traguito, cariño. Unas copas, amor. Por supuesto, ¿dónde y cuándo?".

Esa es la estrategia, no otra. La musa-redonda será mía esta noche, también quiero follármela mil veces en su cama. Me tendrá en su boca mientras me dice qué ha pasado con mi escritor.

*

Este taxista es discreto. No pregunta ni la más mínima palabra. Saca de la guantera una revista de automóviles y comienza a hojearla. Son diez mil pesos por hora, es lo único que me dice cuando le pido que esperemos afuera de una casa, hasta que alguien salga, discretamente, por supuesto.

La musa-redonda aparece exactamente a la misma hora de ayer. Supongo que es su horario de trabajo. Se aleja por la calle. En la esquina se detiene. Algo espera. Toma un taxi. La deja fuera de un bar en el barrio Bellavista. Entramos.

Pienso en la frase de Bravari: ¿Quieres un trago? La miro desde lejos, fijamente.

Se apoya en la barra. Pide un whisky.

Nota que la miro. Me acerco a la barra. Pienso en la estrategia. Pido una piscola. Veo sus movimientos de reojo. Un trago. ¿Quieres un trago? Me voy a acercar para pronunciar la frase mágica, pero se me adelanta. Son veinte lucas por quince minutos. Diez más por la mamada. Diez más por peticiones extravagantes. No trabajo con objetos sado. El taxi lo pagas tú.

—Una simple.

Me tiemblan las piernas, la barbilla. Si Bravari me estuviese mirando, me odiaría. Estoy con su musa. Su prostituta preferida. Mis músculos se contraen. Es mi primera puta.

—A Dublé Almeyda 2403, por favor.

Dublé Almeyda 2403. Es la segunda dirección. ¡Hijo de puta! Te pillé nuevamente.

Llegamos. Es un edificio. Subimos. Departamento 51. ¡Uf!, maldito escritor, acá está realmente el departamento que instaló en la calle California. ¡¿Hasta cuándo?! ¡Retuercen todas sus estupideces! ¿Qué les pasa?

Tengo solo veinte mil pesos. Me alcanza para quince minutos.

—¿Cuál es tu nombre?

—Mariela ¿y tú? (Uf. Esto me supera. ¿Es que no te llamabas Carmen? La musa-redonda se llamaba Carmen y no Mariela.)

—Javier. (Bien podría decirle cualquier nombre. Incluso Jordi.)

—¿A qué te dedicas, Javier? —dice mientras me baja el cierre del pantalón lentamente.

—Soy psicólogo.

—¿Soy la primera?

—Eh, sí. Con seguridad. (O tal vez puedo jugar al pobre niño, para que me acurruque y me cuente sus penas de amor, como en los librajos rosa.) Intento sobreponerme.

—Sí, eres la primera, por lo tanto, la más importante.

—Ya está, belleza, con un regalito por ser tu primera vez. ¿Qué tal?

—Eh, bien, sí, muy bien. Gracias.

*

He venido durante cuatro días seguidos a reunirme con Mariela a este departamento. He dormido muy pocas horas. El doctor Mackenna no vuelve de sus días libres. Ernestina no habla. No he vuelto a ir al bar. La musa-redonda me atrapa, es mía ahora. La haré mía. Perdiste con todo, Antonio Lara. Has perdido todo, maldito, Bravari. Lo siento. Con tu muerte has perdido. Ahora ella es mía.

El segundo día con Mariela fue más largo. Me aproveché de mi cartita de psicólogo. Además de buen sexo, algo debe entregarme esta mujerzuela.

—Te noto un poco triste, amor.

—Sí, lo notaste, eres muy sensible.

—Se te nota en los ojos, creo que cargan con una gran tristeza.

—Es que ha muerto mi gran amor hace menos de un mes. Mi gran y único amor.

—¿Quién era? —le pregunto directamente.

—Un tipo cualquiera.

—¿De qué murió?

—No lo sé.

No sé si miente, si no lo sabe, o si aún es muy pronto para que me lo confiese.

Al cuarto día me invita a su casa. A sus clientes los lleva a su casa, me dice, a los que les tiene cariño. "Es más cómodo. Prefiero". Su dormitorio es acogedor, enorme, huele a pachulí.

Sobre el velador tiene un vaso de agua. Es para las malas vibras, me dice. "Al levantarme, la lanzo por la ventana, así se va toda la energía negativa de la noche. Absorbe todo eso malo, todo lo que no nos gusta". Junto al vaso, *Muerte Prematura*, de Jordi Bravari.

—¿Te gusta leer?

—Eh, más o menos, la verdad es que este es mi único libro.

—¿Es por algo en particular?, ¿algún regalo?

Me lo confiesa, me cuenta que su gran amor era el escritor muerto hace algunas semanas. Él le había regalado ese libro. (¡Lo sabía!)

Llora desconsoladamente, mientras yo disimulo mi fascinación. (Anoto en mi cabeza: Ella es su musa-redonda. Ella es, ahora, mi musa-redonda. Él es Bravari. Él era su propio personaje: Antonio Lara. Yo soy quien descubre su muerte… Y perfectamente, podría llegar a ser como él, apropiarme de todo lo que le quedó en esta vida, sobre todo de esta mujer.)

—Ahora último Jordi no tenía dónde vivir. Lo estaba acogiendo acá en mi casa, pero no sé lo que pasó. Ojalá la justicia llegue pronto.

Le hago cariño en el pelo, trato de tranquilizarla…

—No llores, mujer.

—Es que Jordi salió esa noche al bar El Truquito, le encantaba ir. Yo salí a trabajar, como siempre. Esa noche no volvió. En los diarios vi la noticia.

Seguía llorando. Su cara se estremecía, se arrugaba y dejaba de ser la musa-redonda, se ponía horrible.

—El pobrecito no tenía plata, estaba esperando terminar su segunda novela para entregarla a las editoriales. Trabajaba día y noche. Cuando yo venía con mis clientes para acá, salía al bar o a caminar. Yo le daba ánimo al pobrecito, para que terminara su nueva novela. Mira, si aquí me dejó todo, aquí tengo sus papeles, su carpeta, su computador.

Me sorprendo, el corazón se me acelera. La carpeta está en el suelo. Debe ser mía. Es amarilla. Ya la había visto antes, ¿cómo no me había detenido? Imbécil, soy un imbécil.

No se lo pido de inmediato. Mantengo una cierta indiferencia y trato de concentrarme en la tristeza de Mariela. No puedo, sin duda, dejar de pensar en esos papeles, qué habrá ahí. Me impaciento. ¿Será acaso la novela de las desdentadas?

El color amarillo desboca mis ojos. Recuerdo la mandíbula del doctor Mackenna. Siento asco, siento el olor del pachulí en mis narices.

—Pero una tarde se puso furioso, era la primera tarde de mi vida que Jordi me gritaba. "¡Estúpida, ya no serás mi musa!". "¿Qué sucede amor?", le pregunté yo. "Me han robado una de las copias de mis escritos. Tenía dos por si acaso". En esos días había tenido muchos clientes. Muchísimos. Estábamos comenzando la primavera. Los papeles los dejó olvidados debajo de mi cama. Alguien los sacó. Supongo que alguien lo adoraba como yo. Así era mi escritor —me dice en un tono melancólico— así era: adorado por todos.

Tomamos cerveza y follamos. Al caer la tarde, y mientras Mariela está en el baño, tomo la carpeta. La pongo dentro de mi bolso, nervioso, dubitativo. No creo que ella pueda darme más señales. Lo importante puede ser esta carpeta. Me despido y agarro una micro cualquiera; desconecto el móvil.

Voy en la micro camino a mi casa. Poseo, por primera vez, algo que puede ser más que cualquier cosa. No abro la carpeta. Me cruza la ansiedad, el deseo. Todo se mezcla, se agolpa en mi guata, se me aprieta y me siento mi propio héroe. Eso: yo soy mi propio héroe, me robaré este libro, seré también el mejor escritor de Chile, seré el mejor.

Cuando llego, mis manos transpiran. La carpeta es mía, sin duda. La abro con temor. La leo.

La novela solo tiene un título tentativo: "Una boca descentrada y muchas desdentadas". Uf, esta es la novela, es la novela de las dentaduras. ¡La novela que esperaba para hacerme famoso, para ser él de una vez!

Está ambientada en la casa de Mariela. El nombre de la dirección real la pone, pero entre paréntesis ensaya algunos, que supongo luego cambiaría (como lo leí en ese libro barato de la teoría de los escritores). A Mariela la llama nuevamente la musa-redonda. "…todos los días llegan a mi casa diferentes hombres. Mi musa-redonda los espera. Yo, un pobre e inútil escritor, que mamo sus pechos por si aun quedase algo de leche, aunque sea amarga. La casa de la leche infinita ubicada en California n° 1720 (Huérfanos n° 3345 o Brasil 2890). Esos pechos alcanzan para muchos hombres. El doble estándar santiaguino. Hombres asquerosos le lloran a mi musa".

Sigo leyendo. "…hoy es el día del jefecito, ese que viene directo del hospital psiquiátrico (Hospital San Borja, Hospital San José), el gran jefecito, el más detestable de los jefecitos que viene a diario para que le hagan una pura mamada y se va sin emitir palabra alguna. Hoy es el día del doctor Mackenna (doctor Andrade, Fierro). Le digo a mi musa que no lo reciba. Ella me dice que es su trabajo. Además le paga el triple de lo que le paga cualquier otro cliente".

¡¿Qué?!, ¡uf!, ahí está. Es mi gran jefe. ¿Por qué no me dijo que tenía una musa así? Mi jefe conoce a la musa. Anoto.

Sigo leyendo, me tiembla la barbilla, descubro que cada vez que habla de mi jefe es para referirse a su vida íntima, cómo es que gime el gran doctor, cómo llora, como son su mujer y sus hijos, sus padres, sus compañeros de trabajo, etc. Pero siempre con eso de doctor Andrade o doctor Fierro entre paréntesis. Sigo leyendo. El jefecito tenía unos compañeros detestables, siempre le decía a Mariela. Leo: un psicólogo cafiche. Pero sí, mierda, ese soy yo, habla de cada uno de los compañeros del jefe, habla de un psicólogo cafiche y estúpido. Debo ser yo. Mi jefe era un personaje de Bravari. Yo también. ¡Hijo de puta!

Anoto: mi jefe robó esa primera carpeta de Bravari. Uno: porque Bravari era su ídolo. O dos: algo extraño pasó entre ellos.

¿Y Ernestina?

Ernestina FQ también aparece, pero sin su nombre. Reconozco la descripción física que hace el escritor de ella y la relación que tiene con el jefecito. La llamaba Isabel. "Isabel es otra putita más", dice Bravari. Delgada, tez clara, ojos caídos. "A veces viene con el doctor, él la trae. Mi musa la deja entrar. Cuando viene con ella, pagan doble. Es su perra fiel, su segunda amante. Mi musa-redonda me ha contado que Isabel y el doctor tienen una niña. Ella se lo ha contado, cuando el jefecito se lava los genitales en el baño. Mi musa le aconseja que deje a ese hombre. Isabel ahora espera otro niño. El jefecito la ha amenazado de muerte si es que no hace todo lo que él quiere, me cuenta mi musa-redonda".

Sudo. ¡¿Qué mierda le pasó a mi jefe?!

Sigo leyendo. A Bravari también le gustaba Ernestina. "Pero la perrita fiel también me excita, como mi musa, pero de una forma distinta. Su fragilidad me atormenta, me dan ganas de acariciarla, de hacerla sentir placer obligada. Mi musa me ha dicho que la pruebe, que sabe bien, a huesos tristes, a ceniza, a enferma, a película de bajo presupuesto".

Cuando leo lo de la huella que él ha dejado en su rostro, mi piel cambia de temperatura. Ya no sudo... Me pongo helado,

me dan deseos de vomitar todo ese caldo que tomé a la hora de almuerzo. Algo me recorre el cuerpo, un frío polar se mezcla con un calor que me nubla la vista; he dormido muy poco, aún debo estar borracho, algo sube y baja junto con mi sangre. Esa cicatriz, la supuesta riña. Pero no lo sé. Nunca podemos saber qué tan real son estas ficciones que escriben estos pajarracos. Perfectamente esto no tiene por qué ser así, sino una invención de Bravari, sus fantasías. Lo de los lugares lo he podido comprobar. Que mi jefecito fue el que robó aquella carpeta, supongo que también. Pero lo de la cicatriz en la cara, no lo sé. "Cuando conocí a mi musa, ésta ya la tenía. En un principio me dijo que había sido una riña callejera, de la época en que trabajaba en las calles y otra prostituta le quiso quitar su esquina. Pero mi musa no se contiene tanto tiempo. Me dijo que había sido un hombre. Un cliente. Adicto a objetos sado. Mi musa nunca trabaja con ellos. Le teme a la muerte, al dolor físico. Al tipo se le pasó la mano. Pero le pagaba diez veces lo que ella pedía por quince minutos. Mi musa aceptó. Estaba mal de plata. Quince minutos tan solo, le dijo. No, va a ser media hora, le dijo él. Cuatrocientas lucas."..
Y ahí está, ahí está su odio, su rencor hacia el doctor. "Es solo por esto que odio tanto al jefecito. Quisiera que mi musa no tuviese ese surco que agrieta su rostro y vuelve tangible el dolor a mis manos. Palpo el dolor cuando quiero hacerlo. Quisiera que mi musa tuviese piel de ángel, pero no, al doctor Mackenna (Fierro, Andrade) se le pasó la mano con los jueguitos sado.
—Es que juguemos al cirujano plástico amor, desnudos, tú serás mi paciente. Lo haré con cuidado. Pero el cuidado se fundió en su placer. El bisturí se fusionó con la pasión asquerosa que cargaba ese hombre. En el orgasmo mismo le enterró el bisturí, alineó un tajo, desde su oreja a sus labios, gimiendo, pidiendo perdón, como un adolescente pervertido".

Ahora recuerdo la confesión del doctor Mackenna. "Soy psiquiatra porque no puedo ver la sangre; no podría volver a pasar por una escuela de medicina en mi vida".

Termino de leer la novela. Todo está cambiado, muchos nombres de personajes, de lugares. El único que se mantiene es el nombre del doctor Mackenna. Recuerdo a mi musa… Lloro. Ella podría tener piel de ángel.

Al día siguiente me levanto temprano. Tomo desayuno. Parto al hospital. Ernestina está como siempre. Repite su frasesita. El doctor Mackenna se pasea por los pasillos. Hoy su mandíbula está más desbocada. Me siento mareado. Yo también me paseo de aquí para allá, pero con la carpeta de Bravari, mi escritor preferido. ¿Y si yo también gritara: ¡Yo maté a Bravari; yo fui!?

*

Los días ahora tienen tonalidades extrañas. Siento miedo. He seguido bebiendo en ese bar. Juego con la carpeta debajo de mi brazo. Me paseo. Quiero dejármela, ser un plagiador. En cierta medida pienso que juego con la muerte. Si se me quedara olvidada en algún escritorio, en la sala de reuniones, podría encontrarla el jefecito. Pero insisto en pasearme, rozar los límites.

"El caso aun no se resuelve", dice la prensa.

Ernestina se va de alta. Cuando no hay camas acá en el hospital, hay que enviar a los pacientes a sus casas, con cuidados especiales. Las madres se enfurecen. No quieren monstruos en sus hogares. Bellos monstruos, digo yo. Los amo a todos. A la semana vuelven y le piden al médico que interne nuevamente a su hijo, marido, qué se yo. Inventan historias, lloran, el enfermero les da un Alprazolam. Se van con el niño a cuestas, lo cargan en sus espaldas cansadas de años de llevar a esos niños locos. Niños que pesan sobre ochenta kilos. Las veo a veces alejarse por los pasillos. Los llevan de la mano, desaparecen abrazados.

Ernestina se va a la casa de su hermana. Está libre, pero en proceso. El equipo clínico del sector le diagnosticó una psicosis esquizo-paranoide. El doctor Mackenna nos convenció de que así era. Asentí sin vacilar.

—Sí, así es doctor.

Quiero seguir jugando por algunos días, mientras intento redactar una carta con el informe de mi investigación al juez encargado del caso. Es una tarea ardua. Necesito decidir si los delataré o me quedaré con la carpeta. Quiero ser escritor. Podría llevarla a una editorial extranjera, a una agencia enorme, que me den premios, que me paseen como el mejor de novela negra por ferias y pasarelas. Sigo paralelamente con el informe. Ya van diez u once páginas. Escribo, relato. Intento dejar de lado mis fantasías. Escribo lo que pasó. Describo. Eso es, describo. ¡Uf!, a ratos siento que soy la reencarnación de Bravari.

A veces recuerdo a Carmen, a la musa redonda, a Mariela. ¿Podré ver nuevamente a mi musa? Al doctor ya no le tiembla la barbilla, su mandíbula se ha estabilizado. Termino la carta. Se la envío al juez de turno. A los dos días me llega una carta certificada para que vaya a declarar. Me presento, me escuchan. Me preguntan muchas cosas. Respondo. No entrego el manuscrito. Nadie se da cuenta que lo omito. Usted es una pieza clave, escucho una voz a lo lejos.

*

El doctor ya está en proceso. En el hospital le han abierto un sumario. Sigue asistiendo a trabajar. Su mandíbula vuelve a desbocarse. Los rumores corren. Pido vacaciones. Ernestina declara. Cae de un solo golpe. La musa-redonda también declara.

En el periódico leo a diario acerca de la noticia final. A veces me mencionan: ...el psicólogo que entregó pistas a la justicia. A veces a Mariela, "...amante del difunto escritor, su musa". A veces al doctor Mackenna, "...con trastornos psiquiátricos, tendencias sado-masoquistas". Ernestina relata con lujo de detalles lo ocurrido esa noche: "El doctor me dijo que sabía que el escritor me deseaba. Me dijo que lo invitara al motel de Bandera, que él pagaba todo. Me dijo que el escritor estaba mal, que tenía pena, que Mariela se lo había contado. El doctor me pasó unas pastillas para que le diera al escritor para su pena, que tenía que tomarse una sola. Yo lo invité, nos juntamos allá. Le dije que se tranquilizara, que las cosas iban a pasar. Se tomó la pastilla y parece que era así como una droga, porque comenzó a decir cosas extrañas. Mi teléfono sonó. Era el doctor. Me preguntó cómo iba todo. Yo le dije que bien, que el escritor estaba medio borracho después de la pastilla. Me dijo que me iba a ir a buscar. ¿En qué habitación están? Llegó de inmediato. El escritor no reaccionaba ante lo que sucedía. El doctor le dijo que tomara agua. La cara del escritor se arrugó cuando bebió. Se la tomó al seco. Salimos de la habitación. Lo dejamos ahí. ¿Por qué?, le pregunté. Para que descanse, me dijo. Salimos del motel. Llegamos a un camino. Me dijo que al día siguiente debía dirigirme al hospital haciéndome la loca. Me enseñó cómo uno se hacía la loca. Si no lo hacía, me dejaría a mí y a mi niña".

*

El jefecito ahora está preso. Su condena puede ser hasta de veinte años. La musa-redonda llora desconsolada por todo. La visité uno de estos días. Ernestina también llora. Todas las mujeres son unas lloronas. Tuve que ir nuevamente a declarar. Omití por meses lo del manuscrito. Uf, ahora aparezco en todos los diarios. Aparezco en todas las portadas de este día glorioso. En todas las portadas de las páginas culturales del mundo: el nuevo escritor chileno de policiales, que conquistó el viejo continente y USA, que será traducido a todos los idiomas; el mejor escritor de policiales de este siglo, el mejor escritor.

Bye Bye, Barbie

Pablo Azócar[5]

Uno

El contacto se hizo en Buenos Aires. Peñaloza llegó con media hora de adelanto, pidió una ginebra, encendió un cigarro cubano y abrió un libro, *La escalera de caracol*. Contra todos los pronósticos, se sintió cómodo, jovial. Las terrazas del Hotel Plaza le parecieron el mejor lugar del mundo. Un cosquilleo le mordía en la garganta y se dijo que debía ser la adrenalina. Se había puesto lentes oscuros, pantalones a rayas, sombrero blanco y una camisa floreada, tal vez para pasar inadvertido.

Peñaloza era huesudo, pálido, y tenía las arrugas y las canas prematuras de los hombres que a los treinta y cinco años quisieron casarse y no pudieron. Sonrió divertido: estaba en el momento crucial de la novela, cuando la solterona Rachel Innes se encuentra encerrada junto al asesino en una pequeña habitación secreta situada detrás de la chimenea: "Sabía que estaba arrastrándose hacia mí, centímetro a centímetro". Le pareció asombroso que ese libro hubiese podido escribirlo una amable dueña de casa que reúne los domingos a sus nietos y paga todos sus impuestos, aunque luego concluyó que él también era (corrigió: *había sido*) un respetable profesor de primaria y ahora estaba viviendo su propia novela. Levantó el brazo para pedir otra ginebra, dándose valor, y encendió otro

[5] San Fernando, 1959. Escritor y periodista. Se tituló como periodista en la Universidad de Chile en 1981. En 1990 publica su primera novela, *Natalia*, con la que obtiene el Premio Municipal de Literatura de Santiago 1991. El año 1997 publica la novela *El señor que aparece de espaldas*, y al año siguiente el volumen de cuentos *Vivir no es nada nuevo* (1998), que recibió el Premio del Consejo Nacional del Libro. El año 1999 publica el ensayo periodístico *Pinochet, epitafio para un tirano*, y en el 2009 se publica su libro de poemas *El placer de los demás*, Premio del Consejo Nacional del Libro 2008.

de los cigarros Montecristo que había comprado esa mañana. Se vio reflejado en el ventanal de la terraza y se sintió satisfecho con su estampa. Soy otro, se dijo, enviando argollas de humo.

A la hora exacta, cuando el reloj del salón daba cinco campanadas, el contacto se sentó en la mesa. El tipo era alto y planchado; parecía sacado de una publicidad de lavadoras. Iba peinado con gomina, vestía un terno gris de corte, corbata de seda, y llevaba un broche dorado con el diseño de una sirena en el ojal. Qué cabrón elegante, se dijo Peñaloza, que de pronto estaba perdiendo todo el aplomo y se sentía extraviado, absurdo, con su camisa tropical.

—¿El hombre delgado? —preguntó el contacto, con inconfundible acento bonaerense.

—Soy un hombre del montón y sé lo que éste quiere —tartamudeó Peñaloza, soltando una bocanada de humo.

Era el diálogo convenido (lo había elegido Peñaloza buscando entre sus novelas) y no hacían falta otros. El contacto conocía su oficio. Con un gesto natural, como quien baraja un juego de naipes, tomó la caja de cigarros Montecristo que había traído Peñaloza y le puso otra igual sobre la mesa. En su interior debían estar el pasaje y el lugar preciso del siguiente encuentro, en la escala de Brasil. Ahora solo restaba concluir la operación sin cometer errores. El contacto hizo un par de comentarios sobre el verano anticipado, sobre la capa de ozono. "Ya no existen las estaciones", resumió. Luego dijo que le habría gustado tener tiempo para darse un baño en la piscina, pero mirando la hora añadió que debía partir ya mismo. Peñaloza trató de decir algo, pero cuando halló una respuesta moderadamente inteligente ya su interlocutor se había levantado y le estiraba la diestra a modo de despedida.

—Tené cuidado con los cambios de clima —le dijo, cuando se iba, y por alguna razón a Peñaloza el tuteo le sonó como una amenaza.

Cuando se quedó solo, miró a su alrededor y le sorprendió la naturalidad con que hablaba y gesticulaba la gente en las otras mesas. Era extraño: el mundo seguía su curso. Se detuvo en una pareja de ancianos tomados de la mano, en un *tête-à-tête* de adolescentes. "Pobres", pensó Peñaloza, volviendo a mirarse en el reflejo del ventanal, "no saben hacer otra cosa que llevar vidas comunes". Miró la caja de cigarros que el contacto había puesto sobre la mesa. Durante un rato jugueteó con los dedos alrededor de ella sin atreverse a tocarla. Llamó al mesero y le pidió la cuenta. En un impulso quiso seguir leyendo, pero estaba inquieto, sudaba, se le cruzaban las letras de la señora Rinehart. Recordó, reconfortado, que además de un pantalón de recambio y tres camisas, había puesto en su maleta suficientes novelas policiales como para no aburrirse en una década. "Sin palabras soy raíz de cementerio", dijo, pero no recordó dónde había leído esa frase. Respiró hondo, pagó con algunos de los últimos billetes argentinos que le quedaban y se dirigió decidido al baño. Encerrado en un WC, abrió la caja de cigarros: había allí un pasaje de Air France, un papel escrito a mano y diez billetes de cien dólares que no esperaba y que otra vez lo sumieron en un estado de exaltación. "Desde este momento soy rico, y ya nunca más dejaré de serlo", repitió, como si decirlo le bastara para convencerse. Parecía fascinado con su imagen: se miró durante un rato en el espejo del lavatorio, hizo un par de muecas de simio bajo la visera del sombrero y se secó la transpiración con la toalla. En un viejo mecanismo, gatillado por la emoción, que se coludía con lecturas bulímicas y desordenadas, se le vino a la cabeza una escena en la que el detective Cotton Hawes, en *Til Death*, cree encontrar a un sospechoso en el servicio:

"Se abrió la puerta del cuarto de baño. Salió un hombre delgado con gafas, subiéndose la cremallera de la bragueta.

"–¿Hay alguien más ahí dentro? –preguntó Hawes.

"–¿Qué?

"–En el cuarto de baño.

"–No –contestó el de las gafas–. Claro que no. ¿Cómo iba a haber alguien más ahí conmigo?

"Hizo una pausa y añadió indignado:

"–Oiga, ¿y usted quién es?

"–Compañía del Agua –respondió Hawes–. Estamos comprobando".

Dominado por una risa nerviosa, Peñaloza se secó por última vez la cara –no lograba domesticar el sudor– y salió del baño, con una mano en el bolsillo, cerciorándose de que aún seguía ahí la caja de cigarros. Estaba recobrando la calma. En la misma puerta del hotel montó en un taxi y dos horas después estaba a bordo de un avión con destino París y escala en Río.

Apenas se hubo acomodado, lo invadió la misma euforia del día anterior, cuando salió de Santiago. Antes solo había viajado un par de veces en vuelos locales: instalado ahora en la amplia poltrona de primera clase, se sintió patrón del mundo, se repitió que por fin había llegado el enorme destino que le estaba señalado, y cuando la azafata le sirvió sonriente el segundo whisky, achispado, se juró impregnado por el espíritu del detective Bencolin en *El caminante nocturno* ("el asesino no se ocultaba en ningún sitio de la habitación, no había escapado por la ventana, no había salido por la puerta del salón, y sin embargo un asesino había decapitado a su víctima dentro de aquel cuarto; sabíamos a ciencia cierta que el muerto no se había suicidado"). Celebrando su propia agudeza, concluyó que haber sido hasta entonces un modesto profesor primario era un lugar común, y que eso mismo le daba relieve al personaje todopoderoso en que se había transformado desde hacía veinticuatro horas.

–¿Qué hora es, nena? –le preguntó a una azafata pelirroja que le ofrecía bolillas de caviar.

–Las nueve y cuarto, una hora menos que en Río.

–Está bien. Dígale al comandante que lo pasará muy mal si se retrasa –dijo, hinchado, preguntándose si sería pertinente invitarla a cenar cuando llegaran a París.

Buscó al azar un libro en su bolso de mano y se encontró con un viejo conocido, Anthony Berkeley, *El dueño de la muerte*, donde míster Todhunter, a quien le quedan solo unos cuántos meses de vida, planea un asesinato para dar sentido a lo que le queda de existencia. Peñaloza se había quedado semidormido con el libro en la nariz cuando los altavoces anunciaron que el avión se disponía a aterrizar para la escala en Río. Miró el reloj: solo había pasado media hora. "Todo está bien, ha cumplido usted con el *timing*", le comentó en la salida a la azafata, que hizo un ademán de no entender.

–Todo está maravillosamente bien, bombón –repitió Peñaloza, quitándose con ceremonia el sombrero blanco a modo de despedida–. Y no la excluyo a usted en mi balance.

La escala en Río duraba cuarenta y cinco minutos y la operación, indicada en el papel que le había entregado el argentino, era sencilla: debía comprar en el *free-shop* una muñeca Barbie de las grandes, instalarse en la sala de espera y aguardar la llegada de un viejo con barba blanca que se sentaría a su lado con el libro *Las vacaciones del verdugo* en la mano: era la contraseña. Entonces se produciría el enroque de paquetes. Nada más fácil. Pero no lo fue tanto. Había pasado media hora y Peñaloza seguía recorriendo las incontables vitrinas del aeropuerto y todavía no daba con un local en el que vendieran Barbies. Crecientemente alterado, le pareció una ironía que esa muñeca de mierda le impidiera cumplir la operación que debía consagrar su fabuloso destino. Pero al fin dio con una tienda en la que aún quedaban tres o cuatro Barbies, aunque ninguna medía más de veinte centímetros. "A mi hija solo le gustan las muñecas muy grandes", insistió, pero el vendedor le dijo que eran las únicas que había en stock. "Es usted un inepto", le dijo Peñaloza, después de pagar y hacerse de un saco plástico en el que sobresalía apenas la cabecita de la muñeca. El vendedor intentó responder algo, pero Peñaloza lo cortó con una de las fórmulas que había acumulado como arsenal sin darse cuenta:

–Tenga cuidado, Jack, con lo que dice. Tengo plomo y lo regalo gratis.

El momento había llegado. Peñaloza acababa de sentarse en la sala de espera cuando un individuo calvo, con bastón y barba gris, se sentó a su lado. Tendría unos sesenta años, respiraba como si tuviera dentro una cortadora de pasto y andaba tan encorvado que parecía estar buscando siempre monedas en el suelo. En una mano llevaba ostentosamente el libro convenido de la Sayers y en la otra un bolso del *free-shop*, similar al de Peñaloza, con la cabeza de la muñeca sobresaliendo hacia afuera, aunque todo en una dimensión tres veces mayor. Peñaloza esperó, mirando la hora y calculando que dentro de unos instantes ya debería volver al avión. Sin embargo pasaron unos minutos y el anciano a su lado no se movía. Cuando por los altavoces se dio aviso para que los pasajeros que continuaban viaje a París se dirigieran otra vez al avión, Peñaloza comenzó a perder la paciencia.

–Qué está esperando, amigo –dijo.

El veterano no respondió; tampoco se volvió hacia él. Las instrucciones eran claras: no debían mirarse a la cara en ningún momento. Pero no estaba dicho que no debieran hablarse, y Peñaloza lo hizo nuevamente cuando oyó el segundo llamado que instaba a los pasajeros a volver al avión.

–Vamos, actúe, abuelo.

El viejo se inclinó discretamente hacia la izquierda, donde estaba él, con el gesto evidente de quien busca intimidad; en un tono casi inaudible y con acento portugués, dijo:

–El que no está cumpliendo con lo estipulado es usted: primero llega tarde y, como si fuera poco, con una muñeca en miniatura.

Irritado, con la vista fija en el fondo de la sala, donde los últimos pasajeros entraban en el avión, Peñaloza sacó una carta que asoció vagamente al inspector Grant en *Asesinato en el teatro*:

–Si no se pica carne, no hay hamburguesas. O haces ahora mismo lo que tienes que hacer, o te destapo los sesos, pelotudo.

El vejete vaciló unos segundos, pero luego arrastró con el pie su saco con la muñeca grande hasta las piernas de Peñaloza, que bufó aliviado y secretamente orgulloso de su elocuencia.

Entonces tomó el paquete, con cierta dificultad, se levantó con rapidez y sin volverse caminó hasta el avión. Al llegar al túnel de ingreso, intentó hacerle una broma a la azafata pelirroja, que recogía las tarjetas de embarque, pero con la voz en un hilo apenas le salió:

—Disculpa el retraso, cariño.

Cuando llegó a su asiento, sin haber recuperado el aliento todavía, se encontró con la sorpresa: una mujer había ocupado su puesto. Parecía abstraída con el paisaje del aeropuerto que miraba por la ventanilla. Peñaloza la observó: tenía los labios gruesos como un abrigo de visón, la nariz operada y no era gorda, aunque algunos kilos de más se concentraban alevosamente en el escote. Peñaloza encogió los hombros y se dijo que era igual a Linda Loring, aunque el oxigenado del pelo le daba un aire de suburbios londinenses. "Perdón", dijo, pero no pudo continuar la frase, pues ella le preguntó en inglés si no quería ocupar su puesto en el lado del pasillo. Peñaloza miró la muñeca pensando que le sería más difícil acomodarla en un rincón seguro entre sus piernas, pero decidió que había suficiente espacio y accedió.

—Está bien, usted se queda con la ventana siniestra —dijo, aunque enseguida supo que la broma era pésima, que ella no había entendido nada.

Intentó reivindicarse cuando más tarde llegó el champán. "A su salud", dijo, levantando con dos dedos la copa al modo del detective Race Williams, y ella devolvió un gesto ambiguo antes de volverse hacia la ventanilla. No es posible que no descubra mi genio, se dijo Peñaloza, y extrajo aparatosamente la novela *Malice aforethought*. Leyó en voz alta: "Solo después de transcurridas unas cuántas semanas desde el momento en que decidió matar a su esposa, el doctor Bickleigh dio los primeros pasos efectivos hacia el cumplimiento de aquel propósito. El asesinato es un asunto serio".

–¿Qué le parece? –dijo, pensando que su pronunciación británica le daba ventaja con respecto al inglés yanqui de la mujer.

–¿Perdón? –la mujer pareció volver de un largo viaje, ser arrancada del sueño eterno.

–Imagino que conoce usted a Francis Iles. La novela es espléndida. Inolvidable. Detalla deliciosamente los pormenores del crimen que el médico...

–¿Es usted escritor?

Sorprendido por la pregunta, Peñaloza titubeó. Supo que había enrojecido. La mujer lo estaba mirando a los ojos, y él no pudo evitar preguntarse cuánto tiempo hacía que no experimentaba una sensación de este tipo. Reflexionó: "Mierda". Y tuvo que repetirse varias veces: "Los duros no se enamoran".

–¿Cómo lo supo? –dijo por fin, y se sintió feliz con la respuesta–. Sí, soy escritor. Soy escritor. Razones publicitarias, usted entiende, me impiden revelarle mi verdadero nombre, pero puedo decirle que vivo de mi pluma y que seguramente me ha leído. Llámeme Biggers, Earl Derr Biggers.

–¿Qué escribe usted? –preguntó la mujer, dando muestras de interés.

–Relato las historias de un inspector chino, Charlie Chan. La idea, usted sabe, es combatir la imagen, que abunda en la literatura, de que todos los chinos son estúpidos y pasados de moda. Nobleza obliga.

Peñaloza tuvo que hacer esfuerzos para reprimir la oleada de euforia que le estaba montando a la cabeza. "Se está enamorando de mí", pensó, "se está enamorando de mí".

–¿Por qué oculta usted su nombre? –la mujer recibió esta vez con una ancha sonrisa la segunda copa de champán que Peñaloza le ofrecía después de retirarla de la bandeja extendida por la azafata pelirroja, que ahora había desaparecido por completo de su punto de mira.

–Cosas de la profesión –dijo–. Me llamo también Giorgio Scerbanenco, Pierre Siniac, Patrick Quentin, Ellis Peters.

Seguramente usted leyó *El monje del santuario*. La Edad Media siempre me resultó fascinante, ¿sabe? Debí encerrarme dos años en las bibliotecas de Berkeley para preparar esa novela. Ahora viajo a París para documentarme sobre un nuevo libro, basado en un personaje real: un tipo que se llama George Starckman. Estafó a los rebeldes en la Guerra de Argelia, le vendió blindados falsos a Gadafi y armas iraníes a Israel; fue dueño de un célebre burdel parisino, le vendió tanques rusos a Pinochet y cañones de Alemania Oriental a la Contra nicaragüense... ¡Ah, Starckman! Un bribón irrepetible. Cayó hace poco por impuestos, como Al Capone. Tengo una cita con él en la cárcel. A veces la fantasía, usted sabe, debe nutrirse de la realidad, que siempre acaba siendo más cruda que la más cruda novela.

Inflamado por su propio discurso, envalentonado por el champán, Peñaloza tuvo la tentación de tomarle la mano, besarle el cuello, asaltarla, o cuando menos acorralarla con una frase del tipo: "Hay mucha gente que tiene sus manías. La mía es empuñar una pistola cargada mientras duermo". Recordó la novela de S. S. Van Dine, donde el detective Vance enamora a una mujer con la sola mirada bajo el ala del sombrero después de discurrir con erudición sobre ajedrez, sobre Ibsen, sobre matemáticas. "Soy Vance", se dijo Peñaloza, "aunque Philo Vance merezca un puntapié en el culo". Tuvo la idea de proponerle matrimonio a la mujer, pero de inmediato recordó la regla de oro: los duros no se casan. Se vio a sí mismo descrito por Wilkie Collins: "Con el rostro marmóreo, como un aparecido en blanco y negro, exangüe, ojos ardientes, con la mirada avasalladora y una expresión del todo desconcertante, ¿burla, aflicción, crueldad o perseverancia?" La conclusión no se hizo esperar: "Debo enloquecerla, debo embriagarla, debo amarla sin decírselo jamás, debo llenarla de promesas que nunca cumpliré, debo acosarla, debo aterrorizarla, debo endiosarla". Peñaloza se sentía libre, colosal, asesino, con una clarividencia monstruosa y universal. No pudo no recordar al Marlowe de *El sueño eterno*, cuando, después de darle un culatazo, le pregunta a una rubia:

–¿Le he hecho mucho daño?

Y ella le responde:

–Usted y todos los hombres que he conocido.

Peñaloza fue hasta el baño, meó largamente, se sintió mareado, se humedeció varias veces la cara, se rió mirándose al espejo y volvió a sacar el papel de la caja de cigarros con las instrucciones para la escala siguiente, París, París, París. Entonces advirtió que no sabía el nombre de la mujer destinada por los oráculos a ser su musa. Volvió con ansiedad a su asiento; al pasar le guiñó desdeñosamente un ojo a la azafata pelirroja y le pidió que desenfundara otras dos copas de etiqueta negra. Llegó donde la mujer dispuesto a sacudirla con dos recetas culinarias de Pepe Carvalho que conocía de memoria.

–Pero no me ha confesado usted su nombre –le dijo, en cuanto se hubo acomodado en el asiento.

–Es que yo tampoco puedo decírselo, porque estoy de servicio –replicó la mujer, acomodándose de costado, cerrando los ojos con la manifiesta intención de dormirse–. Soy policía.

Dos

Peñaloza avanzó con premura por las cintas mecánicas del aeropuerto Charles de Gaulle en dirección a la aduana y, con la Barbie en la mano izquierda, se dijo que estaba llegando el momento decisivo. "Pero desde ahora toda mi vida será una sucesión de momentos decisivos", se dijo. Tenía las ojeras acentuadas, como lo había notado en su última visita al baño del avión, pero estimó que tras un viaje como ése todos los pasajeros tendrían el agotamiento en la mirada. En realidad, no había pegado un ojo, y durante la última parte del trayecto se había dedicado a especular sobre la misteriosa mujer sentada a su lado, que por fortuna había dormido todo el camino. Desde la revelación de su condición de policía, Peñaloza sencillamente quería quitársela de encima. ¿Quién era esa rubia? Con la experiencia que le daba una ingestión consuetudinaria de enigmas policiales, Peñaloza concluyó que había absurdos evidentes. En primer lugar, ella no tenía aspecto de policía. Segundo, si lo era, ¿qué policía revela ligeramente su condición al primer desconocido que tiene al lado? Además: ¿qué era eso de que estaba de servicio? ¿Haciendo qué, investigando qué? En la sucesión de imágenes, una diapositiva atroz había contribuido al insomnio: la de los diarios informando su captura:

Descubren Operación Gigante en Charles de Gaulle

No, más bien:

Profesor Primario Era Cabeza de Banda Criminal

Tampoco. Tal vez:

Proponen Pena de Muerte para el Sicario

Qué va. Algo más convincente:

Apedrean a Peñaloza. Lo Desnudan en la Plaza Pública

El corolario fue ineludible: ¿qué dirá mi madre?; ¿cómo reaccionará don José?; ¿cómo les explicaré a mis alumnos? Pero Peñaloza estaba para cosas grandes, carajo, y se sobrepuso apelando al recurso del detective Philip Gasket cuando caía al vacío: observarlo todo con distancia profesional, con dos gotas de sarcasmo y tres de descaro, y no desviar su atención de las preocupaciones prioritarias, que en su caso era, por ahora, una sola: la mujer oxigenada que dormía con la cabeza en la ventanilla. Peñaloza se dedicó a examinarla, ya sin detenerse en el escote, y se dijo que si hubiera tenido estricnina se habría limitado a eliminarla con elegancia, a la manera del maldito Corot: dejando huellas para darles trabajo a los peritos. El avión comenzaba su descenso hacia el aeropuerto de París cuando Peñaloza, cabeceando, agotado, discurrió una hipótesis plausible: esta mujer no es policía, es una enviada de *ellos*, quieren controlarme o meterme miedo. ¿Pero miedo por qué? ¿Qué sentido tendría intentar meterme miedo, si precisamente se trata de que yo pase la aduana con la mayor serenidad? Cuando el avión aterrizó, se levantó enseguida y trató de alejarse de la rubia. Poco después, sin embargo, cuando avanzaba por los pasillos del aeropuerto, ya cerca de la aduana, se la encontró cara a cara. La mujer cargaba dos bolsos de mano que con toda evidencia pesaban bastante, deteniéndose cada tanto.

—¿Le ayudo? –dijo Peñaloza, consciente de que no tenía alternativa; estaba claro que era lo que ella estaba esperando.

—Usted parece destinado a transformarse en mi amuleto –dijo la rubia. Otra vez sonreía. Otra vez lo estaba mirando a los ojos.

—Las policías como usted, belleza, no requieren protección: llevan el amuleto en la pechera –la frase de Carlyn Wells le salió sin darse cuenta.

Esforzándose por sonreír, tomó uno de los maletines de la mujer –pesaba más de lo normal– y ella le ofreció a cambio llevarle la bolsa con la Barbie. Peñaloza aceptó, y tardó algunos segundos en darse cuenta de que había cometido el primer error. Y el más grave de todos: separarse de la muñeca era el único lujo que no le estaba permitido. "Los duros no se equivocan", pensó con rabia. Sintió en la frente un sudor helado; el pánico se le metió debajo de la camisa. Imaginó a la mujer huyendo con la muñeca por los interminables túneles del aeropuerto, la imaginó perdiéndose en ascensores y escaleras mecánicas, se imaginó a sí mismo caminando por los Campos Elíseos con las manos vacías, se vio de vuelta en un consejo de profesores de escuela; se imaginó cadáver, pasto de guarenes, abandonado en un basural de las afueras de París.

—¿Seguro que no le pesa la muñeca? –atinó a decir, aunque resultaría exagerado afirmar que en sus palabras había una gran convicción.

—Para nada –dijo la rubia–. Es lo menos que podría hacer por un encanto como usted, mister Biggers.

Caminaron juntos hasta la zona de *livraison de bagages*. Esperaron sus respectivas maletas como si para ambos fuera un trámite molesto del cual quisieran desembarazarse lo antes posible. Casi no hablaron. De reojo, protegido por las gafas oscuras tras las cuales se había atrincherado otra vez, Peñaloza no perdía de vista la Barbie, y de paso se dio tiempo para observar a los agentes de la aduana, que para su alivio no parecían particularmente nerviosos o inquietos. El momento de enmendar el error llegó cuando por fin en la cinta transportadora aparecieron los equipajes, y con ello la oportunidad de redistribuir los bultos. Pero Peñaloza había perdido la calma: apretando los dientes, achinando los ojos, arrancó con violencia el bolso con la muñeca de entre los pies de la mujer, asió su propia maleta con la otra mano y, sin decir palabra, partió como un rayo buscando la salida. Admitió, por qué no, la eficacia eventual de la máxima de Fenimore Cooper: "Cuando te acorralan, cuando no te quedan balas, patitas para qué te quiero". Había llegado la hora de los duros, pensó, cuando sacas dos ases de la manga y das vuelta la mesa. Peñaloza trastabilló un par de veces y se encaminó hacia la salida dispuesto a vender su piel con interés. Casi iba ingresando a la aduana, zona de objetos no declarados, cuando oyó la voz de la mujer a su espalda:

–Ey, mister Biggers.

Peñaloza vio detenerse todos los relojes del aeropuerto, vio el mundo transformado en una moviola enloquecida. Fotográfico, se volvió en un instante que fueron horas o años, un instante que vivió como se vive el purgatorio. La mujer, sin embargo, no lo estaba apuntando con un Colt 36. Nada de eso. Mansa, cálida, inolvidable, se aproximó hasta él, exhibiéndole toda la dentadura, y le extendió la mano.

–Ha sido usted encantador –dijo–. No sé cómo agradecérselo. Me quedo esta semana en el Hotel Europe. Está ubicado en el Quai des Grands Augustins. Si todavía anda por aquí, llámeme. Me haría muy feliz. No me sorprendería que encontráramos algunas cosas que decirnos. Me llamo Lowenthal, Linda Lowenthal.

–Notable coincidencia. Había pensado que para mí usted se llamará siempre Linda Loring –replicó Peñaloza, estirándole los cinco dedos, estupefacto por las volteretas de la vida, por la violencia de los acontecimientos, por su propia sangre fría.

–¿Linda cuánto?

—Ya le contaré, caramelo, cuando usted y yo tengamos todo el tiempo del mundo metido en una cuenta bancaria.

Fue el remate preciso. Peñaloza se sintió épico, inmortal. Hubiese querido ver su *performance* en los noticieros deportivos de fin de año. Se despidió de la mujer cerrando un ojo y alzando el sombrero, y atravesó exultante la aduana. A la pasada, miró a los agentes con una mezcla de condescendencia y desprecio. Casi le hubiera dado lo mismo ser descubierto: la ignominia ya no existía. Los agentes podrían introducirlo en un habitáculo y arrancarle la ropa y atarlo contra una silla y meterle la picana eléctrica y destrozar delante suyo la cabeza y las piernas de la Barbie: acaso él se hubiera limitado a soltar una carcajada o un chiste picante y sumamente cruel, porque se sentía más allá del bien y del mal. Hubiese podido declararse autor de centenares de operaciones similares, toneladas de Barbies distribuidas por el planeta; tal vez se hubiese confesado autor de impersonales y rigurosos destripamientos de viejecitas inválidas para arrancarles cuatro billetes debajo del colchón.

Atravesó el *hall* del aeropuerto con una sonrisa y silbando una tonada de la versión cinematográfica de *Los canallas van al infierno*. Sumergido en la multitud, no tardó en perder por completo de vista a la mujer, pero se sintió seguido y observado: son *ellos*, concluyó. Pero continuó como si nada. Una vez afuera, se echó encima un chaquetín torero, hizo fila pacientemente para esperar un taxi y cuando le llegó el turno le pidió al chofer que lo condujera al Hotel Ritz. En el auto miró hacia atrás y le pareció ahora que nadie lo seguía. Satisfecho, algo más sereno, encendió un cigarro cubano. El chofer iba a protestar, pero Peñaloza se adelantó:

—Todo se arregla con dinero, Jack —dijo, estirando un papel de cincuenta francos.

Solo lamentó no contar en esta lengua con su acento *british* y que más bien le saliera el parloteo de Julio Iglesias en el Olympia de París.

La misión se aproximaba a su final: en el hotel no tendría más que esperar a que *ellos* dieran cuatro golpes en la puerta de su habitación, como estaba dispuesto. El cielo de París estaba del único modo que conoce en otoño, gris como un regimiento, pero a Peñaloza le pareció resplandeciente y miró el futuro como lo hubiera hecho Ivés Montand tras el golpe de Place Vendôme, y le vinieron ganas de bailar la *valse musette* con la mismísima muñeca, y pensó que podría invitar a cenar a Lauren Bacall en los altos de la Torre Eiffel para preguntarle por la filmación de *Cadáver de agua dulce, y* juró entregarse a esta ciudad hasta quedar *au bout de souffle,* con apostura de Belmondo pero final de Jean Gabin.

–Efectivamente, hay una reserva para usted, monsieur. Cuarto número 504 –le dijo en la recepción del hotel un larguirucho con bigotes de Dalí que a Peñaloza le pareció tan pedante que se dijo que consideraría la posibilidad de obsequiarle una ración de calibre 45 entre las cejas.

Cuando estuvo solo en la enorme habitación 504, tras observar los ojos del botones transformados en huevos fritos ante un billete de cien francos, Peñaloza metió la Barbie dentro de la cama, la miró con ternura, le rozó los labios y parodió a E. W. Hornung para decir: "Peñaloza era, bien mirado, un sinvergüenza". Durante un rato dio vueltas por el cuarto, sin poder reprimir la risa. "Soy el hombre del labio retorcido, soy un escarabajo de oro auténtico", juró, después de llamar a la recepción para ordenar una botella de Laurent Perrier. "Con dos copas", dijo. Se desnudó con ansiedad, repartiendo sus vestimentas por la sala. Se duchó canturreando, se afeitó poniendo especial atención en su perfil de guerrillero, se roció con Christian Dior After Shave y salió del baño metido en una bata, deteniéndose por enésima vez frente al espejo, ya del todo transformado en *gentleman-cambrioleur.* "Con excepción de las cicatrices de bala, ocultas bajo sus ropas, y de la cicatriz del tamaño de un dedo que se había cargado toda la línea de pelo de la base del cráneo, precisamente allí donde la primera bala se lo había socarrado, su aspecto era más o menos el mismo", recitó. Entonces dio un salto sobre la cama y cayó encima de la Barbie. Nariz a nariz, imitando la postura de un recién casado, le susurró en la oreja:

–Todavía no imaginas la sorpresa que te espera, hija, y no estoy hablando de matrimonio.

Una hora más tarde, tres hombres, cansados de golpear inútilmente, debieron hacer saltar con una Magnum silenciosa la chapa del cuarto 504. La ventana que daba a los tejados estaba abierta. Sobre el espejo había una leyenda escrita con lápiz labial: *Bye, bye, Barbie.* De Peñaloza, ni sombra, porque se había esfumado, y de la muñeca no quedaba más que el aroma de *after shave* que se impregna en el volumen de ciertas mujeres en la embriaguez de los momentos más crueles, hermosos y definitivos.

El trino del diablo

ALEJANDRA BASUALTO[6]

Me instalo junto a la ventanilla, a pesar de que un viaje en el nocturno a Concepción poco me va a permitir ver del paisaje. Sin embargo, como animal de costumbres que soy, me complazco repitiendo estos procedimientos metódicos y regulares en mis continuos movimientos por el país. Y no es por neura. Es más bien una deformación profesional. En este trabajo estoy obligado a mantenerme siempre alerta, y la repetición inalterable de algunos actos me permite realizarlos mecánicamente, sin distraer mi mente en otros asuntos.

Como no soy de ésos que se duermen tranquilamente en los viajes –debo adelantarme a cualquier cosa que ocurra y, si es posible, prevenirla, y si no, ponerme a trabajar sobre la marcha–, busco en mi maletín de mano aquella novela de Sábato que estoy a punto de terminar. Puros papeles... Me palpo la chaqueta sin esperanzas, el libro es demasiado grande para caber en los bolsillos. Solo siento la dureza de mi compañera pegada a las costillas. ¡Maldición! Con la urgencia con que me obligaron a partir, seguro la dejé olvidada sobre el velador de la pensión. Ya presentía yo que algo iba a resultar mal cuando me bajé de la cama por el lado izquierdo. Junto con poner mi planta sobre el piso frío, me golpeó el escobazo de la superstición, como les pasa a las mujeres. Aunque nadie podría acusarme de poca hombría, sé que cuando uno vive cerca del peligro debe protegerse con ciertas cábalas. Basta no más ver a don

---

6   Rancagua, 1944. Licenciada en Literatura y egresada de Doctorado en Literatura Latinoamericana, Universidad de Chile. Dirige el taller literario y la Editorial La Trastienda desde 1988. Ha sido traducida y publicada en antologías en Chile, Estados Unidos, México, España, Francia, Italia y Dinamarca y ha obtenido varias distinciones tanto en Chile como en el extranjero. Ha publicado: *Los ecos del sol* (1970), *El agua que me cerca* (1984), *La mujer de yeso* (1988), *Territorio exclusivo* (1991), *Las malamadas* (1993), *Desacato al bolero* (1994), *Casa de citas* (2000).

Francisco en la tele, o a tantos otros… En fin, ese pie izquierdo fuera de la cama me provocó una sensación instantánea de falta de redondez, de indefensión, de qué sé yo…

Después supuse que era normal sentir eso en vísperas de una misión tan especial. De todos modos, esa Alejandra es una verdadera cretina y su enamorado Martín no se queda atrás tampoco, pero el informe sobre ciegos me da que pensar. Tengo experiencia en asuntos de ese tipo. Si yo fuera Sábato habría… ¡A la cresta con la novelita esa! Me carga enrollarme con esas historias estúpidas inventadas por hombrecitos que no han vivido nada de lo que escriben. Es la vida la que nos da las mejores historias. Si no lo sabré yo, con santísimas cosas que me ha tocado ver con estos ojos… Lo cual me obliga a volver a mis asuntos.

Miro mis papeles por enésima vez, a pesar de que el prefecto me explicó todo con lujo de detalles en Santiago. Me parece increíble que en tres años la policía local no haya logrado descubrir ni la más mínima pista. ¿Será acaso el crimen perfecto? Pero aquí voy yo –Sherlock– como me apodan mis amigos del Venezia, a buscar las respuestas.

La noche del viernes 7 de septiembre de 1990, Silvestre Canales viajaba de regreso de un viaje de negocios, en un tren de itinerario, a Concepción. El pasajero parecía dormitar con la cabeza inclinada sobre el pecho cuando el vigilante, ya en la madrugada, tocó su brazo para despertarlo, pues el vehículo se aproximaba a su destino. Como no observó reacción, lo miró más atentamente, hasta percatarse de que la expresión del dormido era anormal. Se acercó al rostro y con la mano derecha levantó la barbilla. Allí, justo sobre el nudo de la corbata, se destacaba un fino trazo rojo que cercenaba el cuello pálido del pasajero apellidado Canales.

Estos son los hechos, simples y escuetos. Descripción clara, objetiva y formal de las circunstancias, como deben ser los informes periciales. Pero detrás de ellos siempre hay una historia oculta, esperando para saltarnos a los ojos, apenas le pongamos un poquito de atención. Y ésa es la parte que a mí me interesa: las personas involucradas, el móvil, tal vez un drama familiar, pasiones, miseria, en fin, hay tantos motivos para cometer un crimen. Y siempre es más fácil de lo que se piensa. Basta un centelleo en la cabeza, un rebotar de fuego para encender la rabia, y la reacción ni se piensa, viene solita... Y ahí quedó el muerto, mientras el hechor huye, quizás aturdido y todavía sin comprender qué pasó. Entonces entro yo, el Sherlock chileno. Recién empieza mi pega.

Revuelvo el maletín en busca de más informes: Sobreviven la esposa y dos hijos en edad escolar. Habitan casa propia con deuda bancaria pendiente por 15 años. Canales tenía un buen empleo administrativo en la Siderúrgica de Huachipato, y no se le conocían enemigos, según consta de las declaraciones de los compañeros de trabajo y vecinos del barrio. Tenía cuarenta y cinco años de edad y llevaba una existencia aparentemente ordenada y regular. No habría indicios de que ocultara una doble vida –cosa muy fácil de averiguar en una ciudad de provincia, aunque sea la floreciente Concepción–. Todo hacía pensar que había sido asesinado por error. Tal vez otro debió morir en su lugar.

Después de una noche inquieta, en la que no logré dormir más que a cortos intervalos, llegué a mi destino. Hacía por lo menos diez años que no visitaba la ciudad, pero noté pocos cambios. La misma humedad fría de mi juventud, los mismos universitarios deambulando cerca de la plaza con su atado de libros bajo el brazo o soportando el peso de enormes mochilas maltratadas sobre los hombros, las mismas impávidas vendedoras de digüeñes sonrosados y crujientes, instaladas en la esquina de la plaza con sus canastos de mimbre cubiertos por albos sacos harineros. Al fin y al cabo ¿qué son diez años, por mucho que haya llegado la democracia?

Me instalé en una discreta residencial de la calle Barros Arana, y luego de ducharme y tomar un desayuno contundente, me senté junto a la ventana y desplegué mis papeles sobre el velador.

Había que planear con cuidado los próximos movimientos. No debería reportarme a la prefectura, fueron mis órdenes en Santiago. Actuaría solo, sin aspavientos. Dispondría de todo el tiempo que fuera necesario; el sigilo era fundamental. Mi sueldo y los viáticos llegarían a través de un giro bancario.

Los primeros días pasaron sin que ocurriera nada digno de mencionar. Solo me ocupé en ubicar la casa donde habitaban la viuda y sus hijos. Luego descubrí sus horarios de salida y regreso y me dediqué a observarla a distancia. Parecía menor de cuarenta −en ese limbo impreciso entre la tersura y la madurez−, de apariencia frágil, pequeña estatura, cabello oscuro, ojos… no podía distinguirlos desde tan lejos, pero se veía resuelta, vestida con sencillez, aunque con cierto señorío que delataba una personalidad segura y firme. Salía deprisa por las mañanas con sus dos hijos varones. Caminaba tres cuadras y los dejaba en la puerta de la escuela. Luego continuaba a pasos rápidos otro par de cuadras, hasta llegar a la Compañía de Teléfonos, donde trabajaba como recepcionista, según descubrí luego. Dejaba su trabajo a las seis de la tarde y regresaba a casa habitualmente de inmediato. Aprovechaba de mirar las vitrinas, o simplemente se contemplaba a sí misma reflejada en los cristales, lo que denotaba una preocupación por su físico que no estaba muy acorde con su duelo, pensé. Llegué a experimentar una sensación de molestia frente a esa señal de coquetería. Me parecía deslealtad con su marido muerto. La habría preferido pálida y sufriente. Comparada con mis heroínas más amadas −sigo pegado a los escritores del "*boom*" y sus alrededores− me recordaba con mayor intensidad a la tímida Avellaneda que a la Maga, por mucho que me sienta yo más cercano a Oliveira que a Santomé (me gusta pensarme como un rompedor de esquemas, desarraigado…), pero eso pertenece a mis telarañas privadas. No tiene que interferir en mi trabajo.

Como los días pasaban y yo no lograba maquinar un encuentro casual con la mujer, descompuse el aparato telefónico de la casa donde me hospedaba. Al darse cuenta mi afligida casera, me ofrecí gentilmente a recurrir a la Compañía para interponer un reclamo.

Modestia aparte, soy un hábil conversador y nadie ha dicho hasta ahora que mi apariencia desagrade a las mujeres. Con esa seguridad, sumada a mi interés por resolver el caso, entablé un prolongado diálogo con la dama en cuestión y fui especialmente encantador y delicado para averiguar algunos datos de su vida personal, sin que entrara en sospechas. Ella parecía entretenida con mi cháchara, ya que no tenía mucho que hacer en esa tarde que languidecía en un pálido color pizarra. Se llamaba Ana y sus hijos, Roberto y Cristián, de doce y diez años, respectivamente. Eran unos chicos algo traviesos, pero avanzaban sin dificultades en la escuela. Les gustaba el fútbol y los juegos de video, no tenían otras aficiones.

–Son todavía muy pequeños –advirtió ella a modo de disculpa.

Al día siguiente, un técnico enviado por la Compañía Telefónica reparaba el aparato ubicado en la sala de mi pensión, y yo, en agradecimiento, invité a la viuda a tomar un café a la salida de la oficina.

Ella pareció dudar en un primer momento, pero fue tal mi insistencia y gentileza, mejor diría dulzura (yo sé cómo tratar a una mujer), que terminó por aceptar.

Sentados a una mesa de espaldas a la calle, frente a un café con leche y un sándwich doble de queso caliente –doble para mí, ella apenas probó la mitad del suyo–, me fue contando la historia, de sorbo en sorbo, lentamente, como si desconfiara, pero mi sonrisa era tan leal y tan afectuosa, que terminó por volcar el peso de su reciente tragedia.

Decía haber tomado su viudez valerosamente. El dolor de la pérdida iba y venía como un oleaje cambiante según las horas del día. Se sentía sola, claro, pero había que reconstruir, había que continuar. No estaba hecha para enterrarse junto al difunto. Ahora me hallaba lo suficientemente cerca de ella como para apreciar sus ojos. Eran quizás algo pequeños y parecían demasiados separados, pero había tal fuerza en la negrura de sus pupilas, tal encanto en el lento parpadear de sus pestañas moviéndose al ritmo de la historia, que por unos momentos olvidé quiénes éramos y solo pensé en besarla, en tomarla entre mis brazos y mantenerla así, apretada y en silencio.

Luego llegó mi turno de sincerarme. Inventé una historia algo confusa respecto de mi venida desde Santiago: debía realizar asesorías técnicas y controles sanitarios en las industrias pesqueras de Talcahuano. Ella pareció creerlo, porque no preguntó mayores detalles.

Me habitué a pasar todos los días frente a su ventana en la oficina, y cuando ella alzaba la vista, le hacía una seña amistosa. Algunas veces entraba a saludarla por algunos minutos. No quería apurarme demasiado. Podría sospechar.

Nuestra amistad fue prosperando y la atracción que sentía por ella me perturbaba, pero luego me invadían ternuras repentinas que me hacían querer protegerla, hacerme cargo. En fin, mis fantasías me llevaban lejos, me veía casado y avecindado en Concepción; llegaba a imaginarme pidiendo mi traslado a la provincia, cambiando todos mis hábitos de solterón recalcitrante, acompañando a los chicos al estadio los domingos, mientras Ana preparaba sopaipillas para recibirnos a la vuelta, empapados de lluvia y alegría.

Pero cuando mis sueños me traicionaban de esa manera, siempre acudía, desde alguna región dentro de mí, una voz de alarma que me traía de regreso a la realidad. Yo estaba investigando el asesinato del marido de Ana y no debía perder la objetividad.

A pesar de estos dimes y diretes internos, decidí intentar algunos avances (no estaba seguro si me impulsaban mis motivaciones personales o era una estrategia diseñada para avanzar en el esclarecimiento del crimen). Así, una noche especialmente tibia, después de una agradable cena en "El Araucano", que me costó el viático de varios días, caminamos lentamente por la acera haciendo crujir las hojas bajo nuestros zapatos. Puse mi brazo alrededor de sus hombros y la abracé. Ella se quedó quieta unos instantes y luego me sonrió como si se disculpara. Se escurrió de mi abrazo y tomándome una mano, me pidió que fuéramos a sentarnos a la plaza, que necesitaba hablarme.

Me intranquilicé de inmediato, pero presentí que algo importante me sería revelado y me dejé guiar en silencio. Una vez sentados en un banco alejado del paso obligado de los peatones, que ya escaseaban por lo avanzado de la hora, ella me contó en voz muy baja −casi me costaba entender la totalidad de sus frases− que había alguien en su vida, que planeaba casarse en un futuro más o menos cercano, y que ello dependía de que su novio consiguiera su traslado a Concepción. Él trabajaba como primer violín de la Orquesta Filarmónica de Santiago y la había conocido en una gira de difusión musical que los llevó a viajar por el país.

Desilusionado. Sí, estuve desilusionado. Y furioso. ¿Cómo es que un hombre de mi experiencia, conocedor de los actos humanos, y aún invicto frente a las estrategias femeninas para conseguir marido, hubiese caído tan torpemente en ese limbo resbaloso, fantasioso y azucarado? Me lo merezco por imbécil huevón incauto y mal detective por añadidura. Aunque tengo que reconocer que un ejemplar de su especie no podía estar mucho tiempo sola. Siempre hay alguien dispuesto al reemplazo cuando la viuda vale la pena.

Disimulé lo mejor que pude mi estado de ánimo y me porté caballeroso y comprensivo mientras la acompañaba a su casa. Allí me despedí, sintiendo que algo se había roto, que algo se había desprendido de mi cerebro, y fue como si repentinamente se encendieran luces crudas e impertinentes sobre el escenario. Ana era retirada de mi lado por una fuerza descomunal y yo la contemplaba desde lejos, cada vez más pequeña, más informe, descolorida, casi foto en blanco y negro.

Con algunos esfuerzos recobré mi sensatez habitual y decidí recuperar el tiempo perdido en embobamientos. Me dediqué por entero a la investigación, cuidando de mantenerme lejos del objeto de mis rencores. Visité nuevamente a todos los amigos del difunto y reiteré los interrogatorios con la esperanza de encontrar alguna pista, algún detalle pasado por alto en las pesquisas previas. Hablé con clientes de la siderúrgica, con los compañeros de trabajo, con los vecinos. Repasé todas las grabaciones, el informe del forense, las declaraciones de los funcionarios del ferrocarril, en fin, nada quedó por revisar, pero todo resultó infructuoso. No había una sola hebra que desenrollara la madeja.

Sumido en la esterilidad intelectual y el desconcierto más absoluto, mi orgullo aporreado me jugaba malas pasadas. Llegué a pensar que la viuda había asesinado al marido por su propia mano. Pero, según los informes, era imposible. Su coartada era impecable. El vecindario sabía que ella había permanecido en Concepción todo el tiempo. Él siempre viajaba solo en sus comisiones de servicio.

Inesperadamente, como si el destino me estuviera dando por fin una mano, dos semanas más tarde llegué a conocer al presunto novio. Parecía un galán de teleserie venezolana, moreno, de cabellos largos y bien cuidados, ademanes suaves, algo afectados. Llegó repentinamente, invitado para actuar como solista en la orquesta de la universidad local, que presentaría una función de gala en el Aula Magna.

Echando mano a ciertas influencias, conseguí ser invitado al espectáculo. Llegué temprano y me ubiqué en una localidad poco notoria pero estratégicamente cerca de Ana. Ella llegó cinco minutos antes de que empezara el concierto, visiblemente emocionada, ruborosa, bonita en su vestido nuevo (no pude dejar de observar esos detalles con cierto resquemor). Ni siquiera se dio cuenta de mi presencia. Sus hijos la acompañaban. "La familia acude en pleno a saludar al futuro dueño de casa", me sopló al oído la voz de mi despecho, mientras pretendía leer el papel que me entregaron a la entrada.

Finalmente logré concentrarme. El programa incluía obras de Vivaldi, Bach, Albinoni, que hacían resaltar el virtuosismo del intérprete, pero cuando llegó el momento de la Sonata en Sol Mayor de Tartini, también llamada "El trino del diablo", sus endemoniadas manos, tan bellas y delicadas, parecían prolongarse en el violín como un todo armónico: el brillo de la música electrizó a la audiencia suspendida por la magia del instante.

Me precio de ser un hombre pragmático y poco sensible a este tipo de expresiones artísticas, pero reconozco que me sentí conmovido por lo que ocurría a mi alrededor. La sala entera aplaudía de pie. Mi vecino de butaca portaba unos gemelos de larga vista para ver mejor el escenario. En un impulso, se los pedí. Me miró sorprendido, pero mi expresión no admitía negativas, y me los cedió enseguida. Los enfoqué hacia el genial ejecutante y lo observé detenidamente.

Esperó que cesaran los aplausos y dejó su instrumento sobre el piano. Con amplia y satisfecha sonrisa se adelantó unos pasos para agradecer la efusividad del público. Al inclinarse teatralmente, desplegó los brazos y abrió sus manos. Sus delicadas y hermosas manos. Solo que en ambas palmas pude distinguir, con toda claridad, un surco rojo y fino, como rebanado por una tensa cuerda de violín.

Intercambio

JUAN IGNACIO COLIL[7]

El bus se detuvo metros antes de llegar a la esquina. Las puertas se abrieron ruidosamente. Un viento tibio se dejó sentir anunciando lluvia. Subí rápidamente y busqué un asiento junto a una ventana. Me acomodé y puse el pequeño bolso bajo mis piernas. Llevaba más de quince horas viajando y el cansancio comenzaba a vencerme. Si no sufría inconvenientes, en una hora más llegaría a mi destino. El bus avanzó por entre las calles del pueblo cubiertas de castaños. Cada cierto trecho nos deteníamos y un nuevo grupo de pasajeros subía y se acomodaba con rapidez en los asientos desocupados. Casi en las afueras del pueblo subió él. Tomé el bolso y de uno de los bolsillos laterales saqué la foto que me había servido durante tanto tiempo. Sin duda era él, más delgado, el pelo más largo, despeinado y canoso. Lucía descuidado, pero mantenía la misma expresión seca, ausente. Buscó en su impermeable las monedas para pagar su pasaje y se las entregó al chofer sin darle mayor atención. Avanzó distraído por el pasillo y se sentó un par de asientos delante de mí. Era curioso que el hombre al que había buscado por tanto tiempo apareciera de improviso junto a mí. Respiré satisfecho. El bus reanudó su marcha pesadamente. Dejamos atrás las últimas casas del pueblo sumergidas en una densa nube de polvo. El camino de ripio se tornaba cada vez más estrecho y ondulado.

Sin pensarlo demasiado, me levanté de mi lugar, caminé hacia él simulando tranquilidad, y me senté a su lado. Él llevaba la

---

[7] Santiago, 1966. Escritor y profesor de Historia. Ha publicado el libro de cuentos *8cho Relatos* (2003), ganador del Premio Alerce de la Sociedad de Escritores de Chile. El año 2004 obtuvo el Premio Municipal de Literatura de Santiago por la misma obra. El año 2007 obtuvo el Premio de Novela Mago Editores por la novela *Lou*. Ha obtenido premios en concursos de cuentos como "200 palabras para el crimen" (Blog Novelpol) y Premio Concurso de Cuentos Biblioteca Viva 2008.

cabeza vuelta hacia los bosques. Adiviné su mirada perdida en un punto lejano, inexistente.

–Buenas tardes.

Se volvió sin sorprenderse; algo había en sus ojos que me hizo pensar que me esperaba.

–Buenas tardes –me respondió de manera afable, como si saludara a un antiguo conocido.

–Usted no me conoce –intenté recordar todo lo que me había propuesto decirle. Traté inútilmente de hilvanar algunas frases, pero solo me brotaron palabras inconexas.

–¿Por qué no empieza de nuevo? –me sugirió cortésmente.

–Usted no me conoce –le repetí una vez más–. Lo he tratado de ubicar desde hace mucho tiempo. Soy el encargado –agregué tajante, esperando que aquellas palabras lo hubiesen remecido de tal forma que no pudiera mantener su actitud incólume, pero solo advertí un leve, casi imperceptible, movimiento de cejas.

–Usted obviamente me confunde –dijo confiado, sin dar señas de sentirse incómodo.

Después de una pausa prudente agregó con desparpajo:

–No sé de qué me está hablando. No conozco a ningún encargado. No he solicitado ningún préstamo; no sé si usted es el encargado de cobrar algo. De todas formas habla con el hombre equivocado. No le debo nada a nadie.

–Usted es el equivocado. Le debe a Simón, a Silvina y a todos nosotros; especialmente a mí –le dije enérgicamente.

Su rostro cambió, como si al escuchar aquellos nombres una parte de él se hubiese derrumbado. No quise agregar más palabras, sabía que le había dado un golpe contundente.

Como una forma de rematar mi victoria, le entregué la foto que me había servido para buscarlo e identificarlo. En ella aparecía sentado a la orilla de un río junto a Simón y a Silvina. Los tres mostraban rostros sonrientes, satisfechos. La foto no tendría más de cinco años de antigüedad.

La recibió y permaneció absorto observándola; después se volvió hacia la ventana, actitud que consideré como una invitación al silencio. Transcurrieron largos minutos; cada cual pensaba en lo suyo. El bus continuaba con su ritmo pesado, lento, como si fuese una bestia enferma, resignado a su suerte. Además de nosotros, solo permanecía en el interior una anciana de pelo cano que sujetaba a sus nietos, que dormían profundamente a pesar de los saltos y ruidos ensordecedores de la máquina. Afuera los bosques formaban grandes extensiones que de tanto en tanto eran interrumpidas por algún claro donde se alzaba alguna casa pequeña. Uno que otro niño, acompañado por algún perro famélico deambulaba por la orilla del camino arrojándoles piedras a los pájaros.

–Inicié su búsqueda semanas después de la muerte de Simón y Silvina –rompí el silencio de manera categórica–. Usted debía presentarse al día siguiente, eso era lo convenido. Debe recordar el acuerdo. El intercambio debía hacerse lo más rápido posible. Usted sabía que estábamos contra el tiempo y que los riesgos eran innumerables. Eso ya está comprobado. Lo esperé durante un rato, pero fue inútil. Supuse que quizás asistiría al funeral de alguno de ellos. Fue muy emocionante, había bastante gente; solo faltó usted. Imagino que aún conserva lo que me pertenece; yo le traigo su parte, según el trato que habíamos hecho con Silvina. Imagino que ella le contó las condiciones, aunque a estas alturas supongo que ya le da un poco lo mismo. Es comprensible; han sucedido, mejor dicho, sucedieron demasiadas cosas que no estaban previstas.

Me miró con serenidad. Me di cuenta de que estaba conmocionado; había despertado de un largo sueño y sabía que ahora su suerte me pertenecía. Espero que ahora podamos hacer el intercambio; ya no corremos riesgos.

Con un movimiento de sus largas y huesudas manos me pidió que callara. El resto del trayecto lo hicimos en silencio.

El bus detuvo su marcha en un caserío costero que parecía abandonado. Un par de cuadras a la redonda constituían todo el diámetro ocupado por aquel pueblo. Un letrero antiguo y destartalado señalaba orgullosamente "Bienvenido a Puerto

Ostornol". La vieja y los niños bajaron rápidamente y se perdieron por un angosto camino de tierra bordeado de zarzas y maquis. Nos levantamos del asiento y nos dirigimos hacia la puerta con calma. Bajamos mientras el chofer se despedía con un "hasta luego" familiar. Caminamos callados durante algunos metros. El olor del mar, el fuerte viento y las primeras gotas de lluvia fueron nuestra compañía.

–Entremos ahí.

Me indicó una casuchita de madera que lucía un desteñido y añejo letrero de cerveza en el cual se adivinaba, con bastante esfuerzo, la sugerente figura de una muchacha. Abajo con letra temblorosa, que denotaba la falta de experiencia del escribiente, se leía "Restaurante". El sitio era pequeño y oscuro. Olía a encierro, a humedad. Unas ventanas pequeñas dejaban ver la playa a través de sus vidrios sucios. Nos sentamos en una de las cuatro mesas existentes. Sobre el mesón, un viejo televisor, instalado al lado de un frasco que contenía cebollas en escabeche, transmitía un partido de tenis directamente desde Auckland. La única televidente, una mujer joven y gorda, nos saludó sin entusiasmo y recibió nuestro pedido con una clara expresión de hastío, como si interrumpiéramos una labor delicada. Al rato nos sirvió un jarro de vino y unos sándwiches de queso.

–Es lo único que hay a esta hora –dijo a modo de disculpa.

–Siempre supe que llegaría este momento. En cierta forma quería que esto sucediera; no sé por qué tardó tanto –dijo con tono solemne.

Traté de intervenir en su discurso, pero adiviné que el hombre necesitaba hablar.

–Aquel día tenía un mal presentimiento, algo me decía que no estaba bien, que abandonara los planes. Por un instante deseé inventar alguna excusa, pero no podíamos detenernos. Recuerdo cada instante como una secuencia perfecta de fotografías. Actuamos según lo planeado. Simón y yo ingresamos al edificio. Él marchó decidido hacia las cajas, yo me encargué del guardia y me quedé en la puerta. Todo resultó según lo planificado, cuarenta y cuatro segundos. Salimos por una de las puertas laterales. De una mirada me di cuenta de que todo estaba en orden, según lo convenido. Un grupo de hombres mirando una vitrina, otro grupo cerca del kiosco y más allá los autos. Simón también se dio cuenta; lo calmé como pude, pero creo que no fui convincente. Silvina acercó el auto y nos abalanzamos en su interior en el momento en que comenzaban los disparos. Eso no estaba en los planes. Simón recibió un tiro en una pierna y quedó en la vereda; recuerdo que alcanzó a sacar su arma, una Browning reluciente. Una ráfaga cayó sobre nosotros y otra sobre Simón. Silvina aceleraba con prontitud. Rompimos el cerco como estaba previsto, pero de nada sirvió, un par de balas la habían alcanzado. En ese momento comprendí que habíamos sido ingenuos y que lo convenido nunca había tenido validez. Silvina, trató infructuosamente de estacionarse. Finalmente nos estrellamos contra un árbol. Recogí los bolsos y me despedí de Silvina que estaba muy mal, agonizaba. Una mancha oscura se expandía por su pecho. Me alejé lo más rápido que pude. A lo lejos escuché los gritos y el ruido de los autos.

Me miró con resignación mientras apuraba un vaso de vino.

—He esperado este momento y no necesito que me dé explicaciones —le dije resueltamente.

—Para usted es fácil. Todo lo tenían dispuesto desde el primer instante. Nunca se habló de matar a Simón y menos de matar a Silvina. Nosotros nos habíamos comprometido a entregarles a Simón, ustedes nos darían nuestros papeles. Simón obtendría una condena suave, blanda, esa fue la palabra que utilizó Silvina, sería una condena blanda y todo quedaría arreglado.

—Solo quiero lo que me pertenece, no me interesan sus problemas, ya ha pasado suficiente tiempo. Además hay cosas que usted no sabe y no creo que desee saberlas.

—A estas alturas no creo que tenga algo importante que decirme —sentenció categórico.

–¿Qué pensaría si le dijera que Silvina siempre supo lo que iba a ocurrir con Simón? Fue ella quien nos entregó la foto que le acabo de mostrar. Ella estaba advertida desde un principio. La equivocación fue lo que le sucedió a ella. Se debía disparar solo para asustarlos, sobre todo a usted. Los disparos serían una forma de proteger a Silvina de sospechas, pero ya ve usted, en algo siempre estuvimos de acuerdo: existían demasiados riesgos.

–No sé realmente si considerar sus palabras. Como sea que hayan sucedido los acontecimientos, no existe una explicación que justifique todo aquello. Es hora de que le entregue lo que le pertenece.

Dejó un billete arrugado sobre la mesa. Salimos y avanzamos por la playa. La mujer gorda se asomó a la puerta y desde ahí nos siguió con sus ojos diminutos. Las gotas de lluvia se hacían más y más finas. Una bandada de queltehues pasó gritando sobre nuestras cabezas. Caminamos veinte minutos sobre una arena oscura y gruesa. Al fin nos detuvimos frente a una pequeña casa pintada con fuertes colores.

El piso de tablas crujió cuando entramos. Con un ademán rápido me indicó que le entregara el bolso. Me señaló un viejo y desvencijado sillón de mimbre y me pidió que lo esperara. Asentí con la cabeza mientras él ingresaba a una de las habitaciones. Escuché con nitidez los ruidos que hacía al buscar en algún cajón. Comenzaba a oscurecer. Recorrí con la mirada la pieza en que estaba en busca de alguna fotografía familiar o alguna prueba de su pasado, pero no había nada que diera cuenta de aquello. Las paredes desnudas, los muebles descuidados, cubiertos de polvo, hablaban muy bien de su olvido. Miré mi reloj, calculé que tenía el tiempo exacto para volver al pueblo. Pensé que el lugar era ideal para alejarse del mundo, para vivir como un monje. Los kilómetros de playa, el sonido de las olas, la cercanía de los bosques eran una frontera sólida, infranqueable, mejor que cualquier muralla. El fuerte estampido me volvió bruscamente a la realidad. Conteniendo la respiración me encaminé hacia la habitación donde él había entrado. La débil luz del crepúsculo iluminaba la escena. Recogí un pequeño bulto que estaba sobre el velador, supuse que era lo que me correspondía. Le quité el Taurus de su mano derecha y ambas cosas las guardé en mi bolso. En su mano izquierda mantenía apretados los documentos y la antigua foto en que aparecía junto a Silvina y a Simón. Lo acomodé y le cerré los ojos. Antes de salir tuve la precaución de cerrar las cortinas.

Adivinanzas

POLI DÉLANO[8]

El caso no tiene explicación –dice el informe del inspector Salinas– si consideramos, por un lado, que los esposos Barrenechea nunca, desde que llegaron a este distrito hace varios años, mostraron un comportamiento que se apartara de lo normal, y por otro, que según vecinos, amigos y parientes, no se les conocían enemistades de ninguna índole. Los hechos parecen indicar que el Dr. Barrenechea padeció un ataque repentino de cierto tipo de locura que lo llevó a comportarse de la forma en que lo hizo.

Uno

Cuando tras un golpe de ventana el hombre alto se dejó caer, con un hacha en la mano, un morral colgando del hombro y una media de mujer cubriéndole la cabeza, el vaso whiskero del Dr. Barrenechea se le soltó de los dedos y rodó por el suelo esparciendo su contenido sobre la alfombra, a la vez que un agudo grito de Ritta Klein de Barrenechea perforó lo que hasta ese segundo había sido una tranquila velada hogareña.

–No se muevan –dijo el hombre alto–. Sé que están solos, ya conozco sus costumbres. Nadie vendrá esta noche; tendremos tiempo de sobra para lo que vamos a hacer. Usted, señora,

---

[8]   Madrid, 1936. Hasta 1973 fue profesor de literatura norteamericana en la Universidad de Chile. En 1960 apareció su primer libro de cuentos, *Gente solitaria*, que obtuvo el Premio Municipal Santiago 1961. De 1974 a 1984 vivió exiliado en México. Entre sus obras principales figuran los conjuntos de cuentos *Vivario*, *Dos lagartos en una botella*, *Solo de saxo*, *Rompiendo las reglas* y *Por las calles del mundo*, así como las novelas *Cero a la izquierda*, *En este lugar sagrado*, *Piano-bar de solitarios*, *El hombre de la máscara de cuero*, *El amor es un crimen*. Ha publicado dos obras para niños, *Humo de trenes* y *Neruda me llamaba Policarpo* y las novelas policiales *Un cadáver en la bahía* y *Muerte de una ninfómana*. En el 2009 publica *Memorias neoyorquinas*. Ha obtenido diversos premios internacionales, entre ellos el Casa de las Américas en Cuba. Obras suyas han sido traducidas al inglés, francés, ruso, noruego y coreano.

siéntese acá, al lado de su marido. Ningún movimiento en falso: soy un maestro con el hacha.

–¿Qué desea? –preguntó ahogado el Dr. Barrenechea.

–No se preocupe –dijo el hombre alto–. Ya lo sabrá. Podemos empezar por encender la televisión para que sus vecinos o alguien que pueda pasar vean que todo marcha con absoluta normalidad.

–¿Y no es así? –dijo ella.

–¿Qué piensa usted?... No, la verdad es que no es así. Les aseguro, les puedo hasta jurar, que esta noche no será una noche como todas.

El fuego de la chimenea hacía crepitar los maderos y el repiqueteo de la lluvia contra los vidrios de la puerta del patio estaba disminuyendo. La voz del hombre alto se escuchaba enrarecida a través de la media, un tanto gangosa, quizás asordinada. Las formas de su cara no habrían podido distinguirse. Los gestos de la boca se distorsionaban cada vez que los labios se retorcían para pronunciar una palabra.

–¿Qué quiere? –volvió a decir el Dr. Barrenechea después de complacer al hombre alto apretando un dígito de su control remoto para poner en funcionamiento el televisor.

–Nada muy especial. Conversar un poco, recordar viejos tiempos, ajustar quizás alguna cuenta impaga.

El hombre alto, sin soltar el hacha, tomó asiento en el sillón "Morris" que daba frente al sofá donde se agazapaba desconcertada la pareja.

–Cambie ese programa –dijo–. Muy ruidoso. Busque música.

–Con su mano libre corrió el cierre del morral y sacó lo que podría ser un cuchillo carnicero, dejándolo sobre el pulido brazo del "Morris". La señora Barrenechea se atragantó. Luego, con esa misma mano libre, el hombre alto se quitó la media y se desapelmazó con los dedos el cabello.

El Dr. Barrenechea le clavó los ojos y por la totalidad de su expresión atravesó un destello desesperanzado, algo así como la intuición precisa de la muerte.

—Veo que aún me recuerda —dijo el hombre alto.

Dos

La tarde avanza, el sol se va ocultando detrás de las colinas ensangrentando el valle, y ya varios huéspedes se han retirado. Celebramos los "tijerales" de la nueva casa que ha hecho construir papá para Cecilia, que se "nos casa", como él mismo dice a cada rato, sonriendo. Yo no le veo la gracia. Aunque solo vengo al fundo durante los meses de verano, entre el último examen de la Escuela y el primer día de clases, será aburrido, pienso, encontrar siempre al plomo de Ruperto, el "futuro" de mi hermana, que se quedará con mi padre a trabajar el fundo. Se han sacrificado varios corderos y la barbacoa ha sido regada con mucho vino, y con la chicha de manzana que trajeron los alemanes. Ya solo vamos quedando cuatro: Ritta, la mayor de las alemancitas de la barraca que está en el bajo, donde los caminos de los montes entroncan con la carretera. Cuando se marchaban, ella le dijo al padre: "¿Me puedo quedar un rato más? Osquítar me acompaña luego a caballo". Osquítar soy yo, y siento que la sangre me hace cosquillas cuando ella me dice eso. "Bueno —concede el viejo echándome encima su mirada bizca—. Pero cuidado, eh". Pronuncia "pero" como "perro" y no como "pero", lo que me resulta muy cargante y me da rabia, aunque en este preciso momento lo agarraría a besos al viejo. La Ritta es la mujer que más me ha gustado nunca y está como "lista para la foto", y cuando la lleve a su casa haré que me ensillen un solo caballo.

Además de Ritta, quedan Álvaro Cuesta, mi compañero en el curso de anatomía, el mejor amigo, que ha venido al fundo por un par de semanas, y el tío Ramiro, que está, como siempre, entre que se duerme y no se duerme, cansado y —más que nada– algo borracho. Fuera de canturrear, contar algunos chistes, reír a destajo y sabrosear la barbacoa de cordero, hemos bebido bastante, tal vez más de lo que conviene. Está también Reynaldo Domínguez, el hijo del inquilino más viejo del fundo, con su infaltable Tigre, un perrazo que ya tiene como un siglo y al que adora como a ningún humano. El resto, es decir, mi padre, los novios, mi tía Chita, se han marchado a la casa grande; los maestros de la construcción ya bajan a la carretera para alcanzar la última micro que los lleva al pueblo. Reynaldo sigue ocupado de la barbacoa, que parece un barril sin fondo, y de vaciar las garrafas a los jarros y de ahí el tinto a los vasos. Tigre se echa a sus pies, lo sigue, vuelve a echarse, va y viene.

–Ha sido muy buena fiesta –dice Ritta.

–Sí –digo yo y bajando la voz–: lástima que a tu hermana no le haya gustado mi amigo.

–Lástima –dice–. Pero parece que tu amigo es medio pavo.

–No tanto –lo defiendo–. No le gustó y punto. A lo mejor a él tampoco.

–No es como tú.

Me acerco más a ella. Apoyo la cabeza en su hombro. Ritta me da una especie de mordisco en la cabeza. Es medio salvaje.

–Buena fiesta –repite.

–Sí –repito yo–. Pero algo falta para un buen término, algo choro, emocionante, qué sé yo, un poco más de color.

–Prenderle fuego a la casa de los novios –dice riendo. Ella es medio salvaje.

–Ponerle un balde de vino como sombrero a tu tío, a ver si despierta –dice Álvaro, entreabriendo los ojos adormecidos.

–Capar a este huevón –se mete mi tío, acezante, señalando a mi amigo.

–Degollar a Tigre y echarlo a la barbacoa...

(Antes del almuerzo, por la mañana, Álvaro y yo hemos visto degollar a uno de los corderos. Le ataron las patas de atrás y las de adelante, colgándolo luego de un gancho sujeto a la proyección de la viga mayor, con la cabeza hacia tierra; y sobre el suelo, justo debajo de su cabeza, colocaron un tiesto de greda. Luego le enterraron el cuchillo en el gaznate y lo pasearon eficientemente de lado a lado. La sangre cayó a borbotones en el tiesto. Reynaldo, el faenador, nos preguntó si queríamos probarla. Álvaro dijo que no. Yo la probé. Estaba tibia y no me produjo asco. Me gustó, diría).

—Y la sangre se la damos a Reynaldo —agregué.

Después de algunas rondas más de vino, ya casi noche, Ritta me dice que le encantó la idea del perro. Que degollemos a Tigre. Me río, ella es medio salvaje.

—Reynaldo está ahí —le señalo—, y no lo va a permitir.

—Estamos perdidos —dice ella, apretándose a mi cuerpo y hundiendo las yemas de sus dedos en mi pierna.

Yo la abrazo y una de mis manos queda aprisionada dulcemente entre su pecho y el mío. Siento la blandura de sus senos y la sangre me fluye más de prisa, el corazón se me enciende como un horno.

—No —le aseguro, siguiendo el juego—. Perdidos no. Tendrás lo que quieres, tus deseos son órdenes para mí. Degollaremos a Tigre.

—Sí, qué rico —me grita ella radiante—. ¡Y la sangre se la damos a Reynaldo!

Reynaldo nos mira sin celebrar el chiste. Mi tío se ha dormido de una vez por todas y Álvaro parece presa de un estado cataléptico, muerto en vida. Me levanto y antes de dar dos pasos, advierto que el vino me hace bambolear y que la tierra firme ya no es segura. Camino hasta el horno y le doy una palmada en el lomo a Reynaldo.

—Vamos a degollar a Tigre —le digo sin evitar una risotada y pasándome un dedo por el cuello—. Igual que a los corderos de esta mañana.

El perro, echado casi a los pies de su amo, mueve las orejas al oír su nombre.

—No, don Oscar —dice Reynaldo—. No me moleste a Tigre, que ya está viejito el pobre.

91

–Por eso mismo, Reynaldo –le insisto–. Justamente porque está viejito es que lo vamos a degollar. Y luego, tú te tomas su sangre, tú solo. La sangre es para ti.

Me encuclillo y agarro a Tigre por el cuello, obligándolo a levantarse al son de su propio aullido.

–¡Ven, Ritta! –le grito a mi amiga.

–Déjelo, don Oscar –me dice Reynaldo con un airecito amenazante que no me gusta.

–¡Córrete de ahí, huevón! –lo reto–. ¿A quién crees que puedes decirle lo que tiene que hacer?

Le doy otro tirón al perro, que vuelve a gemir. Entonces siento que la mano grande y potente de Reynaldo me toma del brazo y me remece.

–Ya, córtela, pues, don Oscar –dice, dándome un empujón que me lanza trastabillando algunos metros.

"Indio infeliz", pienso, "quién se cree que es este indio infeliz".

Corro hasta el horno, agarro con las dos manos las tenazas de la carne y, sin consultas a la conciencia, le doy a Reynaldo un fierrazo en plena cara que lo tira al suelo, no se sabe si aturdido o si muerto.

–Indio infeliz –le digo.

Ritta ha llegado hasta mí y se deja proteger por mi abrazo.

–¿Qué quería ese bruto? –pregunta.

–Pásame la soga –le digo, señalándosela, aún excitado por la violencia del golpe de tenazas.

Tigre es viejo y no se defiende. La faena resulta relativamente fácil. Después de despertar a mi tío y sacar a Álvaro de su embrutecimiento catatónico para marcharnos hacia la casa grande, pongo con todo cuidado el tiesto donde se ha vaciado la sangre del perro junto a la cabeza de Reynaldo, para que sea lo primero que vean sus ojos cuando vuelva en sí.

–Sí –dijo el Dr. Barrenechea–. Sí te recuerdo. Y recuerdo por qué tienes un lado de la cara hundida. ¿Qué quieres?

–¿Usted también, señora?, ¿también se acuerda?

–Sí –dice la señora Barrenechea–. Me acuerdo de que Oscar te dio lo que te merecías. ¿Qué quieres?

Jugar a las adivinanzas, eso es lo que quiero. Empiece usted, don Oscar, Dr. Barrenechea, Osquítar.

–Mira, Reynaldo, es tarde, ¿qué pretendes?, ¿quieres dinero? ¿Qué mierda quieres?

–Empiece usted.

–¡Ándate a la mierda!

El hombre alto da un salto veloz desde el "Morris" al sofá, sin soltar el hacha, y le asesta al Dr. Barrenechea una bofetada violenta en la cara.

–Aquí soy yo el que está dando las órdenes. ¡Empiece! ¡Empiece ya!

–"Una vieja larga y seca, que le corre la manteca" –dijo el doctor, casi desfalleciente la voz.

–Usted ahora –le dijo el hombre alto a la señora.

–"Oro no es, plata no es, abre este paquete y verás lo que es".

–Bien, bien, así me gusta. La vela… El plátano. A ver cuál de los dos adivina la que les voy a poner yo; aquí va: "¿quién se irá a tomar primero la sangre del cordero?"

El doctor y su esposa se estremecieron. El hombre alto siguió:

–Adivine, don Oscar, a ver, a ver, adivínelo usted, ¿a quién vamos a degollar entre usted y yo como un cordero? Y usted, señora Ritta, adivine ¿quién será el doctor que se va a tomar su sangre?

La señora Barrenechea –sigue el Informe Salinas–, desnuda, atada de pies y manos, colgaba desde la viga mayor del salón, degollada. Su cuerpo no presentaba magulladuras, aunque la condición de su maquillaje sugiere alguna señal de violencia. Las ropas estaban dobladas cuidadosamente sobre el sofá. El cadáver del Dr. Barrenechea se hallaba tendido de espaldas a lo largo de la alfombra, a un metro de la chimenea. Sus ropas, también dobladas sobre el sofá. Tenía un cuchillo de carnicería clavado en el vientre, a la manera japonesa, y la cara toda salpicada de sangre del tiesto junto a su cabeza.

Vi morir a Hank Quinlan

RAMÓN DÍAZ ETEROVIC[9]

Uno

En aquellos días Santiago mostraba el aspecto abandonado y tranquilo que adquiere cuando la mayoría de la gente toma sus vacaciones veraniegas y sale en avalancha hacia la playa o el campo. Había terminado un trabajo relacionado con la muerte de un crítico literario y tenía dinero para sobrevivir hasta el fin del verano, sin preocuparme por el arriendo de mi departamento ni de la comida diaria de mi gato Simenon.

Una tarde fui al Cine Liberty a ver una copia remozada de *Sed de Mal*, película de Orson Welles que había visto años atrás y de la que recordaba la escena donde Hank Quinlan, gordo, alcohólico y derrotado, luchaba contra el deseo de beber una copa, mientras enfrentaba a Marlene Dietrich, su bella amante de otra época. En la sala había quince espectadores y un gato dormitando en medio del pasillo. Al término de la exhibición entré a un bar y bebí una cerveza tan gélida como la sonrisa de Boris Karloff. Después regresé a mi departamento con la tristeza del que se ha visto en un espejo implacable. Me acosté, oí a Chet Baker y me dormí arrullado por el calor de la noche.

---

[9] Punta Arenas, 1956. Ha publicado las novelas: *La ciudad está triste, Solo en la oscuridad, Nadie sabe más que los muertos, Nunca enamores a un forastero, Ángeles y solitarios, Correr tras el viento, Los siete hijos de Simenon, El ojo del alma, El hombre que pregunta, El color de la piel, A la sombra del dinero, El segundo deseo* y *La oscura memoria de las armas*. Es autor de la novela infantil *R y M investigadores*. Ha obtenido el Premio del Consejo Nacional del Libro y la Lectura (1995); el Premio Municipal de Santiago, género novela, los años 1996, 2002 y 2007; el Premio Altazor 2009; el Premio Anna Seghers de la Academia de Arte de Alemania (1987); y el Premio Las Dos Orillas, del Salón del Libro Iberoamericano de Gijón (2000). El año 2005, el Gobierno de la República de Croacia lo condecoró con la Orden de Danica Croata Marko Marulic. Sus novelas han sido publicadas en Portugal, España, Grecia, Francia, Holanda, Alemania, Croacia, Argentina e Italia.

95

Semanas después vino a verme la madre de Elisa Campos. Era una mujer joven, ojerosa y pálida. Cuando entró a la oficina no parecía muy convencida de los pasos que estaba dando. Advertí su nerviosismo y esperé a que se armara de valor para explicarme el motivo de su visita. Observó el interior de la oficina y se detuvo frente al afiche de Laurel y Hardy que colgaba en uno de los muros.

—¿Le gusta el cine? —preguntó, esbozando una sonrisa atravesada por la tristeza.

—Desde que vi a Chaplin por primera vez. Me eduqué en un orfanato donde nos llevaban, dos o tres veces al año, a un cine de barrio en el que exhibían programas triples. Mis favoritas eran las cintas de vaqueros protagonizadas por Randolph Scott y Gary Cooper. En ese tiempo tenía fe ciega en los jovencitos de las películas. Ahora ya no.

—Mi hija Elisa era fanática del cine. Su dormitorio aún está lleno de fotos de artistas famosos.

—¿Por qué habla de ella en tiempo pasado?

—Mi hija está muerta. La asesinaron a la salida de un cine.

—Lo siento —dije y desvié la mirada hacia la ventana sin saber qué más decir.

El día estaba caluroso y el sol entraba en la oficina con entusiasmo. La madre de Elisa se acomodó en una silla y extrajo de su cartera un pañuelo con el que secó sus lágrimas.

—¿En qué puedo ser útil? —pregunté.

—Atrape al que mató a Elisa.

—¿Fue a la policía? —pregunté sin muchas ganas de inmiscuirme en un nuevo caso.

—Una y otra vez. Siempre dicen que están investigando y que no debo perder la esperanza de encontrar al culpable. Estoy harta de sus excusas. Por eso seguí los consejos de una amiga y busqué un detective privado en las páginas amarillas.

La mujer volvió a hurgar en la cartera y del interior sacó unos recortes de prensa que dejó a mi alcance, sobre el escritorio. Algunos ya los había leído, porque el caso del "Psicópata de Hollywood" –como le llamaban los periodistas– ocupaba profusamente las crónicas rojas de los diarios.

–Cuatro mujeres en los últimos ocho meses –comentó.

–¿Cuándo y dónde asesinaron a su hija?

–La noche anterior al día de San Valentín, a la salida del Cine Liberty.

–¡La misma noche que vi morir a Hank Quinlan!

Dos

Cuatro mujeres, de veinte a treinta años, habían sido ultimadas sin una razón aparente. Tres de ellas tenían la costumbre de ir solas al cine y las cuatro habían muerto en los alrededores de las salas de exhibición, mientras regresaban a sus casas. La prensa daba cuenta detallada de los asesinatos, recogía los vagos testimonios de los testigos y acentuaba el misterio que rodeada las muertes sin atreverse a formular hipótesis acerca de las causas. De la policía se decía lo habitual: que seguía las pistas y avanzaba hacia una pronta resolución de las pesquisas. La verdad –leída entre líneas– parecía ser que estaba tan perpleja como yo al terminar de leer los recortes.

La rabia y la impotencia me llevaron a investigar. La rabia de estar en el lugar de los hechos y no haber percibido la proximidad del crimen; la impotencia de conocer la noticia y pensar que pude estar sentado al lado de la víctima o en la taquilla codo a codo con el asesino. Salvo haber compartido la misma sala con Elisa, no tenía nada de qué asirme para resolver el enigma. Las cuatro mujeres habían dejado los cines aparentemente solas y ninguno de los empleados recordaba que las hubiera abordado algún extraño. Las dos primeras habían muerto en los alrededores de la "Cadena Cinema", la tercera cerca de un cine de películas eróticas, y Elisa, a dos cuadras del Cine Liberty. Escribí un resumen de mis lecturas y luego llamé a Doris Fabra, una amiga de la Policía de Investigaciones con la que a veces intercambio antecedentes sobre nuestros casos.

Ella sabía más datos de los que aparecían en los diarios y no tuvo reparos para compartir su información.

Cristina Pérez, la primera de las víctimas, trabajaba de secretaria en una importadora de autos. Tenía treinta años y vivía en una pensión ubicada en la calle Catedral. No tenía amigos y en su oficina estaba bien conceptuada, aunque la tenían por una persona huraña que casi no compartía con sus compañeras de trabajo y pocas veces contaba algo de su vida privada.

La segunda víctima se llamaba Fresia Calbert. Estudiaba sociología en la universidad y la noche de su muerte había esperado en vano a su pololo, un empleado bancario que fue retenido por un asunto urgente en su trabajo. La pareja llevaba tres años de romance y esperaba contraer matrimonio a la brevedad, en cuanto el novio fuera ascendido a jefe de sucursal.

Gina Urzúa, la mujer asesinada a la salida del cine erótico, había estado casada con un vendedor viajero. No tenían hijos y sus vecinos aseguraban que los días en que su esposo andaba de viaje, solía llegar tarde a su departamento. Consultado sobre sus gustos cinematográficos, el esposo negó conocer las aficiones eróticas de su pareja y se mostró tan sorprendido como la policía. Se investigaban sus posibles amistades fuera del hogar, pero todas las preguntas conducían a un idéntico túnel sin salida.

En relación a Elisa Campos, mi amiga Doris confirmó la información entregada por la madre de la víctima. Nada parecía unir a las cuatro mujeres, salvo la muerte y el hecho de que el victimario había atado un trozo de película alrededor de sus cuellos.

Visité la "Cadena Cinema". Los empleados no querían responder mis preguntas y solo uno de ellos, un muchacho a cargo del aseo de las salas, confesó que la administración les tenía prohibido conversar del tema con extraños. Interrogué a los dependientes de un par de tiendas, a dos quiosqueros y concluí que no había mucho que hacer en el lugar. Pedí una gaseosa en el cafetín instalado frente a la boletería y mientras la bebía contemplé a los espectadores que, como una tropilla destinada a la engorda, entraban a las salas portando grandes bolsas de cabritas, bebidas y galletas. Enseguida busqué el auto estacionado en los subterráneos del cine y regresé a mi barrio.

Tres

Hice un par de llamadas telefónicas desde mi oficina y salí hacia la sala donde había asistido a su última función la tercera de las víctimas. Pregunté por ella al empleado que vendía las entradas y sus respuestas sirvieron para ratificar que la mujer era una espectadora frecuente y que siempre iba sola. El cine estaba en medio de una galería comercial, al final de un pasillo atestado de tiendas de ropa para guaguas y peluquerías. La cartelera anunciaba títulos como *La insaciable profesora* y *Nalgas implacables*, y dentro de la sala los espectadores seguían atentamente los desplazamientos de una rubia de pechos desbordantes. En el lugar flotaba un fuerte olor a sudor. Cuando mis ojos se acostumbraron a la penumbra, distinguí en la segunda fila a una mujer que estaba sola y parecía observar con interés las imágenes proyectadas en la pantalla. Consulté la hora en mi reloj. Restaban veinte o treinta minutos para el fin de la película que cerraba el programa del día.

Cuando se encendieron las luces, la mujer caminó cabizbaja hacia la salida y se detuvo un instante frente al afiche de una película que estrenarían en dos semanas. Parecía esperar a alguien, pero me equivoqué. Luego de un rato, encendió un cigarrillo y se puso a caminar. Fui tras sus pasos mientras ella entraba a la galería comercial. A los pocos minutos advertí que un hombre la seguía. Era joven y alto. Vestía una campera de cuero y pantalones ajustados. La mujer no se dio cuenta de que el extraño la perseguía como una sombra. Salió de la galería y cruzó la Plaza de Armas. Se detuvo frente a un artista que ofrecía sus óleos y el extraño se ubicó a sus espaldas. Lo vi buscar algo en sus bolsillos y me preparé a observar el brillo de una navaja. La mujer preguntó algo al artista y enseguida retomó su marcha. El hombre la imitó. Avanzaron por el Paseo Ahumada y antes de llegar a la calle Agustinas, la mujer entró a un edificio. El hombre continuó su camino y yo seguí tras él hasta que entró al Café Haití, donde lo aguardaba un amigo.

Regresé al cine a la semana siguiente y volví a ver a la mujer. Nadie la siguió al término de la función. Continuaba sin una pista de la cual asirme, salvo la certeza de que en todos los casos el asesino era uno solo y que, tarde o temprano, abandonaría su anonimato. Durante un mes recorrí otras salas y en dos oportunidades volví al Liberty con la esperanza de encontrar a una mujer sola. En una de ellas, mientras miraba los carteles expuestos en la entrada, descubrí que había pasado por alto un detalle.

Cuatro

—Pierdes el tiempo, Heredia —dijo Doris Fabra, desanimada—. El asesino ha tenido el cuidado de borrar todas sus huellas. Mis colegas y yo llevamos varios meses investigando y no hemos averiguado nada. He llegado a pensar que es un maldito fantasma aficionado a las películas y las mujeres solas.

Nos habíamos reunido en su oficina y sobre el escritorio estaban los trozos de película encontrados junto a las mujeres asesinadas. Las examiné con atención. Ninguna de las imágenes me dijo nada.

—¿Qué pensabas encontrar en esas películas? —preguntó Doris.

—El asesino las dejó junto a los cuerpos de sus víctimas por alguna razón. ¿Desafío para el ingenio de la policía? ¿Una pista para ser atrapado?

—Temo no compartir el mismo entusiasmo. Has visto muchas veces las películas de Hannibal Lecter.

—Un asesino en serie busca llamar la atención para demostrar que es más astuto que la policía o posibilitar su captura. Quisiera que un amigo cinéfilo viera los fragmentos de las cintas.

—La verdad es que el asunto nos tiene bastante cabreados. Los periodistas nos cargan las tintas y en cada una de sus crónicas quedamos como chaleco de mono. Por un par de días nadie echará de menos las películas. Cuando las desocupe, me las devuelves y seguimos tan amigos como siempre.

—¿Amigos nada más? —pregunté, al tiempo que observaba sus atractivos labios rojos.

Eliseo Cenzano escribía comentarios de cine para varios diarios y revistas utilizando los seudónimos de "Nickolson" y "Valentino". Su departamento estaba atestado de cintas de vídeo, afiches de películas y biografías de artistas famosos. Podía recitar sin esfuerzo los créditos de cualquier largometraje y en un lugar destacado de su biblioteca tenía enmarcado el autógrafo que su padre le había pedido a Humphrey Bogart cuando el protagonista de *Casablanca* filmaba *Cayo Largo*.

—¿Puedes reconocer a qué filmes pertenecen? —pregunté, enseñándole las películas que había dejado sobre su escritorio.

—¿De qué se trata? ¿Un concurso?

—Curiosidad, solo curiosidad.

—¿En que lío estás metido?

—Un lío oscuro. Para resolverlo necesito de tu buena memoria.

Cenzano tomó una de las películas y la miró a contraluz.

—*El fugitivo Josey Wales* —dijo sonriendo—. La dirigió y protagonizó Clint Eastwood en 1976.

Anoté el nombre de la película en un papel, mientras Eliseo tomaba con sus manos regordetas el segundo trozo de celuloide.

—*Educando a Arizona*, de los hermanos Joel y Ethan Coen —agregó casi de inmediato.

—¡Hasta ahora vas bien!

Cenzano comenzó a mirar el tercer trozo de película, sin prestar atención a mis palabras.

–*La Pandilla Salvaje* de Sam Peckinpah, uno de mis directores predilectos. También filmó la novela *The Getaway* de Jim Thompson.

–Queda una –dije y esperé a que mi amigo terminara su trabajo.

–*Splendor*, de Ettore Scola –sentenció el crítico–. La próxima vez que quieras probar mis conocimientos, trae algo más difícil.

–Te debo un favor, Eliseo.

–¿Te sirve la información?

–Aún no lo sé –respondí antes de ponerlo al tanto de los crímenes que investigaba.

Al día siguiente fui a la hemeroteca de la Biblioteca Nacional y revisé la información cinematográfica publicada en la prensa durante los dos últimos años. Mientras anotaba los nombres de las películas exhibidas el día que murió la primera mujer, reconocí el cosquilleo que siento cuando estoy a punto de atar los extremos de unos cabos. Salí de la biblioteca y llamé a Doris Fabra desde un teléfono público. Nos encontramos en una fuente de soda ubicada en la calle Nataniel, al lado del antiguo cine Continental, donde años atrás había visto *Taxi Driver*. Ahora el lugar estaba convertido en un templo evangélico, como la mayoría de los viejos cines de Santiago.

Doris Fabra escuchó en silencio y luego movió la cabeza, no muy convencida de mis ideas respecto a los asesinatos.

–¿Qué lo hace sentirse tan seguro? –preguntó finalmente.

–El cosquilleo en las manos.

Cinco

Transcurrieron algunas semanas y en el cielo comenzaron a desfilar las nubes, anunciando el arribo del invierno con su carga de lluvias que anegaban las calles y hacían trabajar horas extras a los alcaldes. Nuevos casos seguían llegando a mi oficina, y en mis ratos libres buscaba los rastros del asesino de las cuatro mujeres.

Nunca había ido tanto al cine y comenzaba a creer que la pista encontrada en los carteles del Liberty solo era una mala jugada de mi imaginación. Sin embargo, los afiches y las respuestas de Cenzano podían más que mis dudas. Había escrito un nombre en mi añosa libreta de apuntes y debía esperar a que el sospechoso decidiera atacar una vez más.

Era de noche y una espesa niebla caía sobre Santiago. Me arrellané en la misma butaca que había ocupado en los últimos días. Proyectaban un largometraje de Woody Allen y en la platea había una centena de espectadores que reían a mandíbula batiente. En la cuarta fila estaba sentada una mujer. La había visto entrar con una barra de chocolate en las manos. Era joven, y en su manera de caminar, con los hombros inclinados hacia adelante, advertí algo triste, desganado. Tal vez era la mujer que el asesino y yo esperábamos. Intenté prestar atención al filme, pero constantemente mi mirada se desviaba hacia la silueta femenina. La ansiedad, sentada a mi lado, me abrazaba. Jamás una película me pareció tan larga. Miré hacia la cabina de proyección y me cegó el haz de luz que emergía de su ventanilla. Intenté reconocer los rostros de la gente que estaba a mi alrededor y por algunos segundos acaricié la pistola que portaba en mi chaqueta.

La película llegó a su fin. Esperé a que los espectadores se pusieran de pie y concentré mi atención en la mujer. Ella no tenía prisa. Permaneció sentada unos minutos y luego, con el mismo desgano de unas horas antes, buscó la salida.

Caminé tras ella. En la calle continuaba lloviendo, pero eso no parecía molestar a la mujer, que se detuvo en dos ocasiones a mirar las vitrinas iluminadas de unas tiendas. Fue entonces cuando advertí la cercanía del hombre. Conocía su nombre desde hacía un mes, y algunas tardes lo había observado cuando llegaba a su trabajo, puntual y con aparente entusiasmo. Era alto, desgarbado y usaba gafas de marcos negros.

La mujer dobló en una esquina, internándose por una vereda solitaria y mal iluminada. El hombre la siguió y yo fui tras él, procurando no despertar sus sospechas.

Se abalanzó sobre ella al llegar frente a una casa abandonada. Escuché un grito entrecortado y pensé que no alcanzaría a evitar el quinto homicidio. Avancé al encuentro del asesino, y éste, al escuchar mis pasos, soltó a su víctima y comenzó a correr.

—Quédese donde está —grité a la mujer que miraba a su alrededor sin comprender cabalmente lo que sucedía.

El agresor no llegó muy lejos. Lo alcancé antes de llegar al final de la cuadra, y le asesté un golpe en la espalda. Trastabilló. Dio un paso incierto y cayó de rodillas sobre la vereda.

—Terminó la función, Vicente Pérez —dije, al tiempo que le apuntaba con la pistola.

Lo miré a los ojos, y él bajó la mirada, apesadumbrado.

—Quiero ver lo que trae en los bolsillos —agregué.

Obedeció y puso en el suelo algunas monedas, un pañuelo azul, dos biromes y un pequeño rollo de película.

Seis

—Riesgos innecesarios —dijo la mujer policía—. ¿Por qué no me dijiste lo que pensabas hacer?

Estábamos en el bar "Olímpico", en la calle Morandé. A nuestro lado, Cenzano seguía con interés la conversación.

—Deseaba atraparlo en acción, con las manos en la masa, o en el cuello, para ser más preciso.

—¿Cómo supiste que era él? —preguntó Cenzano.

—Por las películas que te hice reconocer. Leí la programación de los cines durante los dos últimos años y descubrí que las cuatro películas habían sido exhibidas en el Liberty. El resto fue relativamente fácil. Investigué a quienes tenían acceso a la cabina de proyección. Al principio sospeché del operador. Lo seguí varias noches, averigüé sus antecedentes y concluí que no podía ser el culpable. En los días de los asesinatos de las tres primeras mujeres estaba trabajando. En cuanto al asesinato de Elisa, es imposible que al terminar la proyección, hubiera tenido tiempo para abandonar la cabina y seguirla. El hombre tiene un defecto en la pierna izquierda y renguea.

—¿Entonces, qué hiciste? —volvió a preguntar Cenzano.

—El encargado de transportar las películas también tenía acceso a la cabina de proyección. Como tú sabes, la copia de una película se exhibe en varios cines a la vez y siempre hay alguien a cargo de trasladar los rollos. Supe que la proyectora del Liberty es antigua y que las cintas suelen cortarse y perder algunos metros. Las películas se pegan con acetona y los cortes van a dar al basurero. Vicente Pérez era el encargado de vaciarlos.

—Confesó de inmediato —intervino Doris—. Deseaba ser descubierto. Por eso dejó el celuloide atado en los cuellos de sus víctimas. Al comienzo dijo que buscaba provocar pánico entre los espectadores de las grandes cadenas y de las salas de películas eróticas, que son las que han quitado clientela al Liberty. La sala funciona de milagro; por la empecinada nostalgia del dueño, que se niega a pedir la quiebra del negocio. No tiene futuro y lo más seguro es que la sala termine transformada en farmacia o sucursal bancaria. Pérez temía quedar sin trabajo. Sin embargo, el psicólogo que lo examinó dijo que eso es falso. Pérez tiene acentuados rasgos de psicópata.

—Eso explica que matara a una espectadora del cine donde trabajaba —comenté—. No pudo controlar su instinto asesino.

—Es la misma conclusión del psicólogo que elaboró el informe sobre la personalidad de Pérez —dijo Doris, y luego de beber un sorbo de cerveza, agregó—: Fue buena tu corazonada, Heredia. Debí creer en ella desde el inicio.

—Ahora solo me queda conversar con la madre de Elisa Campos.

–Solo por curiosidad –interrumpió Cenzano–. Los fotogramas que portaba Pérez al ser descubierto, ¿a qué película pertenecen?

–*Sed de Mal* de Orson Welles –respondí–. Son de la escena en que muere el corrupto Hank Quinlan.

Eskizoides

IGNACIO FRITZ[10]

Uno

Un Volkswagen Polo vomita la canción *Stripsearch* de los Faith No More. El auto se estaciona a un costado de la vereda de enfrente, cesando la música. Salen del interior dos cabezas de músculo. Supongo que el hombre menudo que los acompaña es el jefe: lleva un sombrero negro flexible, pantalones naranja, una chaqueta de gamuza, zapatillas azules y gafas que se resbalan por el puente de su prominente nariz de Condorito. Se acercan a la entrada de mi bar El Rincón de los Rebeldes. El nombre aparece en una novela de Steinbeck que se titula *The Wayward Bus*. Su argumento es la descripción minuciosa de los problemas personales de cada uno de los pasajeros de un bus extraviado. Genial.

—¿Está abierto? —me pregunta, circunspecto, uno de los musculosos. Apago mi cigarrillo con una mueca estilo John Wayne y otra vez veo en la pared de la esquina un rayado de spray rojo que dice: *Eskizoides*.

Boto el humo del cigarrillo por las narices y la boca. Distingo que están armados: sus pistolas se hallan al cinto de sus pantalones ajustados.

—¿Qué desean? —le digo al menudo, que según recuerdo se llama Basilio. Examino fijamente sus ojos tapados por las gafas redondas y negras y de material endeble. Quiero saber si me oculta detalles, o algo que pueda estorbarme a mí y a mi amigo Mateo, que está en el bar, seguramente paladeando un Daiquiri helado hecho con la receta que a Hemingway le gustaba.

—Tenemos que hablar con el dueño —revela.

---

[10] Santiago, 1979. Ha publicado los libros: *Eskizoides* (2002), *Nieves en las venas* (2004), *Tribu* (2006) y *Hotel* (2009).

Sonrío cínicamente, como siempre. Tengo frío. Me duele la nariz.

Los he estado esperando a la intemperie por más de quince minutos. La melodía de los Faith No More deambula en mis oídos, aunque ahora reina el sigilo y los faroles aún iluminan las calles vacías. Amanece con un cielo neón púrpura y me llama poderosamente la atención que el tal Basilio lleve lentes oscuros. Una nube se desliza en el horizonte. Digo con cara de *nerd*:

–Soy el dueño. Pasemos.

Cierro el portón de entrada y caminamos hasta el bar por un corredor. Mateo está sentado en uno de los banquillos, de espaldas a nosotros. Luce un chaleco Billabong y acarrea un gorro de lana de la misma marca que dice Bong. Su cara huesuda y de tono mate se atisba perfectamente en el espejo rodeado de botellas de diferentes colores y formas. Noto sus ojeras y su barba raleada. Bebe a sorbos cortos y espaciados una mezcla de jarabe de limón, cointreau y gin que llamamos White Baby.

–¿Un aperitivo? –interrogo.

Antes aspiré cinco líneas de cocaína que molí con mi tarjeta de crédito Visa Gold. Por eso me sangra y duele la nariz (soy medio yonqui, y qué).

Lo agradable de echarse cocaína al amanecer es que experimentas una resucitación tonificante para el resto del día cuando te sientes como el forro o cuando has trabajado como carretonero la noche anterior.

–Tabucco dijo que vendría hoy, ¿no? –pronuncia Mateo y se para de la banqueta, deja con lentitud el trago en la barra y se aplica a examinar a los fisicoculturistas, que son hombres grandotes, altos, supongo que tontos, medio giles. Se les nota en un no sé qué. Y recalco: un no sé qué.

–Tabucco no pudo. Espera que nuestros negocios se realicen lo mejor posible –argumenta intranquilo el tal Basilio y se despoja de las gafas. Sus pupilas se contraen y dilatan como el *zoom* de una Handycam. Mueve la cabeza hacia los lados, como si supiera que nuestro negocio no será exitoso.

Hace tres años un díler que me vendía coca para consumo personal, Richard, y que ahora está más tieso que la muerte en persona gracias a un balazo que le dieron a plena luz del día, me dijo que podía parlotear con Tabucco para esto de las ventas al menudeo en mi establecimiento.

—Trae el maletín —gruñe Mateo.

Me desplazo a la cocina hedionda a fritangas y pienso que los mozos no la han aseado desde la última vez que abrimos el bar. De un refrigerador industrial extraigo un maletín de cuero con billetes de diez lucas. Contiene exactamente diez millones. Pienso que hay un portafolios de por medio, al igual que en las películas de acción rascas. Ahora falta que el Volkswagen Polo explote cuando lo enciendan, o que llegue un grupito de carabineros del OS-7 a decirnos "alto, las manos sobre la cabeza", y que también nos lean los derechos que no son los derechos que hay en Estados Unidos, porque en Chile no rige la Ley Miranda.

Hace una hora me llamó Blanca a mi teléfono celular Ericsson. Vivimos juntos cerca del *mall* Alto Las Condes, en un pequeño departamento de trescientos veinte metros cuadrados en la Avenida Kennedy. Por supuesto, Blanca no sabe que me dedico a comprar y vender cocaína. Aunque debe sospecharlo. De hecho, me preguntó por qué estaba allí tan temprano. Le respondí que una de las cañerías del baño de las minas se había averiado, por lo que junto a Mateo estábamos esperando la llegada de un gásfiter que trabaja solo en la mañana, temprano. Espero que se lo haya tragado. Vuelvo con el maletín en una mano, y me parece que es de una marca conocida. Mateo se instala tras la barra. Le paso el maletín a uno de los orangutanes; lo deja en el mostrador y sin querer derrama el vasito de trago que estaba bebiendo mi amigo, mojando la barra de madera de palo de rosa.

–Aquí está –dice Mateo–. ¿Ustedes?

El tal Basilio nos dice que esperemos un momento porque tiene que ir al Volkswagen Polo. Lo esperamos durante unos minutos y mientras tanto los fisicoculturistas parecen estatuas de mármol: nada dicen y ni siquiera parpadean. Yo, en tanto, me planto frente al escaparate protegido con rejillas. Veo que el tal Basilio hace sonar la alarma del Volkswagen Polo y me preocupo. Miro mi reloj Omega Seamaster y son las siete en punto. Blanca me llamó hace una hora, a las seis. El cielo está encapotado y creo que va a llover. Eso me gusta: mientras menos huevones haya, mejor me sentiré.

El tal Basilio carga un bolso Adidas colgado a su espalda. Escucho el bip-bip de la alarma. Ingresa nuevamente a nuestro local. Deja el bolso al lado del maletín, que Mateo abre para enseñar lo que hay. Retira un fajo y lo agita con una mano.

–Hay mucho más. ¿Ustedes?

–¿Cuánto? –quiere saber uno de los fisicoculturistas. Su vozarrón es apestante, último.

–Diez millones –respondo.

Intercambiamos.

–¿Quieren algo? La casa invita –les ofrece Mateo, que tiene ya un talante agradable a pesar de la barba y las ojeras. Sus ojos verdes resplandecen con las flamantes luces halógenas del comedor.

–Dijimos que no –declara el tal Basilio.

–Tabucco se toma un trago –digo.

–Tabucco lo hará. Nosotros no.

Mateo los despide en el pórtico y veo que suben al Volkswagen Polo y se marchan tocando la bocina y escuchando otra canción: una de Diré Straits, creo, que se llama *Ride Across the River.* Las luces traseras del auto se esfuman cuando doblan por una esquina con un semáforo en malas condiciones.

Conocí a Mateo en la universidad. Una privada. Con Mateo estudiamos Derecho (somos licenciados en Ciencias Jurídicas y Sociales). Nuestros pasatiempos eran diversos. Por ejemplo: ir en invierno al Colorado a esquiar, bailar en discotecas y conocer minas en algunos pubs de la calle Suecia. Lo de conocer anoréxicas (bulímicas, también) era una desilusión. Verdaderamente no hay principios. Bailábamos unas canciones, charlábamos huevadas, bebíamos Margaritas, nos íbamos al auto a echarnos cocaína, y al rato nos acompañaban a culear. Así de sencillo. Y al otro día, si te he visto no me acuerdo. Bueno: *laissez faire, laissez passer.*

Salimos de la universidad y como a mí me carga andar con corbata (requisito indispensable para cualquier abogado que ejerce la profesión), mi viejo me compró el bar en el que ahora estoy. Mateo y yo lo ornamentamos al punto de que nada tiene que envidiarles a los cafés que conocí en Buenos Aires hace siete años: fotografías en blanco y negro de futbolistas, un wurlitzer, carteles de películas clásicas y otras no tan clásicas como *Fargo, Subway, Bad Lieutenant* y *My Own Private Idaho,* bebidas de todos los tipos, decorados sicodélicos de neón, y un sinnúmero de huevadas que hacen de él un espacio esnob para matar la noche.

Mateo no intervino en la compra del bar, pero lo dejo trabajar como socio porque piensa igual que yo. Total, está casado con mi hermana y viven en una caja de fósforos en Los Dominicos, con piscina y dos perros de juguete.

Se cacharon en la fiesta de mi cumpleaños número veinticuatro. En aquel tiempo había una disco de moda llamada Oz. El recinto se llenó con mis amigos que ahora no frecuento y no son ya mis amigos. Entre el bar abierto, la música y el pandemonio que se desata en las fiestas a gran escala, se conocieron. Seguramente bailaron, se besaron con lengua, se manosearon, y al rato fueron a un motel a culear; en otras palabras, dieron rienda suelta a sus bajas pasiones. El resultado: tres meses después de mi susodicho cumpleaños número veinticuatro, los huevas tuvieron que casarse por el civil y a los tres días por la Iglesia porque un pendejo se gestaba en el vientre de mi hermana. No me quejo por haber escupido al ciclo con respecto a las huevonas anoréxicas que conocí en los pubs y discos de turno. En vez de Mateo pudo haber sido otro.

—Tipos extraños, ¿no? —menciona Mateo una vez de vuelta y mira más allá de mí—. ¿Un trago?

—De acuerdo —digo. Mateo mete en una coctelera una ración de angostura, whisky, anís, ron, y bate todo con ritmo. El sonido del líquido me indica que me sentiré mejor después de beber ese brebaje dulzón y espumeante.

—Zazarac a la orden, amigo —lo vierte en una copa y me lo entrega. Me siento a su diestra y enciendo un cigarrillo Camel y hago anillos de humo.

—Los sujetos, salvo el que se llama Basilio, no me son conocidos —digo.

—No te preocupes. Relajémonos.

—Llevaban armas —señalo.

—¿Y qué? —desenfunda una pistola Colt Python que lleva en un cinturón gris que rodea sus axilas: una sobaquera como las que usan los detectives tipo Marlowe. La examina como si le coqueteara—. Una *colpaiton* tres punto cincuenta y siete.

—No sé nada de armas —digo.

Y cuando hablo de ello me acuerdo del caso de una vieja cuyo nombre no retengo en mi memoria, pero que era viuda del que inventó los Winchester. Estaba tan obsesionada con los supuestos espíritus de los que habían caído por el famoso rifle, que pensaba que le decían que debía seguir construyendo su casa hasta terminar con la fortuna obtenida por la venta de sus rifles, que para mala cueva de la vieja aumentaba día a día. Mencionamos que sus rifles eran muy demandados durante la Guerra de Secesión y, años después, en la Primera Guerra Mundial. La vieja dejó una peculiar mansión: escaleras que iban al techo, puertas falsas habilitadas en murallas, ventanales con figuras de telarañas, corredores que partían de un lugar y volvían al mismo, entre otras huevadas carentes de funcionalidad.

–Vas a tener que comprarte una. No se sabe lo que piensan. Son como los orientales: tras una sonrisa pueden esconder un profundo enojo. *Chi fonda in sul popolo, fonda in sulfango.*

–Llamó Blanca –cuento saboreando el Zazarac y pienso qué chucha me interesa saber en italiano que confiar en la gente es edificar sobre arena.

–¿Qué dijiste?

–Que esperamos a un gásfiter que trabaja temprano en la mañana.

Mateo suelta una carcajada.

–¿Se la tragó?

–Supongo, no sé.

Mateo abre el bolso Adidas y extrae una bolsa repleta de cocaína. Con un cortaplumas hace un tajo en el nailon y retira una porción con una cucharilla de plata que está bajo el mostrador.

Dos

Permanecemos en un Ford Mustang último modelo y amarillo como el sol. Es de Mateo y lo adquirió hace tres años en Arica, con un *ticket* de rebaja que dan a los exiliados retornados que, como buenos exiliados que fueron, lo venden ahora en nuestra tierra neoliberal y sin dictadura para que sujetos como Mateo y yo presumamos. La verdad es que el retornado le regaló el *ticket* a Mateo y no se lo vendió. Algo a lo que accedí, pues el retornado me debía dinero a mí y no a Mateo, y por lo tanto dejar que le regalara el *ticket* a Mateo fue una concesión amistosa y de buena voluntad. Para eso están los verdaderos cuñados y amigos. Escuchamos una canción de los Talking Heads llamada *And She Was.* Enfilamos por una parte de Apoquindo, frente al Omnium.

El tal Basilio y los cabezas de músculo, como era de esperar, nos entregaron Nutra Sweet en polvo. Mateo no está molesto, y debería estarlo. ¿Y yo lo estoy? ¿Tengo ganas de matar a los huevones? No sé. Me acuerdo de que en la tarde debo ir al gimnasio que están remodelando. Según la dueña se ve antiguo y eso puede repeler a los clientes, que son gente chic. Tiene buenos aparatos de musculación y una gran cantidad de mancuernas que utilizo para hacer crecer mis bíceps. No voy a las clases de aeróbica pero sí a las de aeroboxing, que es una mezcla bastante efectiva de la sombra que hacen los boxeadores para calentarse, la aeróbica y algo de artes marciales. Ocupo la atención personalizada: se supone que un entrenador verifica cómo hago los ejercicios y con qué frecuencia. El *satina* y el masaje los tomo una vez por semana y el resto de los días lo dedico a las máquinas y el aeroboxing. Entre las máquinas que me gustan está la bicicleta estática. La dueña las compró el año pasado en Nueva York. Según las malas lenguas, son máquinas usadas. Hace dos años estuve en Nueva York, en el departamento de una prima escultora a quien le va como las huevas y que vive en el Upper West Side. La gente de allá tiene estilo y eso significa carácter. El carácter es difícil de forjar, y hay que empezar desde pendejo. *Bendito sea todo lo que endurece,* como decía Nietzsche. Volviendo a lo del gimnasio, mi rutina consiste principalmente en hacer, con cada máquina, diez tandas de ocho, con intervalos de descanso en los que respiro profundamente y muevo mis brazos y piernas, que se ponen tensas con el ejercicio. Como el gimnasio es calefaccionado, voy con un short y una musculosa Speedo.

He pensado seriamente en hacer natación. Es como se ejercita Blanca, y dice que se relaja cuando está nerviosa y malhumorada. También su cuerpo queda estupendo. Tiene el trasero levantado y el busto perfecto, redondo, y una cintura envidiable. Es profesora de Educación Física. En nuestro hogar solamente comemos verduras. Las grasas están descartadas. No quiero llegar a los sesenta años con problemas físicos, una ponchera o una posible operación a la próstata. Las verduras las comemos con cáscara y una gota de aceite de pepita de uva. Las verduras que comemos tienen todos los colores. Rara vez comemos carnes. No me refiero a carnes rojas, ni blancas como la de pollo, sino a pescado y, sobre todo, mariscos. Una vez estuve excedido de peso en la universidad. Tenía talla 56 y soy de los que usan talla 44. De manera que, sin consultar a una nutricionista, hice una dieta de manzanas. Comer manzanas los siete días de la semana es asqueroso, pero los beneficios son gratificantes: volví a mi talla 44. Respecto a la natación, creo que sería buena en la medida en que la practicara diariamente. En la universidad tuve un compañero que era seleccionado nacional de natación y su espalda era magnífica.

Veo la hora en mi reloj Omega Seamaster y es mediodía. Estoy seguro de que me voy a desocupar a las siete de la tarde para ir al gimnasio. Mateo me mira con semblante serio. Sus manos aprietan el volante y luego toca la bocina para exclamar y volverse hacia mí:

—¿Supiste lo de Tabucco?

—No —murmuro y quiero cambiar la música del Mustang. La canción que ahora tocan se llama *Burning Down the House* y es del mismo grupo.

—Quiere ametrallar a un promotor de boxeo. El tipo lo engañó en un asunto de una pelea por un título sudamericano con un boxeador apodado Carnicerito. ¿Qué opinas?

—Nada —digo mirando el espejo retrovisor y me doy cuenta de que me hacen falta unas sesiones en el solarium, y no he tomado mis dos litros diarios de agua filtrada.

Las gotas de lluvia mojan el parabrisas.

—¿Cómo que *nada?*, —esta última palabra la enfatiza, de manera que me sobresalto y quedo mirándolo por un buen rato mientras sigue ocupado con la geometría de las calles.

—¿Cómo se llama el hotelucho donde Tabucco maneja sus negocios? —le consulto.

—"Dulce Jueves". Está en el centro, en Libertad. Habitación 21.

Pongo en la casetera una caset de los Beasty Boys. Suena. *"Look around and listen and you'll see every sign the waters are polluted as the forests are cut down..."*

Con Blanca pensamos adoptar un cabro chico. Lo llamaremos Milo, en honor a un hermano de ella que falleció en un accidente carretero, cerca de Cauquenes, en 1996. Gran año. Sucedió por negligencia del que conducía, un amigo del finado. Milo, por lo que me han contado, diez minutos antes de la cagada se cambió del puesto trasero y se sentó en el del copiloto y no se abrochó el cinturón de seguridad. Hablamos de que era tarde, dos o tres de la madrugada, por lo que el conductor estaba con sueño y, cuando iban por la carretera, se quedó dormido y chocaron contra un camión aparcado en la berma. El resultado: el triste fallecimiento del hermano de mi novia y la nariz rota del conductor. Por respeto al difunto, los padres de mi novia no le entablaron una demanda al chofer. Yo lo hubiera jodido en los tribunales.

Adoptar a un pendejo es una responsabilidad de la que no me creo capaz. A ese respecto tengo prejuicios que a Blanca le molestan. Es sensible y no me gusta discutirle, porque estoy enamorado de ella. Próximamente nos casaremos y tendremos nuestros propios hijos. Compraremos cunas, peluches y saldremos a trotar con ellos. Les enseñaremos lo que preconizaba Juvenal: *mens sana in corpore sano.*

Respecto a lo primero, no meto las manos al fuego en mi caso. He sido como Polícrates: desafío a los dioses para probar mi buena fortuna.

No me quejo: tengo una vida apacible, una novia y una familia fuera de Santiago, que vive en una ciudad de provincia llamada La Imperial. En agosto cumpliré treinta años. Blanca tiene veintiséis y Mateo es más viejo. Hemos planeado los cuatro, junto a mi hermana, viajar a Europa este verano. Un *tour* no es costoso. El año pasado hicimos lo mismo pero fuimos a Miami, una ciudad *kitsch*.

El Mustang se atasca en una calle cerca de la Alameda. Hay tráfico y llueve. Mateo gira el volante y nos metemos en una calle angosta, fea, con chalets. Cierro los ojos y me dan ganas de dormir. Hay una suerte de compasión divina en esas construcciones: aún no las derrumban a pesar de que quieren construir edificios con estacionamientos y portones eléctricos para hacer crecer lo que se da en llamar progreso.

Mateo estaciona el auto frente a una casa de tres pisos con un cartel destintado que dice "Dulce Jueves". El pavimento está negro y resbaladizo. Me empieza a sangrar la nariz y me pongo a sudar frío y me duele el estómago y tengo ganas de vomitar. No quiero hacerlo, no me siento bien, pero Mateo insiste aclarándome que debemos hacer lo que se debe hacer cuando los resultados no son buenos; y qué más, Tabucco debe estar involucrado. Tú te la puedes, amigo, somos inseparables, y acuérdate, huevón, seamos duros como en las novelas de Chandler. Tenemos una Colt.

En la universidad leía novelas, principalmente policiales: Elmore Leonard y Raymond Chandler sobre todo, algo de James Hadley Chase, un pésimo novelista cuyo primer libro, sin embargo, es bueno y se llama *El secuestro de Miss Blandish*. Un relato negro, de los duros. Odio las novelas del desconocido Rex Stout, pero qué diablos, ahora estoy con un terrible dolor de tripas y me sangra la nariz. Saco del bolsillo de mis pantalones Tommy Hilfiger un paquete de pañuelos Dualette y apuño el papel suave y me lo paso por la nariz. La sangre deja de brotar y le digo a Mateo que tengo que probar unos gramos, es urgente, lo necesito, requiero dos litros de agua filtrada y comer verduras, hacerme una limpieza facial e ir al solarium porque estoy pálido y tengo ganas de desquitarme golpeando un saco de boxeo, y odio este mundo de mierda que enseña principios que no se aplican, y a mi cabeza vuelve el rayado: *Eskizoides*. Vomito al lado de los neumáticos pantaneros del Mustang y mi cabeza da volteretas, y quiero ver a mi padre que está muerto y lo extraño.

Quiero estar a su lado, junto a mi madre que vive en esa ciudad de mierda que ni sale en los mapas, y quiero que me cuente una historia mientras trato de quedarme dormido, y también quiero escuchar la canción de Faith No More de la mañana y ver una película pornográfica donde actúe Crystal, específicamente *La enfermera ninfómana*. Pero no hay tales cosas y estoy babeando, con la cabeza perdida, y Mateo me mira impertérrito. Vuelvo a la normalidad y de mi chaqueta Náutica saco una pastillera de plata; la abro torpemente y me trago un Prozac, ya que para mí la fluoxetina que venden comúnmente no es buena. Es lo mismo, pero le dije a mi siquiatra que prefería que me recetara Prozac. Al cabo de unos minutos me siento mejor con la droga de la felicidad.

Tengo que ir al gimnasio y comprarle a Blanca un perfume llamado Emporio, de Armani, para que esté feliz a mi llegada. Adoptaremos a un pendejo y le pondremos Milo. Y la soledad me parte, rompe cada hueso de mi cuerpo y considero que la *nada* es lo que predomina en todo. ¿Acaso soy una imagen y semejanza de Dios? ¿Qué me ha dado Dios, salvo el hecho de sentirme jodido y vacío? Necesito cocaína en este momento y mi cabeza da vueltas, vueltas y vueltas y quiero ver a mi padre que está muerto, y lo pienso de nuevo y me da lo mismo que la gente me vea en este estado, y ahora entramos al "Dulce Jueves" y Mateo me dice cálmate, qué pasa, hombre, y yo no tengo idea de lo que pasa hasta ahora, y tengo ganas de cagar, evacuar mis intestinos, y ahora sí que fumaría un huiro o chuparía una estampilla de LSD; y qué, todo el mundo lo hace, y mal de muchos consuelo de tontos, y me da lo mismo pensar así. Me siento desamparado, maldito, frustrado: solo.

Nos paramos frente a la puerta 21.

Queda poco más de un año para el cambio de milenio y quiero llegar a viejo sin operarme de la próstata. Deseo tener nietos que me digan *te quiero,* porque es lo que necesito.

Necesito que alguien me quiera porque Blanca es solo una mujer. *Mujeres de cabello largo e ideas cortas,* como decía Schopenhauer. Quiero regalarle un perfume pero no sé cuánto dinero llevo en mi billetera de cuero de gacela que compré en Nueva York. Y odio este mundo, no quiero vivir más en él y sería muy fácil, solo tengo que meter el cañón de la Colt Python de Mateo en mi boca y apretar el gatillo y mis problemas acabarán. ¿Sería cobarde si lo hiciera?

Mateo me deja solo y quedo mirando el corredor del hotel, que parece basural, y seguramente ha ido a buscar las llaves de la 21, pero antes que todo alguien abre la puerta y veo la figura de mi Blanca que está esperándome, y me dice que Tabucco está presente y que no me preocupe porque ella *sabe* lo que *hago,* sabe que vendo *droga y* que *soy* una *escoria.* Quiere ayudarme diciéndome cálmate, nos iremos a casa y olvídate de lo que hicieron los fisicoculturistas con el tal Basilio, porque Tabucco ya sabe de esto por sus soplones y ahora mismo se está encargando. Me abraza como si yo fuera un niño y le digo que no quiero vivir en este mundo. Me dice con voz cálida que me amará para siempre y que me ayudará a sobrevivir porque estamos unidos hasta la muerte, y que después de morir todavía estaríamos unidos porque no sabemos lo que hay en el cielo. ¿Iré al cielo? ¿Soy digno de estar allí? Ella sabía lo mío con Tabucco. ¿Me ayudarás, Blanca? ¿Aceptarás lo que soy? No sé si podré cambiar, le digo, pero me da un beso en la mejilla y estamos muy abrazados, llorando, apretados, y me dice que soportaré todo lo que existe porque siempre he estado con ella en los momentos en que me he sentido mal. Pero no.

Cierro la puerta de la 21. Estamos solos. Quiero cocaína y le aprieto el cuello, la despojo de sus prendas, la dejo en pelotas y quiero meterle mi lengua en su boca, en su vagina, y la arrastro hasta el suelo y quiero matarla pero no tengo el valor suficiente para hacerlo. ¿Tengo el valor para destaparme los sesos? ¿Soy un poquito resentido? Desabrocho mi cinturón, abro mis pantalones Tommy Hilfiger y quiero metérselo, quiero crear un niño que no se llamará Milo y no tendrá ningún nombre. Niño X. Equis. Niño Z. Zeta. Niño H. Hache. ¿Querías un adoptado, maldita huevona? Ahora sabrás que lo tengo grande y te va a encantar; dirás cosas como las que dice Crystal en *La enfermera ninfómana*. Arremeto y la penetro. Quiere arrancar y no puede; y solloza porque mis manos aprietan sus brazos que se ponen morados y continuamente le golpeo la cabeza contra el piso de fléxit y le digo: ¿sabes quién soy? Te gusta, ¿no? A las mujeres les gusta. Te odio, puta. Quiero estar con mi padre. Quiero ir al solarium y tomar mis dos litros de agua filtrada y comer verduras que tengan todos los colores y también quiero ir al gimnasio que están remodelando. Según las malas lenguas, las máquinas que la dueña compró son usadas. ¿En cuál practicaré? ¿Mancuernas de diez kilos? ¿Estoy muy flaco? ¿Necesito engordar? ¿La bicicleta estática? ¿Y el perfume? Pero ahora me gusta penetrarla en pose de perros y estoy perdido, maldito, desamparado, jodido, frustrado, vacío: *yo* soy la mierda, no el *mundo*. Cocaína. ¡Mieerdaa! Perra. Cocaína de mierda.

Quiero aspirar gramos y no tengo. Los huevones de la Nutra Sweet. Quiero matarlos. Pero tú dijiste que Tabucco se estaba encargando de eso. ¿Qué importa? Tengo todo lo que un hombre desea: una vida apacible, una novia, una familia fuera de Santiago y dinero estable. ¿Qué más puedo pedir? Soy un ganador. Un hombre de negocios. Acabo y la mojo entre las piernas. La puerta 21 se abre y veo a Mateo con Tabucco y el tal Basilio me apunta con una escopeta de cañón recortado y parece que va a dispararme.

El mejor puntero izquierdo del mundo

José Gai[11]

Siempre fuimos escasos los zurdos. Y cada vez quedamos
menos. Cuántas veces escuché el rezongo de un derecho:
ustedes son pocos, así es fácil surgir. Mentiras. ¿Alguna vez se
me oyó reclamar por todos esos derechos que se ganan la vida
usurpando la banda izquierda? Nunca. Yo, tranquilo, confiado
en mis medios, como me decía don Mario, mi entrenador en las
inferiores. Y así fui haciendo carrera. Un año en primera infantil
y de un salto a la cuarta especial. Al año siguiente ya alternaba
con los reservas de Coquimbo Unido. Ahí fue cuando me habló
el buscatalentos de La Serena y firmé por el Club de Deportes.
Dos semanas después estaba jugando en primera, mientras mis
amigos del puerto me daban la espalda. Mala suerte, dije, y me
olvidé de ellos.

Esa fue siempre mi debilidad; el halago. En la cancha, el más
vivo; pero afuera me comía cualquier amague, cualquier elogio.
Y así estamos ahora. Yo y el Lorca, amarraditos los dos como en
el bolero, cada uno en su poste, en este barracón abandonado
por donde no se acercan ni las moscas.

"Tranquilo, que vamos a librarnos de ésta", le digo a él
mentalmente, pero en verdad me hablo a mí, para darme ánimos
y convencerme de que me puedo salvar. El pobre Lorca ya no
puede oírme, y trato de no mirar sus dos ojos bien abiertos y el

---

[11] Escritor, periodista, ilustrador y humorista gráfico. Ha publicado dos libros sobre
temas deportivos: *Sabor a gol* (1997) y *Ñoñobáñez, 20 años de fútbol chileno* (2002).
También ha desarrollado una actividad permanente en pintura, con seis exposiciones
individuales entre 1994 y 2006. Actualmente, es ilustrador de *La Nación Domingo*.
Ha publicado la novela *Las manos al fuego* (2006), que obtuvo el Premio José Nuez
Martín, de la Facultad de Letras de la Universidad Católica de Chile, como la mejor
novela editada en el país en los años 2005-2006, y fue finalista en el concurso de obras
inéditas del Consejo Nacional del Libro y la Lectura, y en el Premio Municipal de
Santiago, 2007. También ha publicado el libro de relatos *El Veinte* (2007) y la novela
Los Lambton (2009).

tercer ojo, más chico y negro, en mitad de su frente, mientras ruego que el hilo de sangre que baja de su nuca al cemento llegue hasta mi lado, hasta mis manos amarradas y hasta mis dedos, que estiro y estiro, tratando de untarlos en el hilito.

Pero ni tan pobre el Lorca. Suya fue la idea de hacer la quitada en Santiago. "Son dos burreros inexpertos, nos hacemos pasar por policías y después rajamos", me dijo. Burreros inexpertos...; eso éramos nosotros apenas dos años antes. También esa idea fue suya. El resto lo puse yo, porque gracias a mí nos aceptaron en el negocio; Améstica me ubicaba desde la primera vez que defendí a Deportes Iquique.

–¿Fue por ahí por el 87, 88, no...? Claro. Tú sí que eras un puntero izquierdo, de los de antes, me dijo Améstica y nos palmoteó las espaldas, como si fuera un dirigente saludando a sus nuevas contrataciones, y nos puso a trabajar con él.

El 87... Casi diez años desde que llegué a Iquique. Entonces todavía me la creía, todavía pensaba que mi zurda me podía llevar lejos. De partida, a Santiago. Y con un poco de suerte, al extranjero.

Es que al final del primer año en La Serena ya era figura. "Uno de los mejores proyectos del fútbol chileno", tituló el diario. Me lo tomé en serio, o más que en serio; ya en la segunda temporada le levantaba la voz al capitán y al entrenador. Me vendieron a Cobresal. Según el club, por conflictivo; según yo, por la porrada de plata que pagaron los de El Salvador. Plata de la que no conocí ni el olor, porque yo seguía siendo juvenil, "producto de nuestras divisiones inferiores", dijo el dirigente que negoció con los mineros. De adónde, si mis inferiores fueron las de Coquimbo. Pero algún papel había firmado yo para poder cambiarme a La Serena, y no hubo caso.

Me consolé con el recibimiento: fotos, micrófonos, autógrafos. Algo que fuera, para sobreponerse al ambiente. Pueblo chico, seco, como dejado caer en medio del desierto. Los pocos árboles los regaban los puros perros. Y sin nada en qué entretenerse, salvo el fútbol. Pero el entrenador había pedido, especialmente, mi contratación.

—Tenés condiciones, de vos depende ahora. Y pensá siempre en tu ventaja: los zurdos son escasos.

No iba a discutirle al uruguayo Benetti; para qué, el técnico manda. Y el club tenía aspiraciones de grande, pagaban bien y yo era titular inamovible. Además, era un personaje en el pueblo. No tanto como Ferrero, que con la facha y el acento argentino podía escoger con qué mujeres se metía. Pero yo también agarraba algo, y no me quejaba; el fútbol era más importante. Entrenamiento, concentración, partidos, viajes. Y viajes en avión, no como en La Serena. ¿Y además, con buena plata y bien atendido por las mujeres? Así, cualquiera rinde; si tiene condiciones, claro.

Fue para un partidazo en Concepción, en que di un pase-gol y marqué el del triunfo, que Benetti se me tiró encima apenas entramos al camarín y me abrazó:

—Vas a ser el mejor puntero izquierdo del mundo, botija.

Y me la creí, ¿por qué no? ¿Por qué íbamos a ser siempre un fútbol de segundo nivel? Había que agrandarse, como los uruguayos. Y creérsela. Yo lo hice. Después dijeron que no jugaba para el equipo, que buscaba mi lucimiento personal y tonteras así. El asunto empeoró cuando Benetti se disgustó con los dirigentes y se volvió a Montevideo. Lo único que quería el nuevo entrenador era salvar el puesto, juntar plata un par de años y hacerse un futurito de mierda, de mierda seca, en el desierto. Empezamos a jugar a la defensiva, con Ferrero solo adelante y el resto correteando rivales por toda la cancha. Así no podía lucir mi habilidad con la zurda, y cuando llegaba a acercarme al área rival no me quedaban fuerzas para centrarle la pelota al hombre en punta, como antes. Aguanté hasta el final de la segunda temporada, y ya ni me importaba que me pusieran tarde, mal y nunca en el equipo titular; quería irme.

"Un talento en busca de nuevos aires", tituló un diario de Iquique, apenas recalé aquí. "Un crack que pide una segunda oportunidad", escribió luego un periodista amigo, porque entonces me llovían los amigos. En ésas me tiene que haber visto jugar Améstica. Y si me hubiera conocido, seguro que me palmoteaba la espalda como hace dos años, cuando empecé a cumplirle como burrero.

Nadie sospechó cuando entré al oficio; es que la gente me recuerda, me reconoce. No solo en Iquique; también en El Salvador, en Coquimbo, en Copiapó, hasta en Viña y en el puerto. Pasaba tranquilito los controles, métale conversa y recuerdos de fútbol, y entregaba la mercadería donde tenía que entregarla. Y Améstica hasta se animaba de vez en cuando a que le mandaran de vuelta conmigo los sobres con la plata.

–Grande, puntero izquierdo –decía Améstica, mientras limpiaba, no sé para qué, los anteojos con un pañuelo siempre sucio, y después despegaba el sobre, le echaba una ojeada rápida a la plata, sin contarla, y lo guardaba en un bolsillo. Hombre de confianza yo.

Pero también este negocio es injusto. El que se juega el pellejo, como en la cancha, se queda mirando a los pescados grandes llevarse la parte del león, igual que los dirigentes. Pero uno tiene que buscar su oportunidad, como dijo esa tarde el Lorca, hablando bien bajito, lejos de la casa de su cuñado, en medio del tierral que levanta el viento en Alto Hospicio. Nos habíamos alejado del rancho y del resto del callamperío, y veíamos, allá abajo las luces de Iquique como un cielo estrellado, pero al revés.

–Es una partida chica; no les importará tanto perderla. No creo que busquen mucho a los quitadores, y nosotros sacaríamos unos siete millones.

El Lorca estaba decidido, y parecía fácil. Sabía a qué hotel de Santiago llegarían los dos burreros. Disponíamos de unas horas para sorprenderlos y él tenía un contacto seguro para vender la droga en la misma capital, en una población del lado sur. Todo el secreto era viajar y volver separados, y en unos horarios en que no hubiera curiosos que pudieran sumar dos más dos e irle con el cuento a Améstica.

—Santiago. Me gustaría volver –le dije al Lorca, y él me abrazó porque yo aceptaba acompañarlo.

No creo que hayas entendido, Lorquita. Era ir a Santiago y dar el golpe de suerte. Era como jugar en un club grande, como salir a la cancha del Nacional vistiendo la roja de Chile, la de antes del pelotudo Cóndor Rojas. Era todo eso, y por eso fui. Cuando el Lorca me pasó el revólver, simulé ponerle atención a cómo funcionaba, pero nada. Qué iba a usar yo un arma, si me cago entero de puro ver una. Así es que me olvidé de todo, hice lo que él me ordenaba y nos dejamos caer en el hotel, muy de lentes oscuros y gorros. El Lorca abrió la puerta con una ganzúa y sorprendimos desprevenidos al par de principiantes. Les habló como policía detrás de los mostachos que se había pegado en el callejón y yo agaché la cabeza esperando que nadie me reconociera con el pelo mojado y partido al medio, y una barba postiza que parecía de payaso de circo.

Y resultó. Los burreros creyeron que éramos policías —eso pensamos nosotros– y se dejaron esposar y amordazar, muertos de miedo. Claro que los amigos del Lorca nos dieron apenas tres millones —háblame de amigos, le dije–, pero igual era plata. Volvimos a Iquique, cada uno por su lado. Primero Lorca, con sus bigotes y el gorro de lana hasta los ojos. Después yo, que me vine caleteando por viejos lugares —Coquimbo, La Serena, Copiapó–, para recordar y también para despistar. Al otro día nos encontramos en la casa de su cuñado y nos alejamos de Alto Hospicio hacia el barranco, y ahí, solos en el viento y el polvo, nos palmoteamos, saltamos y gritamos: a la mierda Améstica y la puta que te parió, seguros de que nadie nos escuchaba, dándole la cara a la ventolera y qué importa mascar un poco de tierra; ya vendrán días mejores en este puerto cabrón.

Es que algo me había dicho aquí en mi cabeza la primera vez, cuando recién salía a recorrer la ciudad en el deportivo que traje desde El Salvador, que iba a hacer huesos viejos en Iquique. La parte antigua, los galpones levantados a la carrera, las cuadras de autos nuevos y cubiertos de polvo, el cerro que se te viene encima; todo eso me gustaba. Le tenía distancia, también, porque mi idea seguía siendo otra: Santiago y, después, el extranjero. Es que en mi primer año en Iquique se volvió a hablar de llevarme a la Selección. Estaba jugando con ganas otra vez, y el equipo no se metía atrás. Ni pensar en hacerlo tampoco, porque acá la gente te exige, te pide que vayas de frente. Tierra de campeones, te dicen que es, y uno se lo cree. Partidos buenos y malos, pero más buenos que malos. Y yo volviendo a desbordar pegado a la raya y poniendo los centros como con lienza. "Candidato a la Roja", tituló el diario, y el periodista me trajo una camiseta de la Selección y me la puse para la foto. Me quedaba bien, como hecha a la medida.

Pero se vinieron encima las eliminatorias para el Mundial, y el técnico prefirió jugadores calados. Ya vendrá mi oportunidad, me decía yo; si clasificamos, tal vez puedo meterme en la nómina de los veintidós. Lo mismo me decían los amigos, los de entonces, un grupo grande, cuando nos reuníamos a ver los partidos en la televisión y a conversar unos tragos. Juntos estuvimos para el partido con Brasil, en Maracaná. Tarea difícil, casi imposible ante los negros, pero yo tenía fe. Por eso reventé a las puteadas cuando el Cóndor Rojas cayó herido, sangrando de la cabeza. Brasileños maricones, grité, y lo mismo gritaron todos mis amigos, y después que se acabó la transmisión nos subimos a mi camioneta, porque ya había tenido que vender el deportivo, y partimos al centro con un par de banderas chilenas. Nos fuimos a tocar la bocina y a echar más puteadas frente al consulado brasileño, y éramos cientos en eso. Tengo una foto recortada del diario; detrás de unas minitas ricas que gritan, se alcanza a ver la camioneta y, al volante, la melena de este puntero.

Así es que no lo podía creer cuando supimos que Rojas se había hecho la herida. Ahí lo puteé a él, a sus cómplices, a todos. Me habían dejado sin posibilidades de ir al Mundial y al siguiente. Castigados, desterrados. Parias del mundo, dijo

Pedro Carcuro en la televisión, y la Rosi, que siempre fue más instruida, me explicó lo de parias. Calzaba justo el apodo. Y yo, por culpa de ellos, me veía limitado al campeonato local, tratando, a lo más, de meternos en la liguilla de arriba, jugando en unos estadios casi vacíos y por bolitas de dulce.

Por eso no me sorprendió mi mala racha del 90. Primera fractura, y tobillo izquierdo, más encima. Tampoco me extrañó que a fin de año me pusieran a la venta, y fui a parar a Coquimbo. Menos mal que la Rosi me acompañó y que nadie recordaba, o a nadie le importaba, mi traición de cuando juvenil. Otra vez partidos buenos y partidos malos. Más de los segundos, lo reconozco; es que no me sentía bien. Como que se me acortaba el tiempo. Por primera vez pensaba qué haría después de terminar mi carrera; capaz que ni siquiera llegara a Santiago. Por eso me fui a Viña del Mar. El Everton andaba a los tumbos, pero al menos estaba más cerca de la capital. Por ahí les hacía unos buenos partidos a los clubes grandes, y quién te dice que no aterrizaba en Santiago.

No se dio. Quedé sin club por primera vez en mi vida. El día mismo del cierre de los pases logré colocarme de nuevo en Iquique. Ya no llegué en auto deportivo ni en camioneta. Junté unos pesos y compré un taxi colectivo, y ahí conocí al Lorca; él fue mi chofer, él me metió al recorrido: subir y bajar el cerro de Alto Hospicio. En el fútbol, yo en pura bajada. Jugaba y andaba ahí no más. El sueldo era escaso, y el colectivo me sacó de apuro más de una vez. Para colmo de desgracias, la Rosi se embarazó. Habíamos quedado en cuidarnos, pero pasó. Te la hizo, me dijo el Lorca. No le creí al principio; después, como que entré a dudar. Pero me porté bien, por una vez: la ayudé, pagué el médico, el parto, todo. Y anduve así, con la cabeza embolinada y jugando mal, lo admito. Todavía podía, pero no me motivaba. Veía al defensa, sabía que tenía que amagar para el medio e irme por fuera, pero no lo hacía. Todo repetido, todo ya visto. Se me apagó la lucecita de adentro, como dice Carcuro.

No me dio ni frío ni calor cuando me dejaron con el pase en mi poder. "Libre, para que te busques un club", me dijo el presidente. Pero yo sabía que estaba deshaciéndose de un caballo viejo, inservible. No busqué club ni nada. Metí mis últimos pesos en otro colectivo, y nos pusimos a trabajar en eso con el Lorca. Poca plata y muchos gastos. Con la Rosi anduvimos en una residencial y un par de pensiones, hasta terminar en Alto Hospicio. O sea, yo, porque ella tenía que cuidar a la niña. Eso le dijeron sus parientes, eso me dijo la Rosi a mí, y acepté que se quedara en la ciudad con una tía. No dejes de venir a verme, me pidió, y yo trataba de cumplir, pero se me hacía cuesta arriba como al taxi, él y yo rezongando por la subida eterna de Alto Hospicio que casi fundía el motor, para terminar el día en la casa hecha de latas y unos bloques de cemento. La había levantado un cuñado del Lorca para instalarse con su familia, y por el momento, un momento que parecía eterno, él y yo teníamos una pieza donde echarnos por las noches.

Ahí empezó mi segunda vida. Cuando bajaba por la huella estrecha que le habían escarbado al paredón de rocas y arena, era como bajar todos los días al infierno. Y el viaje de vuelta no era precisamente la subida al cielo, con ese calor, con el peligro de caerse y, si había suerte, con un par de pasajeros para salvar la bencina. Negro futuro, a menos que pasara algo...

–Encantado de que trabajes conmigo, puntero izquierdo –me dijo Améstica el día en que el Lorca me presentó.

Fue como un nuevo contrato, pero entre caballeros. La pura palabra, sin un papel ni una firma. Claro, en este negocio no se estila, pero igual yo sentí que había entrado a un ambiente honorable, a un club de gente derecha. Que los negocios no lo sean, me da lo mismo; me entra por aquí y me sale por acá. Yo ya eso lo pasé; el fútbol no es mejor ni más decente que la droga.

El problema, como en el fútbol, es que aquí también hay tentaciones. Y eso le pasó al Lorca, y me arrastró a mí. Pobre Lorquita, con su sangre que ya me moja los pantalones, pero no puedo hacer nada. Ni por él ni por mí, porque queda menos de media hora para que vuelvan Améstica y sus brutos. Tampoco hay tiempo para pedirle perdón a mi amigo por habérsela jugado. Para qué. Mi único consuelo, ahora, es pensar que Améstica se va a quedar sin pan ni pedazo. Por cabrón, por dirigente.

Nos descubrieron. No habían pasado ni cinco días cuando me hicieron parar tres tipos en Latorre, a la vuelta del Mercado, y me dijeron que sacara el letrero del parabrisas porque me iban a pagar una buena carrera hacia La Concordia. Lo adiviné, pero qué hacerle. A las cuatro cuadras, apenas salimos del centro, ya tenía una pistola en las costillas. Me pasaron al asiento de atrás, me tiraron al piso y me cubrieron con una manta. No volví a ver la luz hasta que aparecí aquí, en el barracón. Ya me esperaba el Lorca, amarrado a un poste y con un miedo que le había puesto blanca su cara de indio. Y estaba Améstica, con sus dos segundos: el Piraña y el Pardo. Lindo trío central. Como los de antes, pero ahora jugando por el Deportivo Infierno.

—Creí que ya nadie se acordaba de ti, puntero izquierdo —me dijo Améstica—, pero uno de los muchachos de la quitada te reconoció. Hay que ser muy gil. Y, más todavía, para robarme lo que es mío.

Ahí empezó lo desagradable. No sacábamos nada con gritar; un galpón abandonado, sin nadie a dos o tres cuadras a la redonda. Galpón de la época buena de la Zona Franca, cuando todo esto era un hormigueo de gente y de plata. Ahora, nada; puro silencio y nuestros alaridos que caían en el mismo silencio. Hasta que el Lorca aflojó y dijo dónde buscar, cerca de la casita de su cuñado. Solo que el pobre no sabía...

Partieron el Pardo y el Piraña con otros dos hombres, y Améstica se quedó en el galpón. Todos esperando callados. Bueno, nosotros de todas maneras, si nos habían amordazado. Una hora, hora y media, hasta que volvieron. Por los puros ojos, Améstica supo que Lorquita le había jugado chueco, o había jugado lo que creía. Lo cierto es que se le vino encima, le puso la pistola en la frente y me habló.

—A ver si tú eres más razonable —me dijo y apretó el gatillo.

Nunca había visto morir a un cristiano. Y creo que todavía no, porque di vuelta la cara y apenas entreví el fogonazo. El Piraña me agarró de la cabeza y me obligó a mirar a mi compadre. Ahí estaba el Lorca, con los dos ojos abiertos, como preguntándome qué había pasado con la plata, y con el tercer ojito que le había aparecido en la frente.

Después me apuraron. Aguanté unos cuántos golpes tratando de aparentar que no era tan blandengue, hasta que solté todo de una sola vez cuando me aflojaron la mordaza:

—En el Tierra de Campeones, detrás del arco sur de la cancha dos. Está debajo de la primera grada, junto al pilar derecho.

Esta vez Améstica partió con ellos. Dijo que a esa hora habría gente en el estadio y tenían que disimular bien; no los fueran a ver en actitudes sospechosas. Antes, volvió a limpiar sus lentes y miró su reloj.

—Tienes… una hora y cuarto, una hora y media, a lo más, hasta que volvamos. Más te vale que sea cierto.

Daba lo mismo; me iban a matar, sí o sí. Lo que les dijera no valía nada; lo importante era ganar tiempo. No sé para qué; las amarras no iban a aflojar, tampoco la mordaza, pero nunca se sabe; alguna vez que la suerte jugara de mi lado. Tenía noventa minutos por delante.

A los cinco minutos de sentir su auto que se iba, escuché otros ruidos, pero éstos se acercaban. Las ventanas rotas en lo alto del galpón me ayudaron a distinguirlos. Era un grupo de niños, y empezaron a jugar al fútbol aquí, junto a la barraca. Por los pelotazos deduje que el portón era uno de los arcos. Pero, cómo comunicarme.

Un ruido distinto me asustó. Vidrios rotos y algo que caía cerca mío y que no pude identificar, por el contraluz. Después sí. Un tiro elevado había roto otra ventana y la pelota estaba ahí, al alcance de mis piernas. Me estiré y la atrapé con la izquierda. ¿Y los niños? Discutían entre ellos, pero no parecían dispuestos a trepar hasta los tragaluces o las ventanas para descolgarse adentro y recuperar su pelota. Yo sí podía devolvérselas, y sabrían que había alguien en el galpón.

¿Y con eso? A lo más, darían las gracias a gritos y volverían a lo suyo. No, tenía que hacer algo más. Me atreví a mirar al Lorca, como pidiéndole ayuda, y entonces me fijé en la sangre.

Rogué porque el hilito siguiera avanzando y porque los niños no se fueran. Por fin, el reguero tocó mis dedos. Acerqué la pelota y escribí. Luego la empujé de vuelta hacia la zurda. Mi vieja zurda, incómoda y adormecida por el largo rato sentado y con amarras, no había olvidado sus buenos tiempos. Al tercer intento, desesperado intento, ya tenía la pelota sobre el empeine. Luego, uno, dos y tres botes, y el disparo, como en los centros que ponía en mis buenos años. ¡Gol! La pelota se metió justo por una ventana rota y volvió donde los niños.

¡Los niños...! Los muy condenados gritaron gracias al desconocido que les permitía continuar el juego, pero ninguno se interesó en saber quién les había devuelto su pelota y en qué condiciones. ¿Cómo uno, al menos uno, no iba a fijarse en esas manchas rojo oscuro sobre el cuero y no iba a leer el "SOS narcos"?

Pero nada. Seguían detrás de la pelota; la trancaban, la refregaban contra la costra del suelo salino, arenoso, la pateaban contra la pared de concreto del galpón. Las letras se irían desgastando segundo a segundo, mientras mis noventa minutos se hacían humo. El fin de mi carrera, de mis dos carreras.

—¡Penal, penal! —gritan los niños afuera, y durante unos segundos se arma un revuelo, hasta que al parecer todos acatan.

—Yo pateo —le escucho decir a uno, y no hay más ruidos. Puedo imaginar al pendejo acomodando la pelota, seguro y confiado de su importancia, con todas las de ganar contra el pobre arquero, pegado al portón y esperando el tiro penal.

Pero entonces el silencio se alarga. Y después, las voces bajas, las carreras como en puntillas... ¿Lo vieron, finalmente?

—Arranquemos —alcanzo a oír, y siento el tropel que se aleja. Calculo que quedarán quince, doce minutos. Todavía es posible.

Aún podría cambiar esta historia de perros, de parias. Podría volver donde la Rosi con un regalo para la niña y preguntarle si puedo visitarla y sacarla a pasear de vez en cuando; después de todo soy su padre. Eso, si es que salvo el taxi o un par de pesos en la quitada. O aunque no salve nada, pero, al menos, la vida. Y no por mí, sino por el futuro de mi hija.

Ruido de autos. No, de un solo auto, y los portazos y las voces. Es Améstica, de vuelta del Tierra de Campeones, y no la policía. Niños de mierda, qué iban a ir donde los pacos, a puro crearse problemas. Antes de que entren, miro al Lorca y me imagino un tercer ojo en mi frente. En qué momento me dejé tentar con lo de Santiago.

—Eras más imbécil de lo que pensé —dice Améstica, parado frente a mí y limpiando, o ensuciando, sus anteojos—. Vamos a tener que ser más duros.

—Y vas a terminar cantando, y para nada —le hace claque el Piraña, más claro, más maldito que Améstica—. Nos vas a decir dónde escondiste la quitada y después serás un solo montón de carne y huesos pudriéndose y ensuciando esta bodega de mierda.

Qué se le va a hacer. Que pase todo luego, me digo, y cuando el Piraña empieza a batallar con el nudo ciego de mi mordaza, escucho el pitazo largo, repetido, como en clave. Ellos saltan.

—¡El Pardo, la alarma!

—Son los pacos.

El que lo dice, el que comprende, es Améstica. Con un gesto ordena salir rápido y se acerca a Lorca y busca en su ropa hasta quitarle los documentos, y lo mismo conmigo, supongo que para demorar la identificación, para ganar tiempo y esconderse o arrancar de Iquique. Luego se detiene y escucha, igual que yo, la primera sirena de un auto policial.

¿Me iré a salvar en los descuentos? Améstica cruza frente a mí. Se va. Vuelve. Cierro los ojos. Lo escucho pasar la bala. Y su voz.

–Despídete, punterito izquierdo.

Es cierto, cada vez quedan menos zurdos, alcanzo a pensar, pero se acaba mi tiempo. Escucho las sirenas de los pacos cada vez más cerca, un disparo, un último pitazo. El final.

Hamlet versus Hammett

PETER WILLIAM O'HARA[12]

Uno

(*Junio 1992*) Mientras camino mi figura se refleja sobre el cemento húmedo. El eco de mis pasos me sigue como perro fiel. Llovizna.

Como de costumbre, paso al quiosco de diarios y revistas. Lo atiende un ex convicto que ya ha pagado su deuda con la sociedad. Lo atraparon con las manos en la masa. Alegó inocencia. El juez de turno ni se inmutó. Salió después de siete años por buena conducta. La sombra de los barrotes ya se ha borrado de su alma. Bajo el sol o la lluvia *Tic Nervioso* usa lentes oscuros. Es para ocultar esa especie de guiño que se le anidó en su fea cuenca. El tipo me ve venir y me alarga el periódico. Sabe de mis manías.

—¡Buenos días, señor O'Hara!... ¡Su periódico!... ¡Hermoso día! ¿Eh? —exclama irónico.

Tomo el periódico y farfullo algo como "¡Hm!" y continúo mi camino con una sarta de crímenes bajo el brazo, en forma de titulares.

Ingreso al edificio y me encuentro con el portero:

—¡Buenos días, señor O'Hara! ¿Un nuevo caso para hoy?

---

[12]   Peter William O'Hara, alter ego de Pedro Guillermo Jara. Director de la revista *Caballo de Proa*. Ha publicado *Historias de Alicia la uruguaya que llegó un día* (1979), *Para murales* (1988), *Plaza de la República* (1990), *Disparos sobre Valdivia* (1997), *De cómo vivimos con Jessee James en Chile Chico* (2002), *Relatos in blues & otros cuentos* (2002), *Minimales, tres obras de teatro breve* (2003), *El rollo de Chile Chico* (2004), *Cuentos tamaño postal* (2005), *De trámite breve* (2006) y *El korto cirkuito* (2008). Ha sido publicado en diversas antologías en Chile y el extranjero. En 1998 obtiene la Beca del Consejo Nacional del Libro y la Lectura; el 2003, la pasantía para escritores profesionales del Consejo Nacional del Libro y la Lectura. El año 2006 obtiene el Premio Crónicas Regionales del Consejo Nacional del Libro y la Lectura.

Es un buen muchacho. Su única debilidad: colgar monas piluchas en su cuartucho. De vez en cuando me las muestra, orgulloso.

Dos

Sentado cómodamente en el sillón de mi oficina hojeo el periódico acompañado por mi café irlandés, en mangas de camisa, la corbata suelta y mi fiel Colt 45.

Recorro las páginas y un párrafo me llama la atención. Tomo la lupa y leo: "*Investigación en el Barrio Chino: Hammlet*". Lo de '*Hammlet*' me hace parpadear y releo con atención: "*...en este filme se puede ver a Hammlet cuando en 1928 inicia sus intentos de utilizar su previa experiencia como detective privado para escribir historias policiales para los diarios*". Y nuevamente la palabra '*Hammlet*' me hace pestañear. "¡Carajo!", murmuro, "aquí hay algo que huele mal. ¿Qué puede hacer un tal Hammlet en el año 1928 y en el Barrio Chino?"

Era evidente que algo había sucedido a ojo y paciencia de un editor perdido entre la historia y la ficción. Me dirigí a mi kárdex a revisar expedientes de algunos sujetos muy especiales. En la letra *H* saltó la ficha de un tal HAMMETT. El caso me estaba intrigando.

Sorbí el café. Le di una pitada a mi cigarrillo. Intenté unir cabos sueltos. Me puse de pie y me paseé como soplón en vías de ser encanado.

De pronto, en la puerta de mi oficina se produjo un estruendo fenomenal. Mi mano derecha, como picado por una víbora, fue directa a mi viejo Colt 45, pero no alcancé a extraerlo. No salía de mi estupor cuando tras la explosión y la humareda se materializó la figura de un tipo vestido al estilo siglo XVII. Me encontraba paralizado por la sorpresa. El cigarrillo colgaba de mi labio inferior como una ramita seca en otoño. El individuo era alto, ojos azules, nariz afilada, barba corta y cabello desordenado. Vestía un sayo de lana negra; jubón de crea del mismo color al modo de un chaleco; calzas dentro de unas botas de cuero, altas y negras; talabarte o cinturón desde donde pendía una espada corta. Una capa lo cubría de pies a cabeza. En su mano sostenía un trozo de papel.

Después de un silencio cargado de tensión, el mamarracho tomó aliento, avanzó un par de pasos hacia mí y exclamó quejumbroso: "Ser o no ser, esta es la cuestión. ¿Cuál es más digna acción del ánimo: sufrir los tiros penetrantes de la fortuna injusta, u oponer los brazos a este tormento de calamidades y darles fin con atrevida resistencia?"

El discurso tintineaba en mis oídos. Me era familiar. Pero nunca me había enfrentado, en mis 40 años de servicio, a una situación tan absurda como la que estaba viviendo.

De pronto, como un relámpago, se me vinieron a la memoria las lecturas de mis humanidades. Apagué el pucho, acomodé la corbata, extendí mis brazos y declamé con voz impostada siguiéndole el juego:

—¿Cómo os habéis sentido, señor, en todos estos días?

El tipo miró a través de mí. Me fui acercando lentamente para desarmarlo:

—Bien, muchas gracias —respondió sin moverse del lugar.

Veía su espada al cinto, y a todas luces no era de utilería. Me acerqué un par de pasos y declamé, aclarando mi garganta cargada de nicotina:

—Conservo en mi poder algunas expresiones vuestras que deseo restituiros mucho tiempo ha, y os pido que ahora las toméis.

De pronto el aparecido avanzo hacia mí con gesto levemente amenazador:

—No, yo nunca te di nada —exclamó.

No acababa de terminar la frase cuando yo estaba sobre él. Mi *uppercut* lo estremeció. Intentó extraer su espada. Desvié su brazo y se lo doblé sin compasión tras su espalda. Con mi vozarrón nada de amable, le grité:

—¡No te muevas, payaso!

137

Extraje mi Colt y le coloqué el cañón en la nuca. El tipo, pese a todo, conservaba su dignidad. Sin soltar el brazo ni dejar de apuntar con mi arma, inquirí:

—¡Identifícate, rata de cloaca!

El tipo, con voz suave, pero segura, susurró:

—Soy Hamlet, Príncipe de Dinamarca.

Lo solté, sorprendido:

—¡Carajo!… ¡Disculpad, vuestra merced! —y realicé una amplia y profunda reverencia, aunque sabía que esta gracia palaciega me podía costar un lumbago.

Hamlet sacudió su capa con un dejo de desdén. Mi café irlandés estaba frío. Bebí el concho y encendí otro cigarrillo:

—Tomad asiento, Príncipe de Dinamarca… ¿En qué os puedo ayudar?

Hamlet me extendió el recorte de papel. Leí: "…*en este filme se puede ver a Hammlet cuando en 1928…*" Reconocí el mentado párrafo. El título de la crónica rezaba: "*Investigación en el Barrio Chino: Hammlet*".

—¡Ajá! —exclamé.

—¡Ajá! —exclamó el Príncipe. Y añadió compungido:

—O'Hara, deseo que investiguéis este desaguisado que me tiene al borde de la locura. Confunden mi identidad… ¡Es una traición a mi persona!… ¡Oh, my gad!

Doblé el recorte:

—Dadme 24 horas para aclarar este asunto.

El Príncipe, como una centella, extrajo su espada y colocó la afilada punta en mi nuez. Tragué saliva. Como por arte de magia apareció la calavera de su padre y me hizo jurar que descubriría al culpable. Juré solemnemente. Envainó su espada, guardó sus huesos, se envolvió en su capa y se hizo humo entre rayos, tal como había llegado. Me quedé pasmado. Luego escuché una voz de ultratumba que repetía: "¡No lo olvidéis, O'Hara!… ¡Tenéis 24 horas para descubrir al culpable!… ¡No lo olvidéis, O'Hara!… ¡No lo olvidéis!"

Tres

Me puse en acción. Me arremangué. Desabroché el cuello de la camisa y desaflojé el nudo de la corbata. Encendí otro cigarrillo que se aferró a la comisura de mis labios con fruición. Comencé a pasearme por la oficina. Extraje mi libreta con direcciones, busqué un número y marqué. Al otro lado me respondió un resuello cargado a la grasa:

—¿Aló?

—¿Aló?... ¿Cinemascope?

—Sí, con él... ¿Quién habla?

—Aquí, O'Hara... Escucha con atención bola de cebo... Me debes un favor... ¿Recuerdas?... Sí, guarén de cloaca... En mi oficina, en quince minutos. Y colgué.

Abrí el kárdex y revisé el expediente del tal Hammett. Leí: *"Dashiell Hammett (1894-1961, USA) es Dios Padre. A la derecha del Padre se sienta Raymond Chandler. La cátedra de la izquierda está en permanente disputa. Hammett fue detective en la Agencia Pinkerton y sus actividades alimentarían su futura creación literaria. Con motivo del vergonzoso asunto de Actividades Antinorteamericanas del senador Joseph McCarty, un envejecido Hammett dio con su enfermo cuerpo en la cárcel. Alguien dijo: Está aquí porque no ha querido ser un chivato".* "¡Carajo" —exclamé, mientras guardaba la ficha que había descubierto en la revista *Ajo Blanco*, de España.

Aún no salía de mi asombro y mientras me rascaba la nuca frente a la ventana, alguien golpeó:

—¡Adelante!

En el dintel de la puerta apareció "Cinemascope", un hampón de poca monta. La chaqueta verde le quedaba estrecha por todos los lados. Era colorín y pecoso. El pequeño sombrero le baileteaba en su testa como el sombrero del Gordo en la pareja de *Laurel & Hardy*. En ese instante engullía un hot-dog y respiraba con dificultad. Le apodaban "El Cinemascope" por lo ancho y por ser amante del cine. Era capaz de tragarse películas del Gordo Porcel y de Bergman sin asco ni distinción. En sus días libres pirateaba y arrendaba videos porno.

–¡Adelante, montón de grasa!... ¡No te ofrezco asiento porque puedes arruinar la silla con tu humanidad!

Fui al grano:

–¿Qué sabes de un tal Hammett?

"Cinemascope" dio vuelta los ojos intentando recordar:

–Quizás sepan algo en el Cine Club de la Universidad Austral.

–¡Hm!... ¡Esta noche haremos una visita de cortesía al Cine Club armados y con silenciador! Lleva tu ganzúa.

–¡OK! –murmuró.

"Cinemascope" desapareció de mi vista agitando su humanidad mientras lanzaba maníes al aire y los atrapaba con su bocaza.

Por mi parte intentaba armar una hipótesis. Preparé otro irlandés y sorbí del brebaje negro y caliente como la noche. Revisé mi billetera y verifiqué una antigua orden de cateo. Revisé el tambor de mi viejo Colt 45: estaba cargado. Acomodé el pichón en mi sobaquera. Me coloqué el gabán, el sombrero y la bufanda blanca. Me quedaban exactamente dieciocho horas para aclarar el embrollo. Pero antes debía realizar otra diligencia.

Cuatro

Tomé dos libros desde la repisa y abrí el armario de los disfraces. Escogí una máscara de Gerente de Diario. Confieso que me incomodaba. Me observé en el espejo: mi rostro había adquirido una expresión de hampón intocable con cierta dosis de poder. Antes de abandonar la oficina colgué el cartelito que rezaba: *"Aquí le damos duro al crimen. Voy y vuelvo"*.

Bajé los peldaños de dos en dos. Me crucé con el portero, que al verme parpadeó como semáforo engripado. Continuó subiendo por la escalera con un balde y un escobillón: no me reconoció.

Me dirigí hacia el periódico. Iba dispuesto a todo. Me enfrenté a la puerta principal, extraje mi arma, cogí por las solapas a un empleadillo y murmuré con los dientes apretados: "Necesito ver al editor". El pobre tipo temblaba como flan: "Por ahí, musitó". Recorrí el pasillo a grandes zancadas. En un cuartucho estaba el tipo, cabeza gacha, con lentes de gruesos cristales, corrigiendo erratas. Con un golpe deposité sobre su escritorio el recorte de prensa, susurrando: "Le vengo a hacer una advertencia: si en una próxima crónica confunden a Hamlet con Hammett le haré comer su periódico con una pizca de sal. Para que amplíe su cultura le traigo dos libros de regalo: *Hamlet*, de Shakespeare, y *El Halcón Maltés*, de Hammett". El tipejo abrió sus ojos que a través de los cristales parecían dos huevos fritos.

En la calle me quité la máscara de Gerente de Periódico y la arrojé a un tacho de basura. ¡Qué descanso!

Cinco

Me quedaban diez horas para solucionar el caso. El crepúsculo cedió frente a las luces de neón. La ciudad se vestía de gala dando paso al malevaje, a los malos pensamientos, a la poesía, a las sombras recortadas que se abrazaban con pasión en las esquinas.

Se aproximaba la hora para realizar la segunda visita. Hurgué entre mi gabán y extraje una máscara de Bogart. Me sentaba bien.

Me dirigí hacia el campus universitario y a medio camino, bajo una luminaria, se encontraba el gordo "Cinemascope" engullendo una pizza de jurel. Su sombrerito verde era inconfundible. Al enfrentarme al patán tosí discretamente. "Cinemascope" no se dio por aludido y murmuró mientras pasaba su lengua por sus dedos regordetes: "¿Vamos, señor O'Hara?"

Nos desplazamos por la alameda. Picado por la curiosidad le pregunté al tarro de manteca: "¿Cómo descubriste que era yo?", a lo cual respondió: "Por sus zapatos lustrados, señor O'Hara" Guardé mi careta de Bogart. Después de todo no me sentaba.

De pronto sentimos voces. Nos ocultamos. Dos cuerpos se desplazaban en sentido opuesto al nuestro. Extraje mi revólver. "Cinemascope" resoplaba mientras le hincaba el diente a una barra de chocolate. Al pasar los individuos escuchamos retazos de conversación: "Año sabático... instituto... malla curricular... nuestros clientes, los estudiantes, pues hombre... postmodernismo..." Al parecer eran individuos reconocidos como "académicos".

Nos deslizamos con cautela por los pasillos del campus hasta llegar a un lugar en donde pendía un cartel que rezaba "Cine Club". Observé hacia ambos lados. Le hice una seña al gordo, quien extrajo una ganzúa y manipuló con maestría en la chapa de la sala de proyección. Un leve ¡clic! nos dio el pase libre. Ingresamos al lugar y descubrimos un par de tambores de película. En una etiqueta leí: "Investigación en el Barrio Chino: Hammett". Abrí la lata, extraje mi lupa y a la luz de una linterna leí los créditos en los fotogramas iniciales. El director era Wim Wenders. No había nada más que hacer.

Seis

Al día siguiente todo transcurrió con normalidad. El plazo se había cumplido y solo me dedicaba a ordenar papeles, a leer la prensa local. Al atardecer, tras la explosión y la humareda pertinente, se corporizó Hamlet, Príncipe de Dinamarca. Se le veía de mal talante. Realicé la consabida reverencia. Hamlet clavó su mirada azul en la mía e inquirió:

−¿Y?

−Sabed vuestra merced que todo ha sido resuelto según vos requeristeis. El error de transcripción del periodista de turno pasó sin pena ni gloria por los ojos inexpertos e ignorantes de un editor de tercera categoría. Este tipo de errores o "erratas" siempre han existido y se deslizan como duendes mal criados que nos hacen guiños desde el papel... Revisando mi kárdex he descubierto este poema...

Se lo extendí, Hamlet lo cogió, aclaró la garganta, realizó una pausa, tomó aire y declamó con voz calma y entonada:

"*Fe de Ratas*
Donde dice amor no debe decir absolutamente nada
basta con las manchas olvidadas por tu lecho
Donde dice libertad léase justicia
léase calor muslo ángel de la guarda
líbrame de las balas locas.
Donde dice orden léase hijos de la grandísima
pero léase en la clandestinidad
léase debajo de un crepúsculo
porque el tipógrafo
es un tipo con santos en la corte".

Era un poema de un tal Juan Cameron. Un buen tipo. Le hice un guiño a Hamlet. El me respondió del mismo modo y se hizo humo frente a mis narices. No terminaba de salir de mi asombro cuando sonó el teléfono:

–¿Aló?... ¿O'Hara?

–Sí –respondí–. ¿Quién habla?

–Soy Magnolia, querido. ¿Qué te parece si nos encontramos esta noche?

Entrecerré los ojos y se me vinieron a la memoria sensaciones de terciopelo azul.

–¡O.K., nena!... Nos vemos.

Y colgué.

"Veremos qué es aquello de acariciar la noche", suspiré y apagué la luz de mi oficina.

Detalle de novela negra con pendiente

SERGIO GÓMEZ[13]

Después del robo de los pendientes, el brasilero se sentó en el borde la terraza de su habitación en el Cutter Hotel. Podía ver los techos de Vertiente Baquedano y los colgadores de ropa como ahorcados siguiendo el viento.

Dejó pasar la mañana fumando en el balcón. Al mediodía bajó a almorzar. Pidió agua de manzanilla y un destilado de boldo con hielo en un jarrón de un litro. Comió un plato de lentejas con queso rayado y perejil. Masticó lentamente, como le enseñó su dentista.

Después del almuerzo paseó por Sargento Aldea, la calle principal de Vertiente Baquedano. Se ocultaba en el pueblo hacía dos semanas. Confiaba en que no lo encontrarían en ese lugar. En la esquina de Antenao y Baquedano, en el paradero de la locomoción, pensó trasladarse a la ciudad de Parque Deportivo para comprar un arma, pero dudó unos segundos y el taxi se perdió por Antenao.

Compró cigarrillos y un número de lotería que dobló y caló en la entrada de la billetera para no olvidarlo.

Robarle a ladrones era un negocio limpio, sin remordimientos, pero peligroso, pensó, rememorando una novela de Scott Dingger, *Asesinos y solitarios*, o intentando ajustar el argumento de la novela a lo que experimentaba en esos momentos.

---

[13] Temuco, 1962. Estudió Derecho y Literatura. Ha escrito novelas como *Vidas ejemplares*, *El labio inferior*, *La obra literaria de Mario Valdini*, *La mujer del policía*, y *Patagonia*, y libros de cuento como *Adiós, Carlos Marx nos vemos en el cielo*, *Buenas noches a todos*. Y los libros infantiles: *Quique Hache detective*, *Quique Hache y el caballo fantasma*, *Quique Hache y el mall embrujado*, *El canario polaco* y *Yo Simio*. Ha escrito guiones para televisión y cine, y actualmente ejerce como editor. Ha obtenido los premios Lengua de Trapo en España, finalista del Premio Rómulo Gallego, Premio Planeta, y ganador del Premio El Barco de Vapor 2008.

En la entrada del Cutter se encontró un gato muerto en la vereda. Una vecina dijo desde una puerta:

"El gato se cayó del tercer piso; eso prueba que también los gatos pueden morir sin contar las siete vidas que dicen tener".

El brasilero sintió un vacío en el estómago al escuchar esas palabras y la rigidez de sus músculos le hicieron presentir hechos funestos. La seguridad de la mañana entonces se le borró de la cara.

Subió hasta su habitación en el hotel y prefirió no salir de allí. El sol brillaba inofensivo en la ventana, sin fuerza ni luz. Durmió algunos minutos. Se despertó y echó una mirada a todo lo que guardaba en la habitación.

Dejó caer la cabeza y los hombros en la almohada. Volvió a sentir cómo perdía la conciencia con un cosquilleo falso en el centro del cerebro. Medía casi dos metros y el final de la cama se le hundió en la planta de los pies. El brasilero venía del zonal del Almendro en Minas Gerais, por eso, creía él, tenía la cara licuada y estirada, como si lo hubieran hecho rápidamente, con materiales simples y baratos.

El momento más odioso de la tarde entraba por la ventana, con el pulso del calor y la luz decaída y floja. Abajo, en los patios interiores del hotel, los toneles guardados se reventaron y el alpechín se escurrió como sangre por el piso de cemento. El brasilero olió el resol y el vinagre como si en verdad lo soñara.

Otra vez abrió los ojos. Observó las manchas irreales de humedad en el techo. Dibujaban perfectamente, según él, dos arbitrarias siluetas:

1. En una, el esfuerzo victorioso de cinco *marines* levantando una bandera en la cima del monte Suribachi, una mañana de febrero del 45. La escena entera, más tarde, se transformó en una escultura en el cementerio de Arlington.

2. La otra silueta asemejaba al óleo *Conte Barbares*, que pintó Gauguin, sifilítico, en una de las islas Marquesas. En el cuadro,

un nativo sentado como buda exhibe un pendiente rojo igual al robado por el brasilero.

En la calle el calor sobre la gente era irreversible y desgastador. El brasilero se venció. Bajó otra vez los párpados y se dejó ir, como si por delante de sus ojos se cerraran ventanas hacia el interior, una tras otra.

Los tres hombres entraron rápidamente a la habitación. Fue mínimo el ruido al abrir mañosamente la puerta. El brasilero no escuchó los pasos que lo buscaban. En una coreografía precisa, cada uno de ellos se extendió a los lados de la cama, como un abanico español. El brasilero tardó en reaccionar, aunque tal vez nunca lo hizo y solo entendió, confundido, que todo aquello en su habitación era el comienzo de un sueño. El tercero de los hombres, más tardío en la llegada, le hundió el cuchillo en el centro del pecho buscando enseguida sitio, espacio por donde causar el mayor daño posible, agujereando, desgarrando hasta el estómago. El brasilero abrió los ojos y pensó que soñaba, que abría los ojos y se encontraba con tres hombres cerca de su cama. Un sueño absurdo, más o menos como todos los sueños. Después no debió pensar en nada más. Otro de los hombres, al costado, pero más cerca de su rostro, miró el detalle de los ojos negros, las pupilas derrotadas, incrédulas y sorprendidas. El hombre se convenció: la última imagen que verían esos ojos serían sus propios ojos en sus pupilas.

El segundo hombre sostuvo firmemente la cabeza del brasilero en la almohada. El hombre que pensó en los ojos negros del que se moría, esta vez pensó en la precisión y destreza del segundo hombre para sostener la cabeza del brasilero, sin vacilaciones y sin violencia alguna sino determinación. El tercero volvió a hundir el cuchillo sobre el pecho del brasilero, pero esta vez sin orden, solo para puntear y agujerear el cuerpo. A los tres les impresionó que la sangre no brotara enseguida y solo quedara expuesta y palpitante al borde de las heridas. Fue un momento de inmovilidad, un instante de dudas, antes de que se derramara entre las frazadas y las sábanas de la cama, y terminara apozada en el piso de madera.

Limpiaron la habitación. El brasilero quedó muerto, con el pecho abierto, como si lo hubiera atacado un león africano. Limpiaron el cuchillo y lo dejaron donde minutos antes estuvieron los pendientes robados, junto a una lámpara con un abalorio de papel quemado que llevaba dibujado el encuentro de los exploradores Livingstone y Stanley en el lago Tanganyika.

De salida los hombres repitieron la coreografía. Cerraron la puerta de la habitación. Se observaron unos a otros todo rastro de sangre y se acomodaron la ropa.

No sé si vale la pena contar lo que sigue. La habitación quedó vacía, como si el aire y los objetos fueran suficientes y no permitieran incluir nada más. El muerto en la cama se agregó a lo inanimado. Todo volvió a la armonía conciliatoria de los objetos muertos. Por eso, más tarde, el pintor Galindes Andrade tituló a su cuadro: *Naturaleza muerta en un hotel de paso*, 1977. Musée d'Odar. París, Francia (70x80).

Esfuerzos colectivos

SONIA GONZÁLEZ VALDENEGRO[14]

A partir del tiempo estimado, aproximación que nació de mí, ya que mi interlocutor dijo simplemente que se haría en el curso de la tarde, el asunto debería estar ya resuelto o en vías de realizarse. Y tratándose de un tema tan delicado no cabía ponerse muy exigente. Fue ésta una conclusión que asumí, luego de entregar el paquete que contenía la totalidad de los ahorros de la gente del piso, el producto de meses de venta de completos, colocación de adhesiones, rifas de peluches y electrodomésticos. Un esfuerzo mancomunado, habría dicho la Jefa de la Unidad, según le gustaba a ella denominar a las tareas que emprendíamos entre todos, destacando que eran tales los verdaderos logros de que podían vanagloriarse quienes sentían que pertenecer a un grupo era algo más que sumarse a la larga cadena productiva, como también podía verse el asunto.

Después de resolver el tema valórico –tal fue la denominación que le dimos– en los términos más sencillos, esto es, una vez decidido que lo que debía hacerse iba a ser hecho y punto; luego de conjurarnos quienes pasamos a denominarnos los principales –apenas tres–; de juramentar que nunca, ni en artículo de muerte, revelaríamos el sentido de aquella conjura, nos entregamos a nuestro objetivo igual que hormiguitas laboriosas. Durante mucho tiempo llevamos sobre nuestras espaldas la carga de aquel afán, calculando en un cuaderno que tomamos de la bodega de

---

[14] Santiago, 1958. Escritora y abogada. Ha publicado los libros de cuentos *Tejer historias* (1986), *Matar al marido es la consigna* (1994) y *La preciosa vida que soñamos* (2007), y las novelas *Imperfecta desconocida* (2001) y *El sueño de mi padre* (1998). Ha obtenido en dos ocasiones el Premio Mejores Obras Literarias del Consejo Nacional del Libro y la Lectura (1993 y 2008). El año 2008 ganó el Premio Municipal de Santiago, género cuento. Está incluida en numerosas antologías de cuentos publicadas en Chile y el extranjero, como *Salidas de madre, Contando el cuento, El cuento hispanoamericano del siglo XX, Voces de eros,* y *Juntémonos en Chile.*

útiles, el dinero que nos quedaba por reunir, aproximándonos gozosamente a la cifra, redondeando ceros con sabor a victoria, aunque sin dejar de lado la consideración de que el pajarito podía volar en cualquier momento, un supuesto que nos enfrentaba a la necesidad de emplear otros recursos, tal vez más onerosos, ciertamente más difíciles y, seguro, de mayor riesgo para todos aunque fuera yo quien en definitiva me constituí en el eslabón necesario en la cadena de contactos, una estructura indescifrable que tenía uno de los extremos de los hilos en el mismo tribunal donde acompañamos a declarar a Irene.

Entre dos la llevamos la primera y las veces que siguieron, ya que Irene y su hija eran solas. Y pedimos al actuario que nos permitiera permanecer cerca de ella mientras la interrogaban, considerándonos como la familia que no tenía y a la que necesitaba por encima de todas las cosas en ese momento. Debía tener en cuenta, le dijimos, que se trataba de una mujer de cierta edad y que la víctima, Caterina, era su única hija. Debía tenerlo presente y lo tuvo, porque fue él quien dio nacimiento a la idea, inspirado en un caso anterior, quien puso el germen de aquella ocurrencia en mi cabeza.

Confieso haber sido el que la echó a correr, una tarde, cuando casualmente coincidimos en el paradero de los autobuses que van a San Bernardo. Dijo recordarme de algunas mañanas atrás. ¿Verdad que no estaba equivocado? ¿Verdad que era yo quien acompañó a aquella mujer tan afectada cuando fue a declarar por lo de su hija? Nos subimos al bus e hicimos juntos el recorrido que duraba alrededor de una hora. Descubrimos que éramos medio vecinos. A la bajada, me sugirió que tomáramos algo. Una cerveza, por ejemplo. Fue en un local cerca de la plaza de San Bernardo, a eso de las siete de la tarde, cuando dejó caer la idea. Minutos después la recogió y sacudió lo que de feo pudiera quedar a su alrededor.

–Uno ha visto tanta cosa –dijo.

–Me lo puedo imaginar –concedí.

–Lo peor, es que muchas veces el tiempo pasa y todo queda en nada.

–Es lo que pensamos todos.

–Y es como si la justicia no existiera. Como si no sirviera. No a las personas como nosotros.

Dejó pasar unos segundos, en tanto el local se vaciaba de visitantes y me refirió el caso anterior, en el que le había correspondido una mínima participación dentro de un inextricable e improvisado sistema de anonimato que se armaba así como una forma de otorgar protección a todos. Era un caso similar, que llevaba otro muchacho del tribunal. El chico estaba demasiado impactado, y había pedido al juez que lo relevara, que le entregara a otro con más experiencia la investigación, pero el juez era un viejo zorro, alguien que quizá también integraba la cadena; en algún punto entraba él en la forma de un eslabón que visto de lejos era uno más. Y el chico –realmente era un chico, recién salido del liceo– debió continuar con el penoso trabajo de interrogar una vez más a la niña y a sus padres y recibir nuevamente al hombrón, un perfecto ejemplar lombrosiano, apenas capaz de construir una frase, al que había que arreglarle las declaraciones porque no se le entendía ni la mitad de lo que decía; un hombrón triste, sin embargo; un ejemplar salido de las orillas de la convivencia, alguien que probablemente nunca había amado, a quien nadie dirigió alguna vez la mirada redentora que nos rescata de la uniformidad y el anonimato de ser uno más entre la multitud. Al juez no le gustaba aquel ejemplar, por eso se lo dejó al chico.

Y si bien el caso no tenía demasiado interés, el hombre, el actuario, consideró necesario referirlo en detalles, de la misma manera que repasaba, haciendo un símil, el relato que le hicieron Irene, su hija y el propio chofer del taxi, quien luego de negarlo, al principio, y quizá invitado a recordar en el recinto de Investigaciones al que lo llevaron para tomarle la fotografía de frente y perfil y registrarle las huellas, regresó con la mejor de las disposiciones para aceptar que, tal y como el actuario consignó en el ordenador, un día jueves por la mañana, en la plaza ubicada cerca de donde se ponía la feria los jueves y los domingos, detuvo distraídamente el vehículo y encendió un cigarrillo. Aseguró no tener una idea respecto de lo que iba a suceder, más bien de lo que iba a hacer, y que los hechos se desarrollaron solitos cuando vio salir a la muchacha por la puerta del pasaje y advirtió que no era capaz de calcular qué edad tendría, como también de cierta semejanza entre ella y su hija, desde el punto de vista del cuerpo, que a ratos parecía el de una niña y a ratos el de una jovencita. Declaró que arrojó el cigarrillo a la vereda, puso en marcha el vehículo y la siguió, con el motor en primera cuando la chica regresaba con un paquete en el que se contenían, según comprobó después, guindas; era el tiempo en que éstas recién comenzaban a aparecer. Declaró que la llamó empujado por el impulso de su curiosidad, para saber si se llamaba Natalie, igual que su hija, porque se la recordaba especialmente y porque sentía mucha nostalgia de su hija desde que estaba separado de su mujer. Declaró que cuando la chica, convocada por su llamada, se acercó a la ventanilla del lado del acompañante, sintió un dolor en el vientre, un devastador escalofrío en todo el cuerpo y que el resto no podía detallarlo, aunque sí, estaba claro y confesaba, había subido a la chica al auto para conducirla hasta un sitio baldío, le había quitado los calzones para penetrarla dos veces, porque luego de la primera sintió una urgente segunda erección, y que si les servía a ellos, quienes le interrogaban o para atenuar la culpa de él, no hubo casi violencia en aquel ataque; no la golpeó, no la amenazó; para qué, si la pequeña no hacía más que sollozar y dejarse llevar.

–¿Y cómo está la niña?

–Bien. Dentro de lo que puede esperarse.

–Se ve que es la niña de los ojos de su madre.

–Y más.

Habíamos salido a la calle. San Bernardo ya no es lo que fue antes, cuando yo era niño. Ya no es pueblo. Ya no parecen las suyas calles de barrio. No hay calles de barrio en San Bernardo ni en otros lugares. Una chica no puede salir de su casa sin que un tipo se le venga encima como un animal.

–Bueno –explicó el actuario–. El chico que llevaba aquella investigación, según le dije, estaba en el límite de la locura. Cada vez que el tipo se sentaba ante él, y créame que apenas sí cabía en la silla, experimentaba algo semejante a una náusea irreprimible. Y después estaba lo otro, más insufrible aún; la presencia de los padres de aquella otra chica, que lo esperaban a veces a la salida del tribunal y le preguntaban cuándo iba a salir la condena y si él creía que le darían la pena de muerte, si podían contribuir en algo más para que se hiciera justicia.

Se me ocurre que el actuario ya tenía agarrado el rumbo de mis intenciones. Me miraba, insistentemente, a los ojos, mientras daba curso a su relato.

–Así que un día, cuando llegó uno de esos tipos que uno cree que no existen hasta que los tiene enfrente, y luego de que se explayara en los detalles de su último homicidio, un asunto menor, por lo demás, en su largo historial, pero mal dirigido, digamos que la víctima era un joven de buena familia, el chico le preguntó así, de frente, cuánto cobraría.

–¿Cuánto cobraría por qué?

–Por arreglar a alguien que estaba adentro, igual que él, uno al que debería toparse en algún momento. El tipo le dio una cifra. El chico procedía con la impulsividad propia de alguien que aún no sabe ponerse a salvo de antemano porque no está preparado para las cosas que está obligado a ver. Se quedó pensando. El tipo le señaló una cifra menor. El chico comprendió que regateaba, y le indicó con un gesto de la mano que no siguiera. Tal vez volviera a llamarlo.

Me miraba. Aguardaba. También él, a su manera, regateaba conmigo. Nos habíamos detenido a la entrada de uno de esos locales que hay ahora, donde se arriendan juegos de video y películas y en algunos venden cigarrillos. Yo me soplé las manos porque era tarde y la noche se estaba poniendo helada.

–¿Tiene frío? –adivinó él. Y luego, para no alargar las cosas, señaló–: Si se decide, búsqueme. Le puedo facilitar el contacto.

–¿Si me decido a qué? –dije. Una pregunta que estaba de más.

–Ya sabe –señaló–. Ya sabe.

De manera que lo que siguió fue preparar el camino para ofrecerle aquella oportunidad a Irene, primero buscándome unos asociados, a los que partí refiriéndoles el asunto un poco a la chacota, según se estila en la oficina. Parece increíble, ahora que según los preparativos debe estar hecho, recordar cómo se fue gestando a la hora del café, entre comentar que a Irene se la veía un poco mejor desde que estaba yendo a la terapia con la chica y abordar derechamente el asunto, decidiendo, entre los tres, si ella debía saberlo o bien se disponían los acontecimientos de modo que cuando Irene se enterara ya estuviera hecho.

Presentamos a toda la Unidad un proyecto para ir en ayuda de nuestra compañera. Había que ser bien perro para no apoyar algo así, porque Irene es de esas mujeres que caen en el mundo para hacer a los demás la vida más llevadera, lo que hacía todavía más injusto lo sucedido a su hija, a su única hija, a la que conocíamos desde que la llevaba al jardín, muy temprano, cuando era una niña de pantalones de cuadros que recorría las oficinas con su muñequita de Hello Kitty.

–¿Qué dice, amigo? –me preguntó una tarde cuando me vio, a la salida del tribunal, aguardando, inequívocamente, por él.

–¿En cuánto cree que podemos arreglarlo?

Me dio una cifra. A considerar, dijo. Había que ratificarlo adentro. Y adentro era aquel mundo paralelo al que accedí a través de él, quien fue y trajo los mensajes, las instrucciones de cómo debía hacerse la entrega del dinero, la ratificación de las garantías que nos otorgábamos todos. Nosotros de que no revelaríamos la identidad de nuestro enlace en el tribunal. El hombre del tribunal que no señalaría a nadie si le preguntaban. Y los de adentro, que jamás obraron por encargo, pero, y especialmente, que el tipo se iba a arrepentir, que desde el día en que se pusiera en marcha el procedimiento, se iba a acordar de la mala hora en que salió al camino de Caterina y la hizo subir al auto. Se iba a acordar.

–De manera que –señalé en la que era la última reunión de los tres–, y si el asunto ya está hecho, el día que el juez le lea la sentencia a ese desgraciado, la justicia ya va a venir de vuelta. Ya estará hecha la mitad del camino. La más dura. La que atravesaría su vida, como una espada, en dos.

El té se sirve en la veranda, bwana

BARTOLOMÉ LEAL[15]

Charles B., experto internacional, estaba advertido de los riesgos que conllevaba su viaje a Nairobi, Kenia. Le habían contado que la joya del África Oriental, en lugar de progresar, se había convertido en un país violento y desordenado; y una de las causas era, por ironía de la historia, la democracia. Tal cual. Después de décadas con régimen de partido único, la reciente apertura política o permisividad partidaria, dependiendo de si se estaba a favor o no del proceso, seguía llevando al país a olvidados, ya que no inéditos, estallidos de descontento social. Sobre todo, al rebrote de contradicciones tribales de ancestral data.

Ahora, el experto mismo reflejaba otra ironía, aunque no de la historia sino del presente. Había arribado a Kenia justamente a apoyar a uno de los nuevos partidos democráticos surgidos de la apertura. Una política obligada, a contrapelo, autorizada por la virtual dictadura para mejorar su imagen internacional. Una farsa la tal apertura, opinaban algunos, pero era necesario aprovecharla y definir con signo renovado la presencia del poderoso país del experto internacional en la Kenia que estaba surgiendo.

Por tales razones, Charles B. no se sentía a gusto en la misión. Pero no era solo debido a eso. El experto pasaba además por un mal momento personal. Siendo un hombre fuerte en el partido político donde militaba, se sentía nervioso y cansado. En su pecho crecía la decepción, y soportaba peor que otros la creciente pérdida de credibilidad y apoyo popular de su

---

[15] Escritor, columnista del suplemento literario "La Ramona" del diario *La Opinión* de Cochabamba, Bolivia. Ha publicado las novelas *Linchamiento de negro*, *Morir en La Paz* y *En el Cusco el Rey*. Finalista en el Concurso de Novela de la Semana Negra de Gijón.

organización política. Fue una decisión superior, autoritaria, la de mandarlo a Nairobi a modo de vacación, para que se relajara.

–Me hará bien un cambio de aires –acató sin protestas el experto en democracia.

Su primera jornada de trabajo en Nairobi culminó, sin embargo, con una sensación de chasco. Le habían organizado un encuentro con líderes partidarios locales que arribaron solo parcialmente, y con considerable retraso. Le explicaron que era día lunes y que no le convenía ser exigente. "Los domingos se descansa", le dijeron, "se come y se bebe, se hace deporte, se departe con la familia, se viaja fuera de la ciudad. Los lunes no se labora precisamente a fondo".

–La democracia debe adaptarse a los ritmos nacionales –pontificó un joven dirigente.

Cuando hubo, por fin, quórum para atender al experto extranjero, los próceres no fueron de lo más estimulantes. Burgueses obesos e ignorantes, más preocupados de sus negocios que de otra cosa, preguntaron por el monto de la ayuda que el experto ofrecía y sobre cuándo iba a llegar, porque tenían demasiados gastos por delante. Charles B. trató de meterlos en una discusión ideológica, para buscar puntos de contacto entre el gran partido europeo que él representaba y el emergente conglomerado keniano. Pero nadie lo pudo seguir en esa línea. Solo durante el almuerzo de mediodía sus anfitriones se animaron un poco, cervezas mediante; pero lo que se progresó fue mínimo.

La jornada acabó para el experto con una jaqueca, la sensación haber perdido su tiempo… y ganas de volver a casa. El entusiasmo que había experimentado a su llegada, gracias a un fin de semana solitario en la ciudad de Nairobi comprando chucherías y visitando templos, era pasado remoto.

Al finalizar ese primer lunes de trabajo lo depositaron en el alojamiento que le habían dispuesto sin consultarle, un lugar más bien decadente llamado el *United Kenya Club*, mezcla poco definida de hotel, residencia colectiva y club social. No estaba descontento con su habitación, aunque no era un modelo de limpieza. El experto había arribado a Nairobi dispuesto a lo peor, y lo que había logrado conocer le tenía moderadamente conforme. Nadie lo había invitado siquiera a una beber una copa, pero ya tenía perdida la ilusión en sus contrapartes. Su única esperanza radicaba en la salida a provincias, donde el contacto con las fuerzas vivas de la comunidad podría sugerirle modos de acción más gratificantes.

En la recepción pidió la llave de su pieza y le entregaron un par de mensajes. Nada importante, según comprobó. El encargado le dijo con su mejor sonrisa:

–El té se sirve en la veranda, *bwana*. Está incluido en su tarifa diaria. Pase, por favor.

Como antiguo y devoto bebedor de té que era, el experto se sintió entusiasmado con la invitación. Se dirigió pues a la veranda, que tenía una hermosa perspectiva de los jardines del club, pródigo en flamígeros frondosos, hibiscos y pájaros multicolores. Procedió a instalarse en una de las mesas dispuestas para el té de las cinco de la tarde. Había tazas y servicio, amén de bandejas con sándwiches. Se le acercó un mozo vestido de negro con corbata de pajarita, elegante desde lejos, pero una pura masa de manchas en primer plano. Le puso delante una teterita metálica y una jarrita de leche caliente, y partió para atender otras mesas.

Al experto le gustaba el té puro, sin azúcar ni leche, ni débil ni fuerte. Buscaba en los aromas vivencias exóticas, y en la temperatura el efecto reconfortante contra el frío, o el antídoto para la sed cuando hacía calor. El experto era consciente de su cuerpo y conocía las distintas reacciones que el té provocaba en él, dependiendo de su estado de ánimo. Sabía que el té podía ser un calmante bienhechor para despejar las tensiones de la rutina diaria, pero sabía también que solía convertirse en un excitante peligroso, potenciando los períodos de gran estrés. Pero nunca lograba prever exactamente los efectos. Era una de sus diversiones inocentes, la incierta aventura de la hora del té.

Se preparó para aprovechar ese momento. Kenia era un productor de té de alguna importancia a nivel mundial, y de mucha para el África Oriental. Era además una ex-colonia británica. Se sintió viviendo una experiencia única. "Beber el té en Nairobi", pensó Charles B. "Esto puede arreglar mi día".

Tomó la teterita caliente y vertió el líquido en su taza. Vio descender un líquido espeso y negruzco mezclado con astillas y restos de hojas de té. Lo que contempló no le satisfizo. Lo que bebió casi lo tiró al suelo. Era el té más negro que había probado en su vida. Una versión mutante de su infusión favorita que le dejó la boca amarga y el paladar insensible. "África, por supuesto", pensó.

El experto internacional se repuso del shock y decidió que el desastre podía tener remedio. Llamó al mozo para solicitarle:

—Por favor, *bwana*, tráigame limón y agua caliente.

El hombre lo quedó mirando con ojos espantados y balbuceó:

—¿Limón? ¿Para qué?

—Para echarle al té. Vaya, por favor —respondió Charles B., en tono amable aunque firme.

Partió el mozo primero hacia el bar, de donde salió hacia la cocina, mascullando en *swahili*. El barman se asomó para ver al espécimen que solicitaba limón. Pasaron cerca de quince minutos durante los cuales el experto se dedicó a examinar los sándwiches. Eran unos poco atractivos rectángulos de pan de molde que escondían adentro, fuera un círculo de pepino, fuera un cuadrado de jamón, fuera rombo de queso. No osó comerlos, pero su presencia lo puso de pésimo talante.

Volvió a aparecer el mozo, con el maestro de cocina y un limón en un platillo. Entero el limón. Enorme. Charles B. no pudo sino reírse e hizo ademán de meter el limón en la taza. No cabía, por supuesto. El garzón y el cocinero se miraron, y el último partió dándole la espalda. Se dio cuenta que el barman y otro empleado también lo observaban, con una curiosidad totalmente exenta de humor. "Claro, para ellos todos los blancos están locos", pensó el experto.

Charles B. volvió a llamar al garzón y le preguntó:

—¿Y el agua caliente?

El hombre no pareció entenderle. El experto sacó un diccionario de *swahili* de su bolsillo, y tras un rato de búsqueda le dijo:

—*Maji moto.*

Sin la menor réplica, el garzón partió en busca del agua. El experto se preparó para otros quince minutos de espera. Esta vez Charles B. optó por observar a los demás comensales de la veranda, y recién se percató de que todos lo miraban a él. Le dio vergüenza la situación en que se había puesto. Se sorprendió también de ver que todos bebían contentos de sus respectivas tazas, aparentemente sin mayores conflictos. Un blanco gordo devoraba los repelentes sándwiches con manifiesto placer; su flaca esposa bebió un sorbo de su té, mirando fijo al experto por encima de sus lentes. Una pareja formada por una blanca de ojos lánguidos, tal vez experta internacional, y su acompañante, un negro que la desnudaba con los ojos, sorbían sus tazas también sin complicaciones.

Charles B. miró el líquido viscoso, ya frío, que ocupaba su taza. Miró el ridículo limón, y lamentó no tener a mano su cortaplumas para cortar un par de torrejas. No osaría pedir un cuchillo. Podía provocarle un síncope a algún garzón. Prefirió esperar a que llegara el agua caliente y así diluir un poco el té de su taza. "Fuerte el té keniano", formaron sus labios. Se le salió una semicarcajada histérica.

Pasó un rato tan largo, que el experto buscó con la mirada al mozo que lo atendía y lo encontró parado en un rincón. Junto con los demás garzones lo contemplaba imperturbable. El experto sintió que un golpe de calor le subía a la cabeza, levantó los brazos y le gritó al hombre:

—*Maji moto.*

El empleado del hotel puso los ojos en blanco, manifiestamente aterrorizado, y partió a la cocina simulando un trote. El experto escuchó una carcajada proveniente de una mesa cercana. Era un árabe menudo y barbado que había dejado su Corán por unos segundos para reírse del europeo en apuros. Se dio cuenta que ése no era el único que se divertía a su costa. Los demás también. Desde una mesa más lejana, ocupada por un trío de kenianos con aire de discutir de negocios, le llegó otra oleada de mofa.

"Espero que el agua sea de primer hervor", pensó el experto. Luego se percató de lo absurda de su esperanza. "La calidad del agua de una localidad se prueba con el té que se puede hacer con ella", siguió pensando. Volvió a percatarse de que su mente divagaba en zonas descontroladas. Llevaba allí una hora y se notaban síntomas de que la noche ya se venía. Vio que la gente empezaba a pararse de las mesitas. La hora del té había terminado. La pareja sal y pimienta se retiró sin mirar a nadie, presumiblemente en dirección a las habitaciones. Captó también que los comensales cercanos a él permanecían en su lugar. Ansiaban ver el desenlace de su ridículo drama.

El mozo que lo atendía se le apareció por la espalda. No traía agua caliente sino una bandeja con la cual empezó a retirar la taza, la teterita y el resto de los implementos de la mesa del experto. Éste lo miró incrédulo. No le salió palabra. El garzón le dijo sin mirarlo:

–Diez chelines, *bwana*.

–¿Por qué? –aulló Charles B., furioso.

–Por el limón, *bwana* –y le alargó una boleta.

El experto en democracia miró a su alrededor. Todos lo atisbaban expectantes, con la risa a flor de labios. Se sintió enfermo, el pulso se le aceleró y una oleada de transpiración le mojó la frente. "Necesito una taza de té", pensó, y de inmediato se dio cuenta que desvariaba. "Mi mente no funciona", volvió a pensar. "Tengo que ponerle fin a esto".

Echó mano a su maletín el experto, en busca de la billetera. En lugar de eso, su mano encontró el tacto frío y tranquilizador de su pequeña Beretta. Su amuleto. Su defensa contra la violencia. La sacó al aire ligeramente fresco del atardecer que avanzaba sobre la veranda del *United Kenya Club*. Charles B. miró su pistola con ternura.

El experto le quitó el seguro y sin ponerse de pie disparó contra la teterita que yacía en la bandeja sostenida por los brazos del garzón. La bala hizo trizas el recipiente, atravesó el pecho del empleado y fue a incrustarse en un árbol del jardín. El hombre cayó de espaldas, sin soltar la bandeja, mientras de su pecho escapaba un surtidor de sangre.

Charles B. se volvió hacia los comensales. Esta vez se paró con gesto seguro, la mano izquierda en el bolsillo del pantalón, las piernas abiertas. Vio las caras de horror y los movimientos en cámara lenta que los vecinos de reacciones rápidas hacían para cubrirse. No fue el caso del gordo, que aún mantenía en sus labios la taza de té y lo miraba como hipnotizado. El segundo balazo destrozó a la vez la taza con el odiado brebaje y la cara del gordo, que se alcanzó a levantar, trastabilló en reversa y cayó desde la veranda al jardín, con un grito ahogado por la sangre que manaba de su garganta perforada.

El tercer balazo, casi simultáneo, fue para la mujer del gordo, justo al medio de su pecho magro, al bulto seguro, el tiro sin falla que había ensayado alguna vez. La macilenta europea hundió su cara contra la vacía taza de té, yaciente sobre su mesa, y quedó allí inmóvil, salvo su brazo que se balanceó por unos segundos.

Charles B. hizo una pausa. Miró su pistola humeante. Miró a sus víctimas una a una. Se sintió satisfecho de su *performance*. Dentro de su campo de visión logró distinguir al árabe lector del Corán metiéndose debajo de la mesa, y al trío de kenianos arrastrándose en dirección a la salida de la veranda, hacia la seguridad del jardín. "Ríanse ahora, hijos de puta", pensó el experto internacional. Apuntó cuidadosamente al libro sagrado, que se deshizo entre las manos del árabe a la par que sus dedos. El hombrecillo lanzó un alarido de furia y dolor.

Enseguida, sin mirar directamente al trío, buscando solo el sonido, Charles B. disparó al azar. El ruido sordo de la bala penetrando en una masa fofa y el gemido consecuente, le probaron que había acertado. Eso lo tranquilizó.

"No soy un asesino", reflexionó el experto internacional. "Tampoco soy un Mesías. Vamos a dejar las cosas como están".

Charles B. guardó su arma aún caliente en el maletín. Nadie se acercó a él. El club parecía vacío, como si nadie hubiera escuchado los balazos. Un estertor a su espalda le demostró que el garzón estaba todavía vivo. El experto se alegró por eso, y mientras se alejaba de la veranda en dirección a su cuarto, le gritó:

—Me vuelvo a casa. Mientras no aprendan a preparar un té decente… no se merecen la democracia.

Que veinte años no es nada

Tadeo Luna[16]

Esta mañana de otoño del año 2015 encuentra al inspector Valdés jubilado hace ya varios otoños. La verdad es que todavía no se siente tan inútil como para echarse a morir así no más, y por ello es que al dejar la institución e inspirado en las descoloridas series policiales del siglo que pasó, había tomado la decisión de continuar en el oficio en forma independiente para solucionar aquellos casos que siempre le parecieron apasionantes y que en la unidad permanecen sin cerrar.

Se imaginó un pasar lleno de acción, más que en sus mejores épocas, pero hasta esta mañana nada ha sido más que cumplir encargos de maridos engañados, palpar las humedades de las sábanas o esconderse en el ropero a la espera de los amantes para disparar su vieja Canon y cobrar los honorarios con la prueba delatora. Idem a su maestro Bonifacio Espejo, al que copió todas las mañas y se prometió ser su igualito.

En la mayoría de los casos, más que el reconocimiento por el éxito de la misión, recibe un documento virtual con el desdén de su cliente, que hubiera deseado un fracaso en el encargo. La misma cosa de hace veinte años, reflexiona, porque en cuestiones del amor nada ha cambiado. El ya nadó sobre esas mismas aguas y hace rato que llegó a la orilla en que de mujeres en su vida no queda más que el recuerdo de una, de la ausente. Desde entonces, nunca más, y vive feliz su soledad.

Cansado de perseguir parejas calientes, de olisquear calzoncillos y de husmear en los moteles móviles en donde ya había adquirido cierta mala fama, esa mañana llega a dudar si

---

[16]   Temuco (1955). Seudónimo de Guillermo Chávez. Ha publicado los poemarios *Malditos y benditos* (1985), *Las iras de Dios* (1986), *Desde el silencio* (1987), *Puerto San Juan* (1990) y *Échame a mí la culpa* (2004). Durante la década del 90' comienza a publicar los cuentos negros del Inspector Valdés en *El Diario Austral* de Temuco.

su decisión fue la correcta y si no hubiera sido mejor dedicarse a otra cosa, o a nada, como otros colegas jubilados que dejan pasar los días contando a los nietos aventuras de esos años "cuando yo era policía".

Esa mañana de otoño el inspector Valdés se aparece en su despacho más tarde que lo acostumbrado, casi a mediodía. Lo demoró un cucurucho de salchichas *light* que devoró en el camino y lo obligaron a raspar largo rato los dedos aceitosos sobre su cacaraco de cuero de vinilo que repele las manchas. Desliza el índice grasiento por el ojo sensor de la cerradura y la única novedad que le aguarda en la memoria de mensajes es la visita de una mujer que no dejó recado, prometiendo volver en unas horas.

—Para variar, esta vez una cornuda —maldice, y se apoltrona en una vieja silla a la que le falta una de las cinco patas, de los tiempos cuando era funcionario, y se dispone a revisar las llamadas registradas en la red privada de la pensión de mala muerte. En la imagen pixelada de un monitor pantalla plana, porque los recursos nunca le darán para una proyección holográfica, constata que otra vez no hay ni una llamada, ni un mensaje de texto de algún amigo invitándolo a compartir un vino de uva tan escaso en estos tiempos... ni menos una solicitud de sus servicios en donde pueda dejar las patas y el buche por un algún caso que le permita recuperar la dignificación de los oficios.

Todo transcurre muy distinto a como se lo imaginó y hasta los amigos lo están olvidando. Cierto es que dejó el servicio cuando la acción pasó al recuerdo y hoy es la red central de la memoria policial, que transformó el cuartel en un laboratorio, la que resuelve los casos más difíciles sin poner un pie en la calle. Pero él no era hombre para permanecer pasivo. Por eso, al jubilar, decidió dedicarse a atrapar fascinerosos por su cuenta, como lo hacía por allá en los noventa.

Entonces fue cuando creyó que en una ciudad con autopistas subterráneas, donde las velocidades inferiores a 140 kilómetros por hora son multadas y en la que los hombres se matan por no ceder un asiento en el subtren, sería necesaria una pequeña empresa de investigadores privados para dar ocupación a otros viejos colegas vigentes como él. Pero lo dejaron solo, lo que confirmó que seguía siendo el único.

Había recorrido la ciudad buscando una habitación central, barata y cómoda desde donde pudiese observar con nostalgia el monumento al último aborigen en el lugar que ocupó el edificio Campanario que se vino abajo durante la catástrofe del año 2012.

Revisando la lista de alquileres ofrecidos en el diario virtual, dio con esta estratégica piecita en la única casona antigua que permanecía en pie en la avenida Prieto, centenaria, como su dueña que al recibirlo lo miró de arriba a abajo.

–Nada de estar trayendo jovencitos –le advirtió la vieja beata, confundiéndolo con uno de los tantos curas excomulgados por la iglesia antes de expirar–, ni muchos menos encender el audio a todo volumen.

Valdés recorrió las paredes de la pieza que alguna vez habían sido cubiertas con decomural del que no quedaba más que el pegamento y se instaló a darle su toque personal. Colgó galardones y fotografías viejas de la institución, puso un teléfono con discador en desuso sobre el escritorio y para no olvidar su adolescencia sicodélica, adhirió en el muro un afiche de Woodstock. Pero de esto hace un par de años y la rutina comienza a serle insoportable.

El anunciador lo saca esta mañana de sus cavilaciones y en la pantalla asoma la imagen de una mujer de edad indefinible, con el rostro blanco y los ojos y la boca pintarrajeados como un mimo.

–Buenos días, don Josué –saluda la extraña, acentuando la pronunciación del nombre para dejar de manifiesto que no se trata de una desconocida.

–¿Para qué soy bueno, mi señora? –responde Valdés una vez que la hace pasar, aparentando continuar con un trámite que lo mantiene ocupado.

–Lo vine a ver hace unas horas, y regresé, pues es el único que me puede ayudar a morir con la conciencia en paz.

"Extraña mujer", reflexiona el obeso policía, escrutando de reojo aquel rostro que le resulta vagamente conocido. "¿Quién se preocupa en estos días por aquello de la conciencia, cuando ya ni de Dios queda recuerdo?"

–¿Cómo dice que dijo?

–Rectifico, detective, he venido para que me ayude a morir tranquila de verdad, porque lo cierto es que estoy muerta hace más de veinte años.

–Pero se ve muy bien de salud.

–No se haga el gracioso. Se trata de un buen trabajo, créame. Solo debe entregar esta carta a la persona que le indicaré el día que vuelva a comunicarme con usted. Nada más tiene precisar el valor de su servicio.

–Pero, ¿y si no doy con el sujeto?

–Lo encontrará, inspector, se lo aseguro por el solo hecho de haber recurrido a usted, porque lo conozco.

Desde su teléfono móvil, la mujer digita algunas cifras y las traspasa a la red privada de Valdés. Se trata de una cantidad modesta, pero más de lo que hubiese cobrado por resolver un suculento caso, y luego pone en sus manos un sobre sellado en cuyo interior palpa un anillo como aquellos que en las ceremonias antiguas sellaban una unión. Tras aquello, tal como llegó, desaparece de la modesta pieza y de la imagen en el anunciador.

Aquel rostro de rasgos imprecisos pero que debe bordear los sesenta años sigue dando vueltas en los recuerdos vagos de Valdés. La ha visto, pero aunque lo llamó inspector como si estuviera en ejercicio, no la ubica en un tiempo, espacio ni motivo exacto. Evita sumirse más en dilaciones y extrae del anunciador el chip en el que está registrada la imagen de la extraña. Con el diminuto documento en el bolsillo se dirige a la unidad en donde es recibido por los detectives Suazo y Vega como en los viejos tiempos.

—¿Qué te trae por estos lados, viejo ingrato?

—Un pequeño servicio, coleguita. Necesito que el programa de identificación me ubique a esta persona.

—¡No faltaba más! Aunque te volverá a costar caro. Tú pagas el vino —le exige Vega, otro que va camino a la jubilación.

La tarjeta es introducida en el sistema, pero el programa no arroja ni un informe. El rostro no corresponde a ciudadano ni a ciudadana viva en el país, según responde la pantalla.

—¡No puede ser! Si esta mujer estuvo en mi despacho hace unas horas.

—El programa de identificación es infalible, tatita. A menos de que esté realmente muerta y se trate de un fantasma —comenta con socarronería el funcionario Suazo, que nunca ha demostrado simpatía por los veteranos del siglo pasado.

Valdés cavila, Valdés vacila, Valdés tiene miedo...

—Y si fuera cierto que se encuentra legalmente muerta hace veinte años, sería ésa la razón para que no existiera en el sistema, ¿no?

—En efecto, tatita; no existe individuo en todo el planeta que no esté ingresado aquí, incluso los finados, a excepción de los fallecidos con anterioridad a la puesta en vigencia del sistema, y de eso aún no hace veinte años. Pero si tiene parientes vivos, hijos, cónyuge, deberían aparecer aquí.

Y con esta certeza se dan a la tarea de exigirle más datos al sistema, de rastrear con tanto énfasis que se olvidan de la promesa del vino, hasta que aparece un número de aquellos con los que identifican a los excluidos, a los que por algún crimen son borrados de la sociedad y no existen más hasta que pagan su deuda con parte de su vida. Solo cuando son sicopáticamente recuperados, cuando no le quedan restos de su personalidad anterior y con solo este número como toda

169

identificación, son reinsertados anónimamente en la sociedad y sin ningún privilegio.

–A pesar de que no existe, tiene ficha para leer toda la noche –observa Vega, sorprendido de que el individuo haya sido acusado por el homicidio de su esposa, aunque no hubo cargos contra él por este crimen.

–Pero igual fue condenado a veinte años, porque el juez de la época lo cargó por otros crímenes de lesa humanidad –descubre Suazo–. ¡Si fue todo un personaje nuestro tipo! En estos días está por cumplir y habría que esperar qué sucede cuando vuelva a la calle.

–¿Y el vino? –insiste Vega.

Valdés se compromete a compartirlo más tarde y se retira con la frustración de no saber más de la mujer, a menos que abra el sobre para salir de la duda. Pero desiste de la idea porque aunque el servicio esté pagado, se trata de un compromiso y el jamás ha faltado a su palabra, ni siquiera cuando prometió nunca cobrar una traición, aunque llegado el momento lo hizo, pero a su manera.

Regresa Valdés a su rutina dándole siempre vueltas a ese rostro en su memoria. Ya se le hace insoportable observar el sobre sellado en su escritorio y solo un par de encargos de poca monta lo sacan esos días de sus cavilaciones.

Le tomó poco tiempo dar con una joya desaparecida a una de esas familias que aún son dueñas de tierras ancestrales y que devolvió sin delatar a la nana. En un par de días ubicó el paradero de una adolescente, hija de dos madres, que había cometido la falta de fugarse con un muchacho de su edad.

Cada día ese sobre sellado en su escritorio le recuerda que espera una llamada, hasta que una mañana ya de invierno, con las estufas solares al máximo, el mismo rostro asoma en la pantalla del fonovisor indicándole que es el momento de cumplir el encargo.

—Es solo un número cuanto le puedo entregar —precisa la mujer—. Pero sus contactos le pueden proporcionar más datos. Solo sé que el día es hoy.

Junto a la voz, se pierde el rostro y Valdés vuela al cuartel, en donde comprueba que el número corresponde al del mismo sujeto condenado hace veinte años.

—Efectivamente, viejito. Tu hombre ya cumplió y se reinserta hoy. Lo puedes encontrar a la salida del reacondicionador social —le proporciona toda la información el veterano Vega.

Mucho tiempo ha pasado desde que Valdés no suda como hoy. A la carrera se dirige hacia el reacondicionador y en el frontis es franqueado por uniformados como estatuas y un guardia desde un mirador a metro y medio de altura le informa que un recuperado ya viene en camino, que espere, aunque no le da muchas esperanzas porque el sujeto que hoy sale a la luz no es el mismo que ingresó.

Se frota las manos húmedas Valdés y un muro blanco se desliza silenciosamente, permitiendo la salida a un sujeto encorvado, sombrío, dirigiéndose pesadamente hacia la salida. Lo llama por su número Valdés, pero el individuo no responde. Se adelanta y lo enfrenta decidido, observando por primera vez su rostro acabado por el reacondicionamiento, restos de lo que había sido un ser humano, bueno o malo.

Entonces comprende la trampa en la que fue arrastrado y recuerda todo claro. Es el mismo personaje aquel que conoció, arrogante, con todo el poder que le dio la autoridad y uno de los últimos traidores de su raza al que nunca pudo culpar por la desaparición de su mujer, porque jamás se encontró el cuerpo, aunque en la investigación quedó al descubierto su participación directa en la ejecución de quince hermanos, crimen que le costó veinte años de aislamiento social.

—Tengo esto para usted —es cuanto atina a decir, y le extiende el sobre.

—Lo que sea, ya no me interesa —responde con sumisión el liberado, sin rastros de aquella altanería tan característica en su

171

voz–. Sospecho lo que hay en él y se lo puede quedar. Dé por cumplido su encargo... inspector Valdés.

Igual que la mujer, el hombre desaparece de su vista y de su vida para siempre. Se marcha palpando el sobre en el bolsillo de su cacaraco de cuero de vinilo que repele las manchas y al llegar a su despacho quita el sello. Efectivamente es un anillo grabado, con una carta fechada a mediados del 1995. "Espero estar viva cuando recibas este sobre –lee–. Me adelanté a tus intenciones y escapé de los que enviaste a matarme. Solo espero que pagues por mi muerte. Que pagues por mi daño y por los tantos daños... Nunca me busques, porque para todos estoy realmente muerta..."

Una firma y nada más aclara el texto, pero al veterano policía se le vienen ahora todas las imágenes como si las estuviera viviendo nuevamente, aunque a esta altura nada tiene ya sentido.

Valdés guarda el papel en el bolsillo y se dirige hacia la calle, incierto, buscando por dónde volver a su rutina. Al llegar a una esquina gira y se decide por un cucurucho de salchichas vegetales *light*, mientras piensa seriamente en dedicarse, tranquilo, a hacer recuerdos de todos esos años "cuando yo era policía..."

Urgentes y rabiosos (a quemarropa)

Francisco Miranda[17]

Uno

El primero en llegar al restorán fue el Negro. Después de confirmar que todo estaba normal, debía pedir un shop mediano y un lomito palta, sentarse en algún rincón oscuro y pasar inadvertido, a como diera lugar. A los quince minutos llegué yo, luego de verificar que afuera estaba todo tranquiléin. Me senté al mesón, cerca de la puerta, y pedí un combinado cargadito al pisco para esperar. El plan era perfecto. Así lo pensamos y así lo estábamos ejecutando. La idea era que la Flaca llegara con el auto tipín ocho y media, o sea, un cuarto de hora después de mi aparición. Nosotros le tenemos mucha confianza, aunque ella siempre pone su cuota de impuntualidad. Sin perder la paciencia, de reojo, nos miramos con el Negro y decidimos seguir esperándola. La Flaca era una puta que debutó a los trece en la rotonda Bonilla, cerca de la estación Pajaritos del Metro. En realidad, ahora, a los veinte, no es tan puta ni tan delgada; pero la chapa le quedó de cuando apareció toda flacuchenta y pálida por Santa Marta y se acercó a una mina que la recomendó como amiga a un par de viejos que la hicieron arar en el piso del Chevrolet por una gamba, aunque la mina les cobró una luca. La Flaca se llamaba Teruca. Así me lo confesó una vez, cuando trataba de decirme que me quería y yo, pelotudo soy, no le di ni boleto; pero me acuerdo que me dijo que se llamaba Teruca y que era puta por necesidad y que ella cuando quería

---

[17] Santiago, 1962. Escritor y profesor de Castellano. Primer lugar Concurso de Cuentos "Manuel Rojas" (1991). Ha publicado los libros *Cuento de hadas* (1992), *SubVersos-Des(h)echos* (1993), *Perros agónicos* (1997), *El Sindicato* (2001). Su trabajo ha sido recogido en las antologías *Urgentes y rabiosos* (1991) y *Crímenes criollos, antología del cuento policial chileno* (1994).

a alguien lo hacia sin cobrar y daba besos en la boca, y me tiró la frase coqueta que me pasó raspando por el hombro: "Loco, te quiero más que la cresta". También me dijo que antes de la inauguración en el puterío con los dos viejos ya había perdido su virginidad y tenía un terrible recuerdo de cuando los canallas la violentaron. "Está oscuro. Es tarde. El sitio eriazo es demasiado peligroso. Se escucha el trote rápido de dos piernas. El trote rápido de una, de dos, se oye el trote rápido de varias personas. Se escucha una carrera inquieta, una carrera desesperada. La muchacha jadeante llega a una esquina; el poste la alumbra de cuerpo entero; es pequeña y frágil. La muchacha se ve nerviosa, aterrada. Trata de oír los otros pasos que venían. No los oye. Se trata de calmar. Da la vuelta para seguir por la calle de tierra. Dos hombres le cierran el paso, otros dos se le echan encima por la espalda. Huelen a mierda. Le tapan la boca, la arrastran; la golpean con sus puños; le pegan patadas; no la dejan gritar; la escupen. Un hombre gordo se arrojó sobre la muchacha. Le da besos en la cara, ella se resiste. Una mano desgarra la blusa celeste; otra mano busca el cierre del pantalón. La desnudan, la muerden, la golpean, la escupen, la odian, la usan, la dejan, se van".

Eran casi las nueve y la Flaca no aparecía. Otra cerveza pal Negro, otro combinado pa mí. Nunca pensé que dos shops le iban a calentar tanto el hocico. Me puse pálido. El Negro, que debía pasar piola, se puso a silbar desafinado, con sus dedos tamboreando sobre la mesa, y se mandó el carril de pedir un vinito tres cuartos blanco heladito, por favor. Traté de cruzar su mirada para increparlo, pero el pailón ya se había alucinado. No lo podía culpar. Debimos prever que con el copete y el Negro no se puede jugar. La verdad es que nunca se rehabilitó del todo; yo diría que nunca estuvo habilitado para nada. No fue simple la vida del Armando, que así me dijo que se llamaba. La primera vez que tomó lo hizo por partida doble: tomó ron para darse ánimo y tomó todo lo que había en la caja de la botillería. Desde ese día, los tres son inseparables: el Negro, el copete y

174

el dinero ajeno. No es que él sea autodestructivo, pero tengo la impresión de que trata de agredirse. Se da duro cuando toma, como castigándose por tomar lo que nunca tiene y que sabe que jamás será de él. Es el sino de haber nacido sin nada, crecer vendiendo en las micros y tener por escuela el Hogar Niño y Patria, la Correccional de Menores, la Cárcel de San Miguel y la Peni, todo entre los diez y los dieciocho años. Con toda esa carrera se presentó al cantón 26. Obvio que después de un par de chuchadas, lo mandaron de paisa pa fuera del servicio militar. Había desarrollado esa habilidad de apropiarse de todo cuanto le pareciera bonito (para regalárselo a la polola de turno o a su mamita, que en realidad era una tía solterona), aunque tenía preferencia por los pequeños negocios del barrio: "Les robo a los ladrones", me dijo una vez cuando me contaba las humillaciones de pedir fiado o anotado en la libreta y después pagar mucho más de lo que se había comprado. Después del último canazo en la Peni, se lanzó a los grandes: una camioneta repartidora de cigarrillos Cerro Castillo, dos autoservicios –un Copec y un Shell–, tres supermercados Ekono y una oficina del Banco del Desarrollo, todo en poquito menos de un año. Se acostumbró a trabajar solo. No confiaba en nadie; los viejos lo podían joder y los brocas se urgían demasiado. Desde hace unos meses se decidió a moverse conmigo; parece que necesitaba un amigo y yo he tratado de no traicionarlo, somos casi hermanos. A la Flaca la invitó él mismo, después de pololear una semana. Se enamoró de ella en una fiesta del club y se pusieron a vivir en una pieza que les pasó la tía solterona.

El tercer combinado me tenía en las cuerdas, así es que me fui al baño y me tragué una sobredosis de anfetaminas, me refresqué la cabeza y eché una meada. Salí de nuevo hacia el mesón, el lugar estaba repleto y no pude ver al Negro, que a esas alturas cantaba un bolero de Lucho Barrios. Calculo que serían como las diez de la noche y decidí acercarme al Armando para resolver qué hacíamos. Cuando me vio, gritó y saltó sobre mí para abrazarme, pasando a llevar el bolso donde tenía la

UZI, el que cayó seco al suelo; por suerte el golpe se diluyó en el ruido del ambiente. Le traté de explicar que la situación no era ya la que habíamos planificado, pero el muy terco insistía en que la Flaca no le iba a fallar, aunque yo sabía que ella no estaba ni ahí con él y que ya había tratado de fallarle conmigo. "Está bien —le dije—, esperemos media hora más y si no llega, nos compramos un pisqueli y nos vamos de carrete por ahí". Siempre quise ser un hippie como mis hermanos, pero nací a destiempo. Para peor, crecí bajo el signo de la bota y el uniforme, en los años duros que pusieron fin a la bohemia a punta de balazos y toque de queda. A los doce me fumé el primer pito, me tomé el primer copete y me tragué la primera pepa. Tiempo después, digamos dos veranitos en San Sebastián, me pinché el brazo derecho y jalé de la buena en un carrete que todavía no termina. Vivo esta semana con unos locos cerca del parque Bustamante. Todo es momentáneo. Todo pasando. Yo controlo todos mis vicios y les pondré fin cuando se me den las cosas. Después de ser expulsado de la universidad el primer semestre, mi gran proyecto ahora es hacerme rico lo más pronto posible. Lo intenté vendiendo artesanía en Las Condes, pero mi fuerte no fue la pequeña empresa; después me puse a vender marihuana a la salida de un liceo y me pegué un patillazo que no quiero repetir. Si ahora no me resulta este rubro, me hago burrero de los colombianos y me dedico a marino mercante pa recorrer el mundo.

Regresaba al mesón cuando la Flaca entró con un vejete cuarentón; lo traía súper agarrado, dándole besitos en el cuello. El descarado traía su mano derecha en lo que se llama pechuga y la Teruca movía sus caderas en la más galletita quebradiza. Me hizo un gesto disculpándose por el retraso, pero me dio a entender que ya estaba allí con el auto. Me las ingenié para avisarle al Negro que diéramos paso a la segunda etapa del plan. Armando se subió a la mesa, desde su mochila sacó una pistola 38 y como pudo, con su voz algo borracha, gritó: "Éste es un asalto, conchas de su madre; al primer güevón que grite le pego un tunazo...", y se quedó callado, como tratando de recordar la segunda parte de su libreto mal aprendido. Yo me había puesto de pie y, cerrando la salida, grité: "Todo el dinero de los parroquianos en las mesas y la plata de la caja aquí en este bolso. Rapidito que estamos apurados".

Una vez que recogimos todo el billete, nos juntamos con el Negro en la puerta para iniciar la fuga. Antes de arrancar, me acerqué a la mesa donde estaba la Flaca con el juato y dije: "Para evitar que nos sigan o que llamen a la policía, nos vamos a llevar a esta pareja de tórtolos". El viejo no la quería creer cuando tomé a la Flaca del brazo y le puse el frío cañón de la UZI en su nuca de degenerado. Ambos se pusieron de pie y nos acompañaron. La Teruca gritaba para dar veracidad a su papel de secuestrada, mientras yo empujaba hasta el auto al galán desafortunado.

En el papel, la fuga era pan comido. Solo teníamos que superar los dos males endémicos del chileno medio: los imprevistos y el afán suicida por los triunfos morales. A pesar de su retraso, la Flaca se sacó un siete: el auto era pura potencia, aunque el viejo calentón como chofer no le ganaba a nadie. Nuestra actitud ganadora se subió por el chorro, más por el alcohol y las pastillas que por las cualidades del conductor. El Negro con sus vinachos gritaba más que Los de Abajo y yo con las pepas tenía el ánimo pegado en el techo de este Ford del Rey azulito. Viento en popa, íbamos de chasca cuando aparece el primer imprevisto de la calle: miti miti blanquinegro, furgón Z-934, tenencia Alessandri, los mismos de siempre. "¡Mierda! –gritó el Negro– ¡Acelera, viejo cabrón!". Traté de calmar las pasiones, pero el chicle se me pegó en la muela y no pude hablar. El viejo se pegó grossa aserruchada, suficiente pa llamar la atención de los tombos. Mientras las sirenas ululaban tres cuadras atrás, me puse a dar instrucciones. La Flaca, portadora de un femenino 32, debía seguir con el viejo en el auto y esperarnos un par de calles más al oeste. El Negro y yo emboscaríamos al furgón para probar suerte. Dando cumplimiento a mis órdenes, nos bajamos en Aeropuerto con Cinco de Abril y corrimos a parapetarnos en la esquina, detrasito del quiosco de diarios. Con la UZI tiré una ráfaga al parabrisas de los perseguidores. El furgón se ronceó, hizo un trompo y se detuvo. Los pacos quedaron dándonos la espalda y para colmo de buena suerte resultaron ser solo dos los verdes. Yo corrí y me ubiqué detrás del que manejaba, asegurándolo con una ráfaga de medio cuerpo hacia arriba. El Negro trató de liquidar al otro, pero se confundió, porque el infeliz se hizo el fiambre. Acto seguido, nos mandamos cambiar. La avenida se había vaciado; no quedaba nadie, a pesar de ser noche de sábado. Nuestra carrera hasta el auto resonaba entre los blocks de departamentos pintados con inmenso murales multicolores y frenéticos. En un segundo piso sonaba a todo dar una música rítmica sin mucha melodía, mientras los muchachos de la fiesta nos miraban desde la ventana. Era patético. Me pareció ver a la Garra Blanca atónita por un gol del Chuncho. Llegamos a la esquina acordada y el auto no estaba. El corazón agitado y la respiración acelerada no me dejaron cachar nada. Nos detuvimos.

En el auto, el viejo se había puesto mañoso y quiso seguir de largo. La Flaca le metió un tiro en el abdomen y se fueron a estrellar con un poste una calle más allá de lo presupuestado. Cuando la Teruca nos vio, tocó la bocina para avisarnos. Corrimos otra vez hasta el auto. El Negro abrió la puerta del chofer, sacó el bulto ensangrentado y lo dejó caer en el asfalto. Yo me senté atrás y Armando se sentó a mi lado. Nuevo imprevisto, carecíamos de conductor. Ninguno de los tres sabía manejar. Nos miramos muertos de la risa. "Parece que se acabó el viaje", dijo la Flaca. Patitas pa qué te tengo, nos pusimos a correr hacia dentro de la población, por pasajes caletas, oscuros y apatotados. Llegamos hasta la plaza El Faro, descansamos un rato y nos fuimos pa la Nogales, donde unos amigos del Negro. Compramos unos pisquitos y antes de entrar a la casa me puse otra dosis de anfetas.

Dos

El Chamusa estaba condenado sin ser culpable. Paria entre los parias, se quedó pegado en el pegamento; poco a poco sus aspiraciones íntimas se fueron reduciendo a inhalaciones alucinógenas, a frustraciones pegajosas. A estas alturas, ya no valen las explicaciones, puesto que no hay en él afán alguno por redimirse. Esa noche de sábado pudo haberse inflado los pulmones y las sienes en el parque, en el bandejón central de la Alameda, en un callejón sin importancia. Sin embargo, se quedó tirado frente a la puerta de entrada a otro purgatorio. Entre pesadillas y realidad, entre despertar o cambiar de giro en su fantasía, los hechos se le montaban unos sobre otros sin pausas de tiempo. Primero fue algo así como un disparo, luego un auto se le venía encima y a metros de él chocaba con un poste; sonó un bocinazo; dos tipos llegan corriendo, uno de ellos se sienta atrás, el otro abre una puerta y saca al chofer dejándolo en el suelo; enseguida se sienta junto al otro sujeto, atrás; escucha algo parecido a risas; se bajan los dos hombres y una mujer, que salen corriendo hacia donde él estaba postrado; parece que no lo ven, pasan por su lado ignorándolo, como siempre. Él no quiso ver sus caras, pero las vio. La noche se puso frígida. Comenzaron a sonar sirenas policiales. Llegó un auto de los ratis; luego apareció una ambulancia. El Chamusa quería ponerse de pie y correr, o por lo menos salir de allí, pero las piernas no le respondieron. Estaba alucinado, asustado, quería gritar, sacar ese ahogo de su pecho, pero su voz se quedó dentro de la bolsa plástica. Los tiras se acercaron, lo tomaron de los brazos y lo echaron arriba de la patrullera. Le pegan unos combos y lo tiran en el piso del auto. Los tipos le cargan sus tacos en las costillas; se quiere mover, pero nada. Lo toman del pelo y le dicen groserías. No logra ofenderse, solo llama a su mamá, asustado. El auto se mueve. Van a mucha velocidad. No logra coordinar. El vehículo se detiene. Antes de bajarlo, le cubren su cabeza con el chaleco. Le doblan su brazo izquierdo, provocándole un dolor en el hombro. El chaleco lo desespera, se trata de mover y siente un golpe de puño en las costillas. Grita y llora, pero no siente dolor, solo está asustado. Tropieza con un peldaño y al caer se disloca el hombro. Lo tiran en un calabozo, pero no logra distinguir el olor a orín, óxido y encierro.

Llora asustado como niño perdido y solo murmura llamando a su mamá. Al rato, se abre la puerta metálica, lo sacan a tirones y lo arrastran hasta una oficina. Lo sientan frente a un escritorio y le preguntan por armas, dinero y personas. El Chamusa no cachaba una. Entre cada golpe de corriente movía la cabeza y decía palabras y frases sin pensar. El relato que hizo fue desordenado.

Antes de subirlo al auto, lo hicieron firmar un comprobante de buen trato. Iba en el asiento de atrás. Lo pasearon casi toda la noche. Como a las seis de la mañana, los ratis acudieron a un llamado por una mocha o algo así. Cuando llegaron al lugar de los hechos vieron un tumulto, hicieron sonar la sirena y la gente salió corriendo. Se detuvieron frente a una casa que estaba con las luces encendidas y la puerta abierta. Se bajaron dos ratis y fueron recibidos con algunos disparos que sonaban dentro de la casa. Los tiras se escondieron tras el auto patrulla. Uno por cada lado, accedieron a la puerta abierta. En el suelo, sentado, borracho y con ataque de risa estaba el Negro, dando la espalda a la calle. Lo hicieron puré a balazos. Quedó tirado, sin latidos. Arrodillaron al Chamusa frente al cuerpo ensangrentado y realizaron el careo. Tenía el rostro duro, pálido y dolido. El Chamusa dijo: "no sé", pero no le creyeron. Le preguntaron de nuevo, recordándole los golpes de corriente, y dijo casi todo: nombre y dirección.

Ramona

MARTÍN PÉREZ[18]

El capitán Pacheco llamó a Tapia y cerró la puerta de la oficina. Eso le pareció extraño al detective. Los gritos del jefe siempre eran a puerta abierta. Le pidió que se sentara y luego se acomodó en su escritorio. Respiró hondo antes de hablar.

–Detective, usted es el funcionario con menor rendimiento de mi unidad. No ha cerrado ningún caso en más de un año de estadía en esta brigada, o al menos ninguno importante...

Tapia quiso intervenir.

–Bueno, en realidad, han...

–¡Cállese, carajo! ¡No me interrumpa!

El detective cerró la boca y tragó saliva. Las palabras que el capitán pronunció a continuación tuvieron un tono inusualmente suave, casi acogedor.

–Le voy a encargar un último caso... Es uno simple... Si no lo resuelve, voy a tener que darlo de baja o mandarlo a hacer trabajo administrativo... ¿Está claro?

–Sí, señor –contestó Tapia con voz de sentenciado, abrumado con la noticia.

El capitán le pasó la carpeta del caso con delicadeza, como quien entrega una joya.

–Trabajará solo, pero recuerde que siempre tiene a disposición apoyo armado, si lo necesitara, como también los servicios de nuestros laboratorios de criminalística.

[18] Viña del Mar, 1966. Es ingeniero civil de la Pontificia Universidad Católica de Valparaíso y Master of Arts in Strategic Financial Management de la Kingston University de Reino Unido. Ha publicado los libros *Santiago Traders & Otros* (2007) y *Tapia* (2008). Ha participado en las publicaciones de libros-objeto de Ergo Sum: *Perraje en crisis*, con sus trabajos "Corazón de abuelita", "Metrosexual" y "Vestida de ocasión", en el año 2008; *Ni una más*, con el cuento "Pequeño sacrificio", en el año 2007; *Tenemos pantalones*, con el cuento "Tres finales para un choro", en el año 2006, y *Diversos y estilados*, con los cuentos "Marinero", "En menos de treinta minutos" y "Santiago traders", en el año 2005.

Tapia salió de la oficina leyendo la carpeta. Se trataba de un robo perpetrado a una casa comercial de Puente Alto, en la calle Los Navegantes. Era una casa habitación cuyo primer piso había sido convertido en tienda. El dueño era un comerciante minusválido que además tenía una bodega en el fondo del patio trasero. Allí guardaba mercadería importada. Específicamente, radios con reproductor de CD de origen chino.

Los ladrones sabían lo que buscaban. Rompieron la chapa del portón y entraron con una camioneta hasta la parte posterior de la casa. Allí, con el mismo vehículo, forzaron el acceso a la bodega y robaron las radios. No quedó ni siquiera una.

Tapia llamó a la casa comercial. Lo atendió una señorita que dijo llamarse Ramona Caviedes y ser la hija del dueño. Él le explicó que estaba asignado al caso y que debía ir a verificar el lugar del robo. A Tapia le gustó la voz suave de ella, y su gentileza y espontaneidad. No parecía afligida por el robo.

El detective apareció en la importadora junto a dos peritos. Allí los recibieron Ramona y su padre, quien se movía en silla de ruedas. Era un tipo macizo peinado a la gomina, mal afeitado y bastante hediondo. La muchacha era sencilla en su manera de vestirse y moverse. Sin ser hermosa, tenía formas atractivas. A Tapia le gustó.

El dueño, de mal humor, le pidió a su hija que guiara al detective a la bodega. Tapia mencionó que los agentes que lo acompañaban eran del LACRIM.

—¿Qué es el LACRIM, detective? —consultó curiosa Ramona.

—Es el laboratorio de criminalística. En este caso, han venido conmigo peritos en huellas dactilares...Y para descartar las de los moradores, que deben estar por todos lados, debemos tomar las suyas y las de su padre también.

Al señor Caviedes no le gustó nada el asunto. Rezongó diciendo que tenía que trabajar para sacarse de encima las pérdidas, pero al final accedió a entregarles las huellas a los agentes. Ramona, en cambio, estuvo feliz de entregar las suyas.

—Me encanta el mundo de los detectives, señor Tapia. He leído las historias de Sherlock Holmes y el detective Poirot, pero mi favorito, el que me vuelve loca, es Heredia.

Sonriente, le mostró el portón que habrían forzado los ladrones con una camioneta. El día del robo, ella había ido a ver una película antigua de 1968, que se llamaba *El detective*, con Frank Sinatra como protagonista. Tapia verificó que el portón de la calle había sido golpeado y abierto con el impacto, pero no encontró huellas de la camioneta, ni en el piso ni en el portón. Él la miró antes de decirle que también había visto esa película hace poco. En el transcurso de la conversación descubrieron que habían asistido al mismo cine en Puente Alto y en el mismo día. Rieron. Caminaron hacia el fondo del patio siempre buscando pistas, sin hallar rastro alguno. Ambos gustaban del cine de suspenso. Tapia dijo que *Detectives Salvajes* de Bolaño iba a ser llevada al cine por un mexicano. Ramona dijo que no se la perdería por nada del mundo. Él señaló que estaría en la cola de la boletería el primer día del estreno. Y salió de su boca en forma espontánea que deberían ir a verla juntos. "¡Encantada!", exclamó Ramona.

El portón de la bodega, ahora vacía, también había sido forzado con un golpe y no había ningun indicio útil para la investigación, ni siquiera una de las radio CD chinas.

El detective pidió a los peritos que tomaran huellas y fotos en el trayecto recorrido por los ladrones en el interior de la propiedad. El señor Caviedes estuvo atendiendo llamadas telefónicas. La Importadora se veía casi sin stock. El inmueble estaba vacío, con la pintura descascarada, el piso de parquet suelto y las estanterías metálicas oxidadas. A claras luces no era un negocio boyante.

Tapia preguntó al señor Caviedes si desde el segundo piso había escuchado ingresar a los ladrones. Calculó que, para robar mil radios, los antisociales tuvieron que permanecer al menos media hora dentro de la propiedad. Sin embargo, el dueño dijo que a las nueve ponía las noticias a todo volumen y después se dormía con el televisor encendido. No había escuchado ni visto nada. Y la importadora no tenía más empleados.

Al marchar, Ramona le dijo que la mantuviera al tanto de los avances y le dio su número de celular.

–Llámeme igual, aunque no haya avances, para conversar de los casos interesantes que le ha tocado ver –le dijo con una voz que a Tapia le estremeció el cuerpo.

–Te llamo de todas maneras –respondió el detective con una sonrisa.

Ese "tú" había sido a propósito. Y Ramona lo sintió. Los ojos de la muchacha no pudieron esconder la emoción de saber que la llamaría.

Los peritos no encontraron más huellas que las de Caviedes y su hija.

Era evidente que las radios iban a ser reducidas con rapidez. Basado en eso, Tapia se fue el día siguiente al barrio Franklin con una foto del producto robado. Apareció temprano a pasearse por los puestos del mercado. Intentó pasar por un comprador común. Estaba ojeroso. La noche anterior se había desvelado pensando en Ramona. Era muy distinta a las muchachas de los topless que conocía.

"¡Lleve de lo bueno, lleve de lo bueno, patrón!", escuchó mientras hurgueteaba con ojos somnolientos, sin dar con lo que buscaba.

De pronto, entre tanta electrónica china, su vista se posó en el modelo robado. El vendedor era un gordo con cara de buena persona.

–¿Le pongo pilas pa' que la escuche, patrón?– preguntó entusiasmado.

–Sí –dijo Tapia–. Yo no compro sin probar.

El gordo le extendió la radio encendida. El detective la miró por debajo. Era el modelo buscado y el número de serie estaba en el rango de las robadas.

Luego de manipularla por un rato, hizo las preguntas claves.

—¿Y cómo sé que esta radio no es robada? ¿Usted tiene factura de compra de este producto?

Apenas terminó de decir esto se dio cuenta de que se había delatado. El tono había sido el del típico interrogatorio de investigaciones. El gordo cambió la sonrisa por un gesto agrio.

—¿Ah? ¿Qué? ¿Acaso es tira usted? ¡Tiene pura cara de sapo! Claro que la compré, pues.

Tapia se metió la mano al bolsillo y le mostró la placa de Investigaciones.

—Este producto es robado, me lo voy a tener que llevar detenido con su mercadería.

Se mantuvo atento, por si alguien lo agredía o el gordo se daba a la fuga. Pero el gordo se rió.

—Oiga, usted sí que es agilao. Le digo que la compré.

El feriante giró, tomó una carpeta amarilla y desde allí sacó una factura. En ella aparecía la Importadora Caviedes vendiéndole cincuenta radios al gordo.

—¡Chisss, toítos caímos aquí! —dijo el gordo con cara de protesta.

—¿En qué cayeron? —preguntó Tapia.

—En que las radios son re' malas, no sirven pa' na. Se funden al día de uso. Compramos barato y ahora no podemos venderlas.

—¿Quién más compró radios? —consultó el detective.

El gordo le indicó los establecimientos que habían comprado a la Importadora Caviedes. Visitó los locales y constató la existencia de mil radios compradas por los feriantes, de las que algunas pocas se habían vendido, pero sus compradores habían regresado al día siguiente a devolverlas y reclamar su dinero.

El domingo en la tarde, Tapia quiso llamar a Ramona. Dudó varias veces antes de pulsar el botón del celular. Estaba nervioso y no sabía por qué. Nunca había tenido problemas para telefonear a una mujer. Sentía cosquillas en el cuerpo de solo pensar que oiría su voz.

—Hola, Ramona, habla el detective Tapia —dijo con voz de locutor de radio.

—Hola, detective. ¿Cómo te ha ido? —respondió ella amistosa.

—Bien, bien. Un fin de semana fome. Más que nada trabajando...Sin nada especial que hacer.

—El mío también, harto aburrido, encerrada en casa, atendiendo a mi papá, que anda con un genio de los mil demonios —comentó ella.

—Sí, noté a tu papá malhumorado y cortante en el trato el otro día... ¿Es siempre así, o es por lo del robo?

—¡Ufff! El caballero es fregado y porfiado. Ha sido así siempre, pero se puso peor después del accidente automovilístico en que murió mi mamá y él quedó inválido.

—Lo siento, Ramona.

—Fue hace tiempo. La pena ya pasó —dijo ella y suspiró—. ¿Y en relación al caso, hay algo nuevo? —preguntó.

—Mil radios fueron vendidas por ustedes en Franklin a precio bajo, pero los compradores están descontentos, porque dicen que las radios fallan.

—Es verdad, detective, son una mugre. Mi padre casi se las regaló, porque los chinos no respondieron por los defectos de ese container que compró.

—Pensé que los chinos eran más serios en sus negocios.

—Lo son. Mi padre estaba avisado de lo que venía. Era un container con productos de calidad "E", que son los rechazados en el control de calidad. Claro, pagó muy poco, pero ahí está el resultado —enfatizó Ramona.

—O sea que los ladrones robaron basura.

—...Mmmm... Detective... ¿Sabes cuántas radios venían en el container? —consultó Ramona.

—Ni idea, un montón de seguro, pero no sé cuántas. Si en la bodega quedaban mil, y en Franklin encontré que se habían vendido otras mil, tienen que haber sido dos mil, por lo menos.

—Bueno, yo te puedo contestar esa pregunta: en el container venían mil —declaró ella.

—¿Mil? Pero si mil eran las radios facturadas en Franklin ¿Es que había radios traídas de antes?

—No, señor detective, no había radios compradas de antes. Puedes pedirle las facturas de compra a mi papá y comprobarlo.

—Pero entonces, ¿dónde está el robo? —preguntó Tapia extrañado.

—Saca tú las conclusiones —dijo riendo Ramona.

Tapia dudó. La muchacha le decía que el robo no había existido.

—¿Y tu papá tiene seguros comprometidos ante evento de robo? —consultó.

—¡Sí! ¡Lo descubriste! —respondió ella.

El detective se sintió abrumado. La muchacha era tan buena que le había resuelto el caso y ahora él tendría que procesar a su padre.

—Pero, Ramona, no entiendo. ¿Por qué me ayudas?

—Mi padre no ha sido honesto. No voy a permitir que me arrastre en un delito. He leído un gran número de casos, y sé que callar es encubrir al infractor de la ley —dijo ella con tal sinceridad y resolución, que hizo temblar al detective.

El día lunes, Tapia fue a la Importadora. Allí lo atendió el señor Caviedes, como siempre mal agestado, junto a Ramona, que se veía bellísima en su pollera veraniega.

—¿Cuántas radios importó, caballero? —preguntó Tapia al dueño.

—Eran hartas, si tenía la bodega llena —respondió Caviedes.

Moviéndose de un lado a otro en la silla de ruedas, recriminó a Investigaciones por la poca eficiencia para recuperar sus radios, e insistió que a esas alturas la mercadería de seguro ya habría sido reducida.

—¡Si no fuera por esta silla, yo mismo saldría a buscarlas! —gritó golpeando las manillas.

—Me gustaría ver la factura de importación de las radios, caballero —solicitó Tapia.

Malhumorado, Caviedes le dijo que ya la había mostrado para constatar los números de serie, que costaría encontrarla, que tenía cerros de facturas. Reclamó a Tapia que Investigaciones se preocupaba solo de trabajo administrativo sin nada de trabajo de campo. Y que en vez de estar pidiéndole la factura, tendría que estar buscando a los ladrones.

—Ramona, búscala tú después. Quién sabe dónde está esa factura. Eres tan desordenada —terminó.

Ramona caminó hacia un estante y sacó una carpeta.

—Aquí está la factura, detective —dijo estirando el brazo hacia Tapia.

La cara del señor Caviedes se descompuso.

El documento de compra estaba escrito en inglés. Él leyó el número mil y la palabra "quantity". Después las palabras *"one thousand units"*.

—Disculpa, no sé inglés. ¿Me puedes decir qué dice aquí? —le pidió a Ramona.

—Dice que compraron mil unidades, *one thousand* —aclaró ella.

—¡Oiga, si no sabe idiomas no trabaje estos casos internacionales, pues! —le dijo el señor Caviedes, que se había alejado hacia su escritorio.

Tapia se rió.

—Bueno, ¿de qué se ríe? —preguntó el dueño.

—El caso está aclarado —dijo contento.

—¿Por qué aclarado, si todavía no pilla a nadie? —protestó Caviedes.

—Lo pillé a usted. Y voy a tener que hablar con el capitán para ver cómo procesamos su caso —replicó Tapia, guardándose la factura.

—Oiga, entrégueme mi factura —exigió el comerciante.

–Es evidencia. La prueba de que usted compró mil radios y luego vendió mil radios. El robo no existió. Usted aparentó un hurto, pero facturó las mil radios –explicó el detective.

El comerciante palideció. Ramona trataba de mantenerse seria. El hombre alzó sus hombros en señal de disculpas. Le sonrió a Tapia con timidez.

–Mire, detective, las radios eran una mierda y los chinos no respondieron por la porquería que me mandaron. No funcionaban. Las di casi regaladas y la única manera que vi de recuperar la plata fue hacerme el robado y cobrar el seguro. Le pido disculpas, es que estoy tan mal del bolsillo...

El rostro de Caviedes parecía el de un niño descubierto en su travesura.

–Se equivocó, pues, mi caballero –le dijo Tapia, serio, apuntándolo con un dedo acusador como el de un juez que dicta sentencia.

Volvió a la oficina a preparar su reporte. En el camino pasó frente a un cine y vio que estaban presentando la película *Brick*, un *thriller* detectivesco que ganó premios en el Festival de Sundance.

En la unidad no pudo redactar el informe. Su mente estaba ocupada por Ramona. El capitán Pacheco preguntó por avances en el caso y Tapia respondió, luego de dudar unos segundos, que no había ninguno todavía. Después de dos horas de tomar café y darse vueltas por la oficina, llamó a Ramona y la invitó al cine. Ella aceptó.

A las nueve de la noche, bañado y perfumado, Tapia tocó la puerta vecina a la Importadora Caviedes, que daba a un segundo piso. Ramona abrió, lo invitó a subir y le pidió que esperara un minuto. La casa era sencilla. Las noticias del canal nacional, con el televisor a máximo volumen, le impidieron oír a Ramona despidiéndose de su padre en el dormitorio. El detective sacó de su bolsillo la factura que se había llevado en la mañana y la dejó sobre la mesa de comedor. Ramona apareció vestida en una mini de jeans y una polera apegada a la piel. Tapia comprobó que tenía bonitas piernas. Lo sorprendió la agudeza de la muchacha, que caminó hacia el comedor a ver qué había encima de la mesa. Tomó la factura y luego miró a Tapia.

—No tienes que hacer esto. No te lo he pedido. Llévate la evidencia y que la ley decida —dijo ella con tono firme.

—Me basta con que tú escondas la factura por un tiempo para que el señor Caviedes no pueda cobrar el seguro en forma ilícita... No voy a meter a la cárcel al padre de mi futura novia... —dijo el detective con una sonrisa pícara.

Ramona se sonrojó. Salieron de la casa caminando en silencio.

En la oscuridad del cine, se tomaron de la mano. Poco rato después, el protagonista del filme hizo el amor con la secretaria en su despacho. El detective concluyó que Ramona estaba mejor que la chica de la película, y le sudaron las manos. Cuando presentaban los créditos, antes de que se encendieran las luces de la sala, Ramona y Tapia se besaron. Él pensó que ese había sido el mejor beso del mundo. Esa noche decidió que le gustaría casarse con Ramona. Pensó también que era una lástima que hubiera tenido que renunciar a ese caso resuelto.

Miércoles 21 de Octubre de 1998, 16:50 GMT, Gustavo Hernán Caviedes Moraga, ex microempresario, Casa de Reposo La Alborada, calle Las Petunias 29, Puente Alto, conversando con compañeros de la tercera edad.

"Ese hijo de puta de Tapia me quitó lo más valioso que tenía como hombre minusválido: mi hija. Lo más horrible fue que lo hizo bajo amenaza de meterme a la cárcel si no la dejaba casarse, y obligándome a vivir en este lugar. ¡La pobre me debe extrañar tanto!".

Después de la función

José Román[19]

Aunque faltaba algún tiempo para el término de la última función, Lobito accionó el interruptor del letrero luminoso cancelando los reflejos rosa y azul sobre la acera mojada. Ahora todo se fundía en el gris sucio de la calle desierta. No habría más público para el "Royal" esa noche. Desde su refugio sentía penetrar la sombra del invierno seguida por la neblina, la humedad y el frío que le traspasaba los huesos. Miró a través de la vidriera hacia la calle pálida ahora bajo la luz de su único farol. Era una calle en blanco y negro. Como la acera en que moría baleado Spencer Tracy en *Una noche traicionera*. Allí el viejo Tracy era un abogado medio torcido que terminaba pagándola al final, a pesar de su arrepentimiento. Siempre la pagaban, sonrió Lobito. Por eso el mundo era mejor en las películas.

Lobito se estremeció al regresar a su puesto. Hacía años que habían suprimido la calefacción central y la sala era entibiada con estufas de gas licuado distribuidas aquí y allá sin equidad ni consideración a las corrientes de aire. En los excusados no había calefacción alguna. Solo viejos artefactos oxidados y cañerías que goteaban. Y allí es donde Lobito hacía su trabajo desde un tiempo que había empezado a olvidar. Pero no lograba acostumbrarse al frío. En ese momento ni la cotona, ni la chomba chilota, ni la camisa de lana, ni la camiseta afranelada lograban mitigarlo.

---

[19]   Realizador audiovisual, escritor y docente. Licenciado en Teoría e Historia del Arte, Facultad de Artes de la Universidad de Chile. Guionista de las películas *Valparaíso mi amor* y *Ya no basta con rezar*, de Aldo Francia, y *La Estación del Regreso* de Leonardo Kocking. Ha publicado: *El espejo de tres caras*, *El cine mudo alemán y la tendencia expresionista*. Sus cuentos están antologados en: Concurso de Cuentos *Copec*, *Crónicas de Chile*, *Cuentos de cine*. Ha publicado artículos culturales y de crítica en revistas *Primer Plano*, *Apsi*, *Enfoque*, *Aisthesis*, *Revista Universitaria Universidad Católica*, *Revista de Cine*, Revista *Patrimonio Cultural* y diarios *La Tercera* y *El Mercurio*.

Percibió las tensiones de la urgencia en la cara del hombre que se apresuraba por el pasillo, pero se adelantó a impedirle el paso. Con una mueca le señaló la entrada contigua. El hombre se agitaba, inquieto, y solo cuando vio salir de allí a un muchacho de gesto desafiante se atrevió a trasponer el umbral rotulado con letras góticas: "Damas".

Se le había ordenado permanecer junto a la puerta, con las manos libres de la toalla y el papel higiénico, sentado en el taburete junto a la mesita que servía de apoyo al recipiente de las propinas. Pero no habría más propinas esa noche. Su única tarea actual era vigilar esa puerta batiente, obstaculizando el ingreso de los espectadores al servicio de hombres, mientras los tiras hacían su trabajo allá adentro.

Lobito recordaba siempre al portero de *La última carcajada* y le sobrevenía una especie de congoja al evocar al viejo Emil Jannings con su carita de perro de San Bernardo, humillado por su trabajo de aseador de urinarios. Aunque esa no la había visto allí, en el "Royal", sino en el cine de su pueblo, cuando era tan pequeño que las películas no tenían voz. Lobito no se había sentido nunca avergonzado de su empleo, sino que, por el contrario, se enorgullecía de hacerlo bien, con cuidado y pulcritud. Solo un trabajo como el suyo podía dar testimonio de lo sucia que solía ser la gente.

Uno de los policías se asomó preguntando por un teléfono y él le señaló la oficina de administración. Don Ricardo se había retirado temprano y Lobito se sentía a cargo de la situación. Después de todo había sido él quien llamara a los detectives.

Alguien descorrió la cortina al salir de las tinieblas de la sala y le llegó el ruido de chirridos de frenos y disparos, subrayados por los compases de la música rock. Ahora todas las películas sonaban igual. Él casi no las veía, prefiriendo el recuerdo de las viejas cintas en blanco y negro, la pantalla llena de rostros más entrañables que las caras borrosas que había ido dejando en su largo camino. ¿Quién podía reemplazar a Bogart o al chico Ladd o a esas minas rubias y aterciopeladas que todavía lo hacían soñar despierto? Dio algunos pasos por el corredor para desentumecerse.

Los detectives no habían querido suspender la proyección a pesar de todo y reunían a los escasos espectadores en el pequeño vestíbulo a medida que salían de la función rotativa. Se juntaban ahí dos parejas y dos hombres solitarios que hacían comentarios en voz baja o miraban las fotografías de los próximos estrenos pegadas en los paneles. A ellos se agregaba ahora el muchacho displicente que parecía más preocupado de observarse en el espejo del vestíbulo que en los motivos de la insólita retención. Nadie parecía alarmado. Apenas se miraban, susurrando como en una misa o un funeral, mientras pretextaban una resignada indiferencia. Lobito se acercó a la señorita Dalia, que permanecía encogida y nerviosa tras el mostrador de la confitería.

–Debía estar en mi casa a las nueve –dijo la muchacha, como culpándolo a él.

–Pusieron a alguien en la entrada. Nadie puede salir todavía. Me hicieron cerrar también la puerta de escape.

"Escape": siempre había divertido a Lobito la crudeza con que caratulaban la salida de emergencia. Los tiras le habían ordenado clausurarla, sin pensar en la eventualidad de un incendio o terremoto.

Lobito transmitió la noticia con cierta maligna satisfacción al notar la inquietud de la muchacha, pero se arrepintió de inmediato.

–No pueden tenernos aquí toda la noche –la tranquilizó.

La muchacha no lo escuchaba, encogiéndose un poco más en su cubículo olor a chocolate. De pronto, pareció recordar algo.

–No le di las gracias –le sonrió– fue muy gentil al reemplazarme.

Siempre decía lo mismo. Como de costumbre, Lobito había estado atendiendo la confitería mientras la señorita Dalia se acicalaba antes de retirarse. A veces demoraba su tiempo en recomponer esa carita anémica y poco agraciada. Lobito lo tomaba como una rutina más y se quedaba allí, mirando los caramelos multicolores.

—No hay de qué. De todos modos no vendí nada.

Ella tampoco vendía gran cosa. Los espectadores eran cada vez más escasos y ya don Ricardo les había anunciado su intención de cerrar definitivamente el cine. Lobito prefería no imaginar qué sería de su vida después del cierre de la sala.

Ahora habrá menos movimiento, decidió, mientras obstaculizaba con la mesita la puerta señalizada "Caballeros". Subió lentamente la escalera de caracol y se detuvo a respirar una bocanada de aire en el rellano. Cuando abrió la portezuela sintió otra vez la música entre diálogos entrecortados. La oscuridad de la caseta solo era sobresaltada por los reflejos en los cromos de la proyectora y la lamparilla del rincón confería al lugar un aspecto de santuario, bajo el que se reclinaba la coronilla calva de Solano.

—¿En qué película Edward G. Robinson mata a Joan Bennet y terminan culpando a Dan Duryea?

—En *Perversidad* —respondió Solano sin levantar la cabeza. Se hallaba afanado parchando un rollo bajo la luz de la lamparilla. Antes de que Lobito lograra reponerse del revés, Solano lanzó su contraataque.

—¿Cuál fue la mina que le tiró café hirviendo en la cara a Lee Marvin?

—Gloria Grahame, en *Los Sobornados*. Pero fue él quien la quemó. Ella le pasa la cuenta al final.

Había logrado parar el golpe. Solano le sonreía desde su rincón iluminado.

—¿Qué tal, Lobito? —lo saludó.

Lobito sabía que lo llamaban así no por su ferocidad, sino por sus orejas peludas. Buscó afanosamente una nuevo tiro.

—¿Y el que se come a la Monroe en las cataratas del Niágara?

—Me está dando ventaja, Lobito: Joseph Cotten. Pero un desconocido le pone los cuernos. Y ahora, preste atención: ¿Quién se reía mientras empujaba la silla de la paralítica por la escalera?

Lobito pestañeó. ¿Esa la habría visto? Últimamente su memoria había estado fallando. Revolvió su baúl de recuerdos buscando una cara, una risa maligna, una mujer gritando. Pero nada acudía a aliviar esa repentina sequedad.

–¿Se da por vencido?

Lobito permaneció en silencio como un niño taimado. Solano arrastraba la pierna inútil, preparando el carrete para hacer el cambio. Notó que Lobito miraba su pierna.

–No me puedo enojar cuando me gritan cojo –repitió con la misma sonrisa autoindulgente con que se anticipaba a la burla o a la compasión.

Lobito masticaba el agravio de su reciente derrota.

–También gritan cojo culiao –le recordó.

Solano se había ensombrecido. Colocó el nuevo rollo, cerró de un golpe la cubierta y con una torsión de cintura retiró el carrete precedente, depositándolo sobre la mesa. Crepitaba el arco voltaico del proyector mientras Solano ajustaba el foco.

–¿Sabe cuántas pegaduras tuve que hacerle a ese rollo? Y así y todo se cortó tres veces. Es como si lo hubieran proyectado en una máquina de moler carne. Hay películas que he debido armar de nuevo. Ya no existen profesionales en este oficio.

Lobito caminó hacia la escalera. Ya conocía ese discurso. Mientras bajaba lo oyó gritarle.

–Eh, Lobito. Era Richard Widmark. No lo olvide.

Sí, Richard Widmark en *El beso de la muerte*, con su risita de orate. Debió haberlo recordado. Pero había empezado a olvidar muchas cosas. Para consolarse imaginó la cara que pondría Solano cuando le contara lo que había ocurrido en los baños. Pero por ahora los tiras le habían ordenado guardar silencio. Ya llegaría el momento. Esa sí era una buena adivinanza.

Cuando llegó al vestíbulo vio al detective joven que lo llamaba con un gesto impaciente. Usaba jeans y casaca, como un truhán de barrio. Así vestían ahora muchos tiras, después de ver *Serpico*, recordó Lobito. De ese modo se infiltran mejor entre drogos y malandras. Hasta que reciben un balazo en la jeta, como le ocurría a Al Pacino.

El detective le hizo señas y Lobito lo siguió al baño de hombres. Se estremeció nuevamente, pero no a causa del frío. No tenía ganas de repetirse el espectáculo. Allí estaba la portezuela abierta con el agujero astillado en el centro. Era un cubículo vetusto de estanque elevado y cadena, invadido por la herrumbre y la humedad. El hombre se hallaba sentado en el excusado, la cabeza caída sobre el pecho, como encontrara a veces a algunos borrachines que se dormían allí. Pero éste no dormía ni estaba borracho. La perforación en la frente dejaba salir un hilo de sangre que caía a gotas en el piso. El tira más viejo estaba acuclillado mirando tras el retrete. Se levantó resoplando y se dirigió a Lobito con rabia.

–¿Está seguro que no tocó nada?

Lobito negaba con la cabeza mientras el otro seguía mirándolo con desconfianza.

–Falta el casquillo –dijo–, el chuchcta que hizo este trabajo sabía cómo complicarnos las cosas. Disparó a través de la puerta. Tuvo buen ojo o mucha suerte. O las dos cosas. Usted no tiene idea, claro.

Lobito intentaba decir algo, pero el otro lo interrumpió

–Sí, ya sé que no oyó nada. Desde la confitería no pudo ver quien entraba o salía y entre los disparos de la película nadie iba a escuchar un matagatos. Seguramente el que hizo la gracia estaba enterado que a esa hora usted le cuidaba los dulces a la minita. Vamos a ver qué nos cuenta ella. ¿Vio la herida? –agregó, dirigiéndose al detective joven–, debe tratarse de una veintidós o una seis treinticinco. Eso lo decidirá balística. Ahora tenemos que hacer algunas preguntas allá afuera. Aunque no sé para qué. El que disparó no se iba a quedar a ver el final de la película.

De pronto, algo se empezaba a agitar en el ambiente.

–Ahí llegaron –dijo el detective joven–; hágase a un lado.

Lobito se apartó para dejar pasar a unos sujetos con una camilla y otros que cargaban maletines de cuero. La puerta batiente se cerró a sus espaldas.

En el vestíbulo, los espectadores que salían de la función se habían unido a los otros y se paseaban con disimulado nerviosismo, como sintiéndose culpables de algo indefinido y distante.

La señorita Dalia había cerrado la confitería y se hallaba sentada junto a la puerta de la administración, más encogida y entumecida que antes.

—No he podido avisarle a mi mami —dijo resignada—; la llamé al teléfono de los vecinos, pero no estaban. Presiento que voy a agarrar una pulmonía.

—Venga —la invitó Lobito, abriendo la puerta contigua.

Allí por lo menos había una estufa eléctrica. Era la oficina del jefe y Lobito no hubiera osado entrar sin su permiso, pero si aparecía don Ricardo, tal vez entendiera la situación. No mataban todos los días a alguien en su cine.

—¿Saben de quién se trata? —preguntó la muchacha.

—Era un sargento jubilado. Venía todas las semanas. ¿No lo recuerda?

La muchacha abrió los ojos, teatralizando su asombro.

—¿Ese gordo que me invitaba a salir? Una vez estiró las manos y le saqué la madre. Yo, que no digo nunca esas cosas, ¿se da cuenta? Pobrecito —agregó—, ahora me siento medio arrepentida.

—¿De no haber aceptado la invitación o de haberlo puteado?

La muchacha lo miró con severidad.

—Usted no toma nada en serio.

Lobito la observaba tratando de descubrir algún atractivo en ella, cuando lo sobresaltó un golpe en la puerta. Era el detective joven.

—Queremos hablar con la muñeca —dijo—. Usted puede quedarse aquí si quiere.

Lobito esperó que el tira saliera y la detuvo un momento tomándola de un brazo.

—No les diga que lo conocía, mucho menos lo de las invitaciones y los agarrones. No significa nada, pero pueden complicarle la vida.

—No hubo agarrones —dijo la muchacha, ofendida.

—Dígales que solo lo veía entrar. Nada más.

"Ahora sí que está asustada", pensó Lobito mirándola salir. "Tal vez sea mejor así".

Cuando entró nuevamente a la caseta, Solano se encontraba enrollando la última bobina.

—No me advirtió lo de los tiras, Lobito. Estuvieron aquí preguntándome por los horarios, los cambios de rollo y las salidas a mear.

—Yo, callampín —dijo Lobito—. Fue una orden.

Le decepcionaba haber perdido la primicia. Solano no disimulaba su curiosidad.

—¿Usted conocía al fulanito?

—No más que otros aquí. Entraba gratis porque alguna vez usó uniforme.

—¿Y sabe las cosas que hizo cuando lo usaba?

—Lo que todos conocían —dijo Lobito— yo nunca me he metido en política.

—Probablemente se lo tenía bien merecido —concluyó Solano.

—No se lo comente a los tiras —le advirtió Lobito.

Cuando bajó al vestíbulo, lo encontró vacío. La señorita Dalia lo esperaba, temblando.

—Lo sacaban en la camilla y tuve que reconocerlo. Me citaron al cuartel —dijo, a punto de echarse a llorar—. Tengo que ir a firmar una declaración.

—Todos estamos citados. También los espectadores. Es solo un trámite. No les diga que el gordo la molestaba. Solo lo conocía de vista, no se olvide.

Entró al baño y los dos detectives todavía permanecían allí. La portezuela del excusado, ahora vacío, continuaba abierta.

Alguien había puesto unas hojas de diario sobre la mancha de sangre.

—¿Sabía que el occiso tenía mala prensa? —le preguntó de sopetón el más viejo.

—No leo los diarios —dijo Lobito.

—Me refiero a que se contaban cosas. Esas cosas del pasado que es mejor olvidar. ¿Nunca hizo algún comentario en su presencia? ¿Si lo amenazaban o algo así?

—No me hablaba. Para mí era un espectador más. Entraba como Pedro por su casa y nunca me dio propina.

—¿Entonces lo mataste por cagado, tata? —rió el detective joven.

"No estoy muy seguro de ser tu tata. A menos que me refresques la memoria contándome en qué casa de putas trabajaba tu abuela", pensó Lobito. Era una frase que le soltaba el viejo Sean Connery a un malandra antes de romperle el hocico. Pero no lo dijo. Esas manos grandotas del tira debían haber roto más de un hocico impertinente.

El detective más viejo se había encerrado en el excusado y lo sintió tirar de la cadena.

—Nada funciona aquí —dijo al salir y como castigándolo, se puso a orinar en el lavamanos.

El tira joven se rió.

—Te van a jubilar, tata. Por ahora puedes irte a dormir.

—Mañana tempranito en el cuartel, no lo olvide —ordenó el otro mientras se cerraba la bragueta.

Lobito se quedó solo, mirando los azulejos, la portezuela entreabierta con su agujero como un ojo acusador y el diario manchado. Permaneció un largo rato rodeado por el silencio del edificio vacío. Luego se acercó al estanque y tiró de la cadena, pero no hubo ninguna reacción. Entonces se quitó la cotona, la chomba chilota y se arremangó la camisa de lana y la camiseta afranelada. Pisando en el borde del inodoro se alzó hasta el estanque e introdujo el brazo en su interior. Jadeando, extrajo el envoltorio de plástico. Lo desplegó sobre el lavamanos y sacó los guantes de goma y la Browning del seis treinta y cinco, todavía seca. Con el pulgar derecho soltó el cargador y lo recibió en la palma izquierda. Ahora estaba vacío. Su única bala, la que guardaba para sí, su seguro de muerte, había sido utilizada. No estaba seguro de sentirse aliviado. Guardó el arma en el bolsillo del pantalón y arrojó el envoltorio en el papelero.

Una voz lo hizo levantar la cabeza.

—¿Quién disparó a través de la puerta acertándole medio a medio al cabrón?

Solano le sonreía desde el umbral. Lobito lo miró sin pestañear. No lo había sentido llegar. ¿Cuánto rato llevaría ahí?

—Alan Ladd en *Un alma torturada* —respondió sin vacilar.

Solano le guiñó un ojo.

—Ahora me va ganando por una —dijo, mientras arrastraba su pierna hasta el lavamanos. Lobito le alargó la toalla.

—¿Va saliendo?

—Sí. ¿Usted apaga las luces?

Lobito asintió. Mientras se ponía la chomba y buscaba su abrigo en el perchero, comprobó que había dejado de sentir frío.

Un auto se ha detenido en medio de la noche

LUIS SEPÚLVEDA[20]

Un auto se ha detenido abajo. Puedo ver desde aquí las luces que se reflejan en el techo. Puedo ver también cómo los gruesos goterones de la última lluvia empiezan a deslizarse e inician los senderos de descenso.

El auto se ha detenido hace ya unos minutos, pero las puertas no se abren. El auto permanece quieto junto a la vereda, frente a la entrada de este edificio donde vivo todavía.

Nadie baja del auto. Llegó, se detuvo, apagó el motor y simplemente se quedó quieto, tan quieto como la noche, pero nadie ha bajado.

Cuando se detuvo el auto, lo primero que hizo fue apagar las luces. Yo también.

El auto es negro, o así me lo parece visto desde arriba. Puede ser que no sea enteramente negro, no sé, hay poca luz en la calle y tampoco sé por qué insisto en tener entre mis manos este libro de tapas amarillas. No recuerdo quién es el autor ni su argumento, tampoco recuerdo haberlo leído, pero insiste en permanecer entre mis manos.

En la calle no hay nadie. Ninguna persona sale a pasear el perro o a comprar algo, y yo sé muy bien que eso es normal a

---

20   (Ovalle, 1949). Escritor y cineasta. Entre otros libros, ha publicado: *Mundo del fin del mundo* (1989), *Un viejo que leía novelas de amor* (1989), *Nombre de torero* (1994), *Patagonia express* (1995), *Historia de una gaviota y del gato que le enseñó a volar* (1996); *Diario de un killer sentimental* (1996), *Yacaré* (1996), *Desencuentros* (1997), *Historias marginales* (2000), *Hot line* (2002), *Los peores cuentos de los hermanos Grimm* (2004), *Moleskine* (2004), *El poder de los sueños* (2004), *La lámpara de Aladino* (2008) y *La sombra de lo que fuimos* (2009). Ha recibido, entre otros, Premio Internacional Grinzane Cavour (1996), Premio Tigre Juan (1988), Premio Primavera de Novela (2009). Es Caballero de las Artes y las Letras de la República Francesa; Doctor Honoris Causa por la Facultad de Literatura de la Universidad de Toulon (Francia) y Doctor Honoris Causa por la Facultad de Literatura de la Universidad de Urbino (Italia).

estas horas, pero me gustaría ver pasar a alguien, alguien con una bolsa en la mano, alguien que se detuviera por unos segundos frente a la puerta; así podría verle la cabeza y la punta de los pies, o las alas del sombrero y la punta de los pies, que es lo que siempre veo desde esta perspectiva. Me gustaría que fuera una persona joven. Que se detuviera y se fijara también en el auto. Pero nadie pasa. Nadie transita por esta calle y yo sé que es perfectamente normal.

El auto es largo, o así me lo parece visto desde arriba. Tiene una parte delantera y, sobre el motor, supongo, una larga y recta varilla cromada que se pierde en la sombra proyectada contra el suelo. Tiene dos medios aros metálicos, brillantes, que se apagaron en cuanto el auto se detuvo. En la parte trasera tiene una franja un poco menos oscura que marca los límites del maletero. Yo lo he visto bien y desde arriba podría reconocer ese auto en cualquier parte, pero es difícil ver siempre los autos desde un quinto piso.

Estoy parado junto a la ventana, y en el piso de arriba hay ruido. Yo quisiera que todo fuera silencio, como este silencio que yo mantengo y que me envuelve ahora que estoy parado junto a la ventana sintiendo en mi hombro la superficie fría de la pared.

Trato de permanecer quieto, porque si no me muevo, si no respiro, si no digo nada, si no pienso siquiera, si no intento soltar este libro de tapas amarillas que insiste en permanecer entre mis manos, entonces es probable que el auto encienda las luces, que active el ronroneo del motor y que se vaya. Entonces podré bajar, comprar cigarrillos y marcharme a casa de Braulio. Todo cuanto necesito es que los de arriba entiendan también esta necesidad de silencio y que el auto se vaya.

Cuando el auto se haya ido, partiré a casa de Braulio y le contaré que un auto se detuvo frente a mi puerta. También le diré que tuve mucho miedo y Braulio dirá que no importa, ya que ambos sabemos que son muy pocos los días que me quedan en la ciudad.

Yo sé que Braulio me dejará vivir en su casa durante los cuatro días que me faltan. La casa de Braulio es segura. Nunca un auto se detendría frente a la casa de Braulio. Pero el auto sigue abajo y me parece que dentro fuman. Desde arriba puedo ver cómo en el interior se enciende brevemente una lucecita amarilla. Luz de fósforo o encendedor, no lo sé, no podría precisarlo. Es muy difícil percatarse de los pequeños detalles desde esta altura.

Así estoy, muy quieto y muy callado junto a la ventana, cuando un relámpago estalla en el dormitorio y yo salto, miro el auto que sigue detenido allá abajo y con las luces apagadas, y todo el piso se llena de ruidos chillones como de un grillo gigantesco y me dan ganas de gritar que necesito silencio, silencio y tiempo. Pero las cuchilladas del teléfono perforan mi piel, las paredes, todo lo desgarran y de puntillas llego al velador y descuelgo. Es Alicia.

Alicia no sabe que hay un auto detenido abajo junto a la puerta. No sabe que llevo varias horas parado junto a la ventana. No sabe que el teléfono me ha puesto la piel de gallina. No sabe que estoy temblando, que un sudor muy frío me corre por la espalda y tal vez por eso me pregunta qué me pasa, que por qué hablo tan despacio y, cuando le digo que lo siento, que tendrá que cortar, que estoy muy ocupado, Alicia me pregunta si estoy con alguien más en el departamento y yo le digo que no, que solamente estoy ocupado; entonces Alicia se pone triste al otro extremo de la ciudad y dice que es seguro que estoy con alguien más en el departamento, con esa manera suya de alzar la voz sin alzarla, de tal manera que su grito más parece un susurro fuerte. Y yo le digo que no, que no es cierto, que lo que ocurre es que espero una llamada importante.

Alicia empieza a sollozar y yo pego el auricular a mi oreja porque necesito silencio, silencio y tiempo, ya que hace mucho que un auto se había detenido allá abajo.

Me cuesta convencer a Alicia de que la llamaré más tarde, cuando haya recibido la llamada que espero, y le digo que mañana sin falta iremos al teatro y que compraremos el disco de Harry Belafonte que escuchamos en la casa de Braulio. Alicia me pregunta si la quiero y yo respondo que sí la quiero; porque es cierto, aunque ella me llame en estos momentos y a estas horas en que lo único que necesito es silencio, silencio y tiempo, aunque nada le he dicho aún respecto a mi viaje.

Cuando Alicia cuelga, regreso a la ventana. Abajo sigue el auto con las luces apagadas y, cuando me inclino para encender un cigarrillo, oigo cómo se abre una de las puertas. Soplo el fósforo y me pego a la pared casi sin respirar, para poder así escuchar mejor.

Estoy pegado a la pared como una mosca, casi tocando la estantería que, en la parte de abajo, tiene los discos que también regalaré a Braulio, pues sé que me dejará quedarme en su casa durante los días que me faltan. Yo sé que Braulio me ayudará mañana. Sé que estacionaremos su auto en el lugar justo donde ahora está éste, del que han bajado algunos hombres, y nos llevaremos los discos y los libros y mi ropa gruesa, porque necesito ropa de invierno, ya que seguramente allí hace bastante frío en esta época. Así estoy, pegado a la pared, y ahora puedo oír cómo los hombres están subiendo la escalera. Oigo los pasos, caminan lentamente y logro adivinar cuándo llegan al descanso, porque allí cambian el ritmo.

Ahora han llegado al piso y caminan por el pasillo. Seguramente miran los números de las puertas. Sí. Eso debe de ser. Por eso se detienen brevemente cada tres o cuatro pasos. Creo que les cuesta ver con la luz del piso, que es tan pobre. El foco es tan pequeño.

Sé que en este momento han llegado frente a mi puerta, sé que están mirando el número y uno de ellos se inclina para leer mi nombre inscrito en la plaqueta de bronce. Pienso que tal vez seguirán caminando hasta el fondo del pasillo; es posible que, al ver que todo está oscuro y en silencio, crean que no hay nadie, que les dieron una dirección equivocada, y tal vez vuelvan a bajar la escalera; tal vez oyeran el timbre del teléfono que estremeció la habitación cuando llamó Alicia.

Ahora están frente a mi puerta, alcanzo a ver una sombra que se mueve e interrumpe el rayo de luz que se cuela por el suelo. Es una sombra que casi no se mueve, una sombra que puede ser fruto de mi nerviosismo, qué sé yo, la imaginación jugando malas pasadas, no sé, o bien sí sé que mientras estoy aquí callado, muy callado y pegado como una mosca a la pared, alguien está al otro lado de la puerta.

Todo es un silencio enorme y a través de los vidrios puedo ver el viento entre los árboles. Es posible que comprueben el número de mi puerta. Es posible que llamen a su jefe con un pequeño portátil. Es posible que hablen con su central pidiendo instrucciones. Es posible que digan que todo está oscuro y en silencio. Es posible que se fumen un cigarro y den media vuelta desandando el camino. Es posible que, cuando lleguen al auto, yo pueda oír cómo se enciende el motor y se alejan. Entonces esperaré unos minutos antes de bajar, compraré cigarrillos y me iré a casa de Braulio y le diré que un auto se detuvo abajo, frente a mi puerta, y que alguien subió y que permanecí callado todo el tiempo casi sin moverme y con las luces apagadas. Le diré a Braulio que logré engañarlos, que tuve mucho miedo, pero que logré engañarlos y se fueron. Se está bien en casa de Braulio, y él me dejará quedarme durante los días que me faltan, aunque Braulio no sabe que pienso dejarle los discos y los libros, y ahora oigo algo, como un sonido metálico, sí, es un ruido de metales que se rozan con rapidez y oigo también los golpes en la puerta.

Estoy pegado contra la pared mientras arrecian los golpes en la puerta. Pienso que si me quedo así, quieto, muy quieto y callado, pensarán que no estoy, que el departamento está vacío y se irán, los sentiré bajar la escalera que siempre cruje, pero siguen los golpes en la puerta y yo no sé si estoy callado o si estoy gritando que no hay nadie, que no he llegado, que se vayan, que necesito silencio, silencio y tiempo, porque hace mucho que un auto se ha detenido allá abajo y permanece con las luces apagadas y en la calle no hay nadie que pueda ver su color negro y las lucecitas que en su interior se divisan cada vez que encienden cigarrillos, pero los golpes en la puerta siguen, interminablemente los golpes de la puerta, y puedo sentir, ahora sí, mi propia voz estrangulada de espanto gritando que se vayan, que no hay nadie, que no estoy, que nunca he estado, y ellos dicen que abra la puerta de inmediato o empezarán a disparar. Y mientras siguen los golpes en la puerta, yo trepo al sillón y de ahí alcanzo el marco de la ventana y la abro y siento cómo entra en la habitación el viento húmedo de invierno que hace un ruido sordo al chocar contra los muebles, y puedo ver que el auto sigue allá abajo con las luces apagadas, solo que esta vez tiene dos de sus puertas abiertas, y puedo ver sobre el motor una larga y recta varilla cromada que corre a perderse en la sombra proyectada en el suelo y veo también dos medios aros brillantes bajo la lluvia, y los golpes en la puerta me parecen cada vez más lejanos, muy lejanos, mientras la imagen del auto se acerca cada vez más rápidamente a mis pupilas y una mujer grita en algún lugar que no podría precisar.

El último gol

EDUARDO SOTO DÍAZ[21]

Uno

Después de que Rigoberto ganó los treinta millones de pesos en el concurso de preguntas y respuestas de la televisión, se transformó en un ser insoportable. Esperaba que todo el mundo estuviese enterado del premio y que lo felicitase. No satisfecho con esa pretensión, insistía en contar, paso a paso, las vicisitudes del concurso: como había contestado más rápido que otros participantes y que, al final, había quedado solo frente al conductor del programa. Aseguraba que le bastó escuchar el enunciado de la última pregunta para saber que era el ganador.

Mandó a enmarcar el diploma y lo instaló en una de las paredes de la casa, junto al título de contador general y de los certificados de la enseñanza básica y de la media. Casado y sin hijos, su mujer era la que escuchó más veces la historia. Los vecinos soportaron algunas semanas la reiteración del episodio, igual que los escasos amigos que frecuentaba. Después, como ya nadie lo visitaba, no tuvo a quién hacer oír el relato que, a esa altura, era una letanía interminable. Cuando un despistado vendedor a domicilio llamaba a la puerta, de inmediato era invitado a ingresar y, sin desaprovechar la oportunidad, Rigoberto le refería íntegro el evento televisivo. Desde la cocina, porque trataba de permanecer el mayor tiempo entre las ollas y

[21] Abogado y profesor de filosofía. Trabajó como periodista en los diarios *El Clarín*, *Puro Chile* y *La Última Hora*. En el 2004, publica su novela *En la oscuridad del miedo*, premiada en el Concurso Oscar Castro de ese año. En el 2006 publica en España la novela *Tras las nubes habitan los ángeles*, premiada por el Diario *Sur* de Málaga. En el año 2007, publica el libro de cuentos policiales *La muerte de un notario y otras muertes*. En el año 2008, publica en Chile su novela *Tras las nubes habitan los ángeles*.

los platos, la mujer soportaba la historia íntegra. En la medida que transcurrieron las semanas, Rigoberto perfeccionó la versión del triunfo, inyectando un dramatismo enervante. Cada gesto del conductor del programa, cada pausa, cada movimiento, era representado por Rigoberto que daba una detallada información del comportamiento del público, llegando al clímax cuando reproducía los aplausos que le tributaron al anunciarse que él, Rigoberto Ugarte, era el ganador de esa enorme suma, gracias al profundo conocimiento que tenía de la historia del fútbol.

Teresa, su mujer, a los sesenta años de edad, mantenía un vigor físico que consumía en los quehaceres domésticos. Hacía tiempo que, en la parte superior de una repisa del sótano, había arrinconado sus sueños en las hojas amarillentas de unos cuadernos, junto a los frascos de mermelada que ella preparaba en el verano. Teresa, en la juventud, había escrito cuentos policiales intentando emular a Agatha Christie, autora que admiraba desde que vio en el cine *Asesinato en el Expreso Oriente*. Ahora, su única actividad, si se la puede calificar así, era ver la telenovela de la tarde. Claro que, en la mayoría de los casos, las historias carecían de la intriga policial y de la cuota de acción que a ella le gustaba. A pesar de los argumentos insulsos, disfrutaba viendo las vidas de ficción de sus actores favoritos. Su marido le permitía darse ese gusto, salvo que en ese mismo horario trasmitieran un partido de fútbol, ocasión en que la telenovela era postergada.

Rigoberto había jubilado hacía tres años del Servicio de Impuestos Internos, donde ingresó recién titulado del Instituto Comercial. Fueron cuarenta años dedicados a revisar las declaraciones de los contribuyentes. En ese tiempo, adquirió una enorme destreza con la mano derecha, llegando a sumar y restar con la vieja máquina de teclas con los ojos cerrados, sin necesidad de mirar las columnas de números. De vez en cuando, añoraba estar sumergido entre papeles, balances, declaraciones de impuestos, formularios y carpetas. Sin embargo, su verdadera vocación se encontraba en las canchas de fútbol.

Conocía los nombres de todos los jugadores profesionales de Primera División; la historia de los clubes desde los inicios; los resultados de los partidos de los Campeonatos Mundiales. Era una pasión que relegaba cualquier otra actividad y consumía su tiempo y su energía. Siempre soñó con jugar, "vestir de corto" como él decía. Pero la naturaleza no fue generosa con su físico ni le otorgó la habilidad necesaria para correr detrás de una pelota. En los años que estudiaba contabilidad, se convenció de que era malo, pero muy malo, para jugar. El deseo insatisfecho lo sublimó trasformándose en un experto en los reglamentos y en la historia del fútbol.

La mesa estaba dispuesta y el almuerzo listo. Solo faltaba que Rigoberto se sentara en la cabecera para que Teresa comenzara a servir. Los sábados almorzaban temprano porque Rigoberto iba al estadio. Él prefería llegar entre los primeros y así obtener una buena ubicación, de preferencia en la parte alta, desde donde lograba una visión panorámica de la cancha. Siempre fue a galería para vivir la pasión del fútbol y ahora, a pesar de que tenía recursos para adquirir un abono bajo la marquesina, seguía encaramado en los tablones de más arriba, junto a otros fanáticos habituales. Todos lo conocían. Saludaban a Rigoberto con cierta simpatía, quizás por ser el más viejo.

–Ven y siéntate a la mesa –dijo Teresa.

–De inmediato. Tengo los minutos contados para no llegar atrasado al estadio.

–No demoro en servir –dijo la mujer, mientras llevaba un plato desbordante de cazuela. Sabía que su marido tenía debilidad por ese tipo de comida. Lo dejó tragar el caldo, y continuar con la presa de carne sin interrumpirlo. Ella almorzaría más tarde. Cuando creyó que él tenía un humor inmejorable, preguntó:

–¿Decidiste lo que haremos con el dinero del premio?

–Por supuesto, iré al próximo Campeonato Mundial de Fútbol.

–¿Pero no dijiste que podíamos arreglar esta casa? –protestó Teresa.

—Iré al próximo Mundial. Pero después hablamos, se hace tarde —dijo y se paró de la mesa y, sin más despedida que un hasta luego, salió.

Teresa se dispuso a almorzar sola, como todos los sábados. La verdad es que no le importaba. Se había acostumbrado a la ausencia de Rigoberto. Además, era más agradable comer sin tener que levantarse para atenderlo. Encendió el televisor y buscó el resumen semanal de la telenovela, a pesar de que no se había perdido ningún capítulo. Como aún era temprano, solo encontró un programa cultural en el cual un señor de bigotes, de cara redonda, comentaba los últimos libros publicados en el país. Terminó el programa con una serie de noticias literarias, donde se informó de un concurso de cuentos para el adulto mayor, que tenía la particularidad de estar dedicado al género policial. Teresa puso atención y una inquieta idea jugó en su cabeza. Recordó los borradores relegados en el anaquel del sótano y sonrió, ignorando la causa precisa de la emoción. Mientras las antiguas compañeras de curso escribían poesías de amor, ella redactaba crónicas criminales, con muertes y asesinatos, repletas de situaciones perversas y de personajes malvados. La profesora de literatura no se cansaba de decir: *"No puedo entender que una muchacha dulce como Teresa imagine argumentos tan crueles y diabólicos"*.

Dejó la manzana a medio pelar y, sin poder reprimir el entusiasmo, se dirigió al sótano. Teresa bajó los escalones con una agilidad inusitada y, del mismo modo, se encaramó en un piso para acceder a la repisa donde estaban los cuadernos amarillentos. Los cogió con nostalgia y, sin perder tiempo, subió con el manojo de papeles. Se instaló en el sofá donde Rigoberto gustaba dormir la siesta y los revisó uno a uno. A medida que releía las páginas, pensaba que fue un error no haber perseverado en la ambición de ser escritora. Tenía un estilo ameno, de un ritmo ágil, que atrapaba el interés del lector desde la primera hasta la última página. Los argumentos eran originales y la manera como, en especial las mujeres, ejecutaban los crímenes sorprendían por lo inesperado. Encontró cuentos donde describía varias formas de matar a la víctima, la cual solía ser un viejo mañoso, egoísta y egocéntrico.

La mejor protagonista era esa dueña de casa tranquila, dedicada a cocinar y a remendar ropa. Una abuelita indulgente y cariñosa que recibía a los nietos en el amplio jardín, el mismo que elegía para enterrar el cadáver del inaguantable marido. En un cuento, Teresa afirmó que asesinar con una escopeta resultaba práctico, ya que esa arma no puede ser identificada por un peritaje balístico. Los perdigones no quedan con una impronta como en el caso de las balas de revólver o de pistola. De un disparo a corta distancia, una bondadosa abuela abrió un boquete en el vientre de su yerno, que abusaba y golpeaba a su querida hija, y después dejó la escopeta en el salón, a la vista de todos, sin que la policía pudiera probar que esa fue el arma empleada en el crimen. Otra cambió la dosis del remedio, que resultó mortal, sin olvidar la que dejó encerrado al marido en el sauna, hasta que el corazón no resistía el calor. Teresa resolvió elegir un cuento, corregirlo y participar en el concurso. El premio era una tentación muy fuerte y ella, sin falsa modestia, creía poder inventar buenas historias.

Dedicó la tarde a escribir. El desamor de su marido la tenía sin cuidado. Por ella que se quedara a vivir en los estadios, total en la casa no era más que un bulto que leía diarios y revistas deportivas. Y pensar que se enamoró de Rigoberto cuando él participó en un debate estudiantil y su voz, fuerte y segura, la subyugó. Ahora, era un viejo egoísta y desabrido que solo hablaba de fútbol. Por suerte, había encontrado cosas más importantes de qué preocuparse y, al preparar un cuento para el concurso, eligió el de la esposa que asesina al coleccionista de sellos postales. La pobre mujer tenía que soportar que el marido invirtiera los ingresos en la adquisición de ejemplares raros y de ediciones especiales, los que guardaba en delicadas carpetas que amontonaba en el dormitorio. Su paciencia se colmó cuando el hombre empleó los pocos ahorros en concurrir a un congreso filatélico. Para asesinarlo le bastó bañar con arsénico las carpetas donde mantenía las estampillas, ya que él acostumbraba a mirarlas y pasar los dedos por los labios al dar vueltas las hojas. La muerte ocurrió en el segundo día del famoso congreso, lejos de casa, en el norte del país. Los "amigos" filatélicos se quedaron con la mayoría de las colecciones, pero ella cobró el seguro de vida.

Dos

Antes de llegar a la casa, Rigoberto dio una vuelta por el kiosco y compró la edición vespertina de *El Alba*, que tiene un suplemento deportivo. Apuró el paso en la última cuadra, ya era algo tarde y pensó que Teresa debía tener la cena lista. En todo caso, él mismo podía calentarse algo o comer una fruta. No sería la primera vez.

Teresa se levantó del sillón y reunió los cuadernos cuando Rigoberto abrió la puerta. No había tenido tiempo para ordenar la cocina y prefirió ser ella quien preparara la comida, antes de que su marido viera los platos sucios amontonados sobre la repisa. Siempre había atendido los quehaceres domésticos y no quería que él comenzara a quejarse. Por lo demás, estaba orgullosa de ser una diligente dueña de casa.

–¿Alguna novedad? –preguntó Rigoberto.

–Ninguna. Como día sábado.

El viejo observó el desorden y se encogió de hombros. Cruzó la sala y prendió el televisor justo en el momento que comenzaban los goles de los partidos de la jornada. Por lo menos, su mujer no reclamó por la hora. Durante diez minutos, buscó la repetición de los goles cambiando de un canal a otro. Una vez que se agotó esa posibilidad, preguntó a Teresa si comerían luego.

–De inmediato. Estoy tostando el pan –dijo la mujer.

–Hay unos papeles tirados en el piso.

–Son míos.

—¿Estás escribiendo cartas o recetas de cocina? —preguntó Rigoberto.

—Ni lo uno ni lo otro. Te enterarás cuando termine —dijo mientras recogía las hojas de cuadernos y las guardaba en una carpeta.

—Bien. Tengo hambre. Mejor comemos.

Como era costumbre, no hablaron en la mesa. Comían en silencio, mirando los respectivos cubiertos. Ella no quería escuchar nada sobre fútbol y Rigoberto suponía, y con razón, que la mujer no tenía ningún tema que pudiera despertar su interés. Al final, Teresa sacó de la hielera un postre de chocolate que había preparado el día anterior y le sirvió una doble ración. Era la primera vez que hacía esa receta y, antes que él lo dijera, descubrió que le faltaba azúcar. El chocolate le quedó amargo.

—Si quieres, no lo comas. Me falló el cálculo —dijo resignada.

—No soy diabético y me gustan las cosas dulces.

—Mejor te traigo una fruta —le ofreció al momento de retirar el plato.

Mientras ella terminaba de secar la loza, Rigoberto abrió *El Alba* y encontró un artículo sobre el próximo Campeonato Mundial de Fútbol, con los detalles de las sedes del evento. La reserva de entradas comenzaba el mes entrante y, considerando el costo de los pasajes y la estadía en hoteles, por primera vez contaba con dinero suficiente para asistir a esa cita deportiva. En la medida que se acercaba la fecha, crecía su entusiasmo. El temor a los aviones era eclipsado por las ansias de estar en el evento donde participarían los mejores jugadores del mundo.

Teresa apagó las luces de la cocina y ocupó una silla del comedor para corregir las hojas que había escrito. Ella suspiró, pero el suspiro nada tenía que ver con la actitud autista de Rigoberto. "Soy capaz de escribir un buen cuento", pensó y, cuando quiso compartir el proyecto, lo escuchó roncar en el sofá. Sin hacer ruido, se levantó y se fue al dormitorio. Bajo el brazo llevaba los viejos cuadernos.

En la mañana, Teresa preparó el desayuno temprano. Su marido ya andaba dando vueltas por la casa sin tener nada que hacer. Sirvió el té y esperó que se acercara.

—Tengo control con el doctor Merino al mediodía. Deberás almorzar solo —dijo la mujer.

—Bien. Pero deja algo preparado.

—Como siempre. En el horno hay un guiso listo para calentar —agregó Teresa, pensando que esa era una buena oportunidad para preguntar al médico acerca del cianuro. Una escritora requería investigar algunas materias; entre otras, cuál era la dosis mortal del veneno.

La mirada de Rigoberto se posó en la mujer y advirtió algo distinto en el rostro, como si mantuviera un secreto inconfesable. Veinte años atrás, hubiera sospechado que tenía un amante. Pero, con un movimiento de cabeza, disipó esa idea de inmediato. No era posible a su edad, no obstante que con las mujeres nunca se puede estar seguro de nada. Hacía tiempo que la intimidad entre ellos no existía, pero suponer que Teresa tuviera una aventura clandestina era ridículo.

Tres

A los pocos días, Rigoberto advirtió cambios en el comportamiento de su esposa. Ya no pedía que reparase el techo de la casa, ni tampoco insistía en construir una galería. Al parecer, se había resignado a que él invirtiera el dinero del premio en el viaje. Pequeños detalles, en especial atrasos en los horarios domésticos, le hicieron pensar que Teresa empleaba su tiempo en algo que ignoraba. Pero como no existía algo concreto de lo cual poder reclamar, decidió mantener silencio y no darse por enterado.

Cuando por segunda vez dejó amargo un postre, la miró con reproche. Ella siempre fue una excelente cocinera y ahora la comida solía tener mal sabor, o quedaba insípida o salada. A veces, no era capaz de adivinar cuál era el guiso que intentaba preparar y su estómago reclamaba. Mientras estaba en casa, la rutina era la misma, pero cuando concurría al estadio algo extraño pasaba. Al regresar encontraba la cena sin hacer y a Teresa encerrada en el dormitorio. Cuando le hablaba, solo respondía con monosílabos. Tenía un aire ausente. Llegó a temer que la mujer padeciera de demencia senil o de alguna otra enfermedad catastrófica, lo que ponía en riesgo el proyecto de concurrir al Campeonato Mundial. Imaginó que una conversación con el doctor Merino sería provechosa. A la primera oportunidad, llamó para concertar una cita. La secretaria del Centro Médico, a la cual conocía casi desde niña, fue muy amable y le dio una hora para el día siguiente.

La consulta formaba parte de una casona inmensa, transformada en Centro Médico, con estacionamientos y salas de espera comunes. Se encontraba en regular estado, ubicada en un barrio de calles anchas y despejadas. Se notaba que el inmueble tuvo un pasado esplendor. La proyectó un arquitecto italiano por encargo de una familia principal. Tenía techos altos y una escalera metálica permitía el acceso a la planta alta.

Rigoberto subió hasta el segundo piso apoyándose en la baranda repleta de arabescos. En la sala de espera aguardaba una mujer embarazada y una madre con dos niños pequeños. Clarita, la secretaria, le hizo un gesto cuando ingresó al amplio recinto.

—Entre, don Rigoberto. El doctor está por desocuparse de otro paciente y lo atiende.

—Gracias, Clarita.

El viejo cruzó la sala y se acomodó cerca de la mujer embarazada. Calculó siete meses de gravidez. Los dos niños bajaban y subían a una silla, mientras la madre leía una revista vieja, de esas que regalan los laboratorios. Sonó un timbre y Clarita le dijo a la señora con los niños que pasara, al momento que salía una mujer con un hijo de meses en brazos. Nuevamente se escuchó el timbre. Era su turno.

—Pase, don Rigoberto —dijo con amabilidad Clarita.

La consulta del doctor tenía un gran muro de un color crema, donde colgaba el diploma del grado de Licenciado en Ciencias Médicas y, al lado, el título de médico cirujano. Merino estaba detrás de un escritorio repleto de muestras de remedios y de papeles. En el ángulo derecho, tenía un aparato para medir la presión y el infaltable recetario. El viejo, sin esperar invitación, se sentó frente a la mesa y esperó que el doctor terminara de guardar unas carpetas.

–¿Cómo está usted, don Rigoberto?

–Bien, doctor. A veces me sube un poco la presión, pero la controlo con las pastillas que usted me recetó.

–Usted cumple setenta años el próximo mes –dijo el doctor Merino, mientras leía la ficha de Rigoberto– ¿Por qué viene a verme? Faltan cuarenta días para su control.

–Es por mi mujer. Estoy preocupado por ella. La noto extraña, ausente. Muchas veces, mientras almorzamos, tiene una mirada ida, como si perdiera el sentido del tiempo. Se le olvidan las cosas y pasa encerrada en el dormitorio. Siempre está atrasada con las labores de la casa. He pensado en contratar a una muchacha para que se encargue, pero Teresa no quiere escuchar una proposición como esa.

–¡Qué extraño! Vino a la consulta la semana pasada y la encontré con una salud inmejorable. Ni siquiera representa la edad que tiene –dijo el doctor, sosteniendo la mirada del viejo.

–¿Tendrá un amante? –preguntó Rigoberto, con un tono de voz apagada.

–Ja, ja, ja. ¡Las cosas que se le ocurren, hombre por Dios! ¿Cómo dice semejante tontera? ¡Teresa con un amante! Solo porque no lo atiende como antes usted le cuelga una aventura sentimental.

–Pero, algo raro tiene. Hay días que parece loca; los sábados ni siquiera se peina y anda en bata y zapatillas toda la mañana, hasta que salgo al estadio –Rigoberto se esforzaba en ser convincente y agregó–. Ni ganas tengo de volver temprano por el desorden que encuentro. La menopausia le afectó la cabeza y habla sola en el baño, frente al espejo.

—Su mujer tiene una salud perfecta. Toma la medicina de manera metódica y no sufre ninguna alteración hormonal. De no conocer a Teresa, tal vez llegaría a suponer que tiene un amante, porque biológicamente se encuentra apta para mantener una relación. ¿Eso lo asusta? —dijo Merino, molesto por las acusaciones de Rigoberto.

—Acéptelo, también usted piensa que me engaña con un hombre más joven.

—Ni por un momento. No pienso, no creo ni me imagino a Teresa con un amante. Ella merece más atención de parte suya, eso es todo.

Rigoberto entendió que había dado un paso en falso. Observó el abultado estómago del doctor, que se apretaba contra el delantal blanco, y recordó cómo era cuando lo conoció hace veinte años. El tiempo le borró el cabello y la cintura, pero continuaba siendo uno de los mejores internistas de la ciudad. Debía cambiar de táctica si quería obtener información sobre su mujer.

—Doctor, si usted la encontró bien de salud, entonces me equivoqué. A pesar de las nuevas manías, debo entender que esas son cosas de la edad.

—Es posible —asintió Merino, concediendo una tregua. Algunos viejos, una vez que jubilan, comienzan a imaginar traiciones y complot en su contra.

—¿Dijo algo que le llamó la atención cuando vino a la consulta? Tal vez habló de arreglar la casa.

—No. Fue un control de rutina. Conversamos largo rato y me contó que usted proyecta un viaje al extranjero. También me preguntó por la dosis de cianuro necesaria para matar a los ratones del patio. Yo le recomendé comprar veneno en una ferretería. Hoy existen productos muy eficaces para exterminar las plagas de roedores.

A Rigoberto le saltó el corazón al escuchar la palabra cianuro. Los postres de chocolate amargo y los guisos con un sabor extraño tenían una explicación terrible. ¡Teresa quería envenenarlo! Si le contaba al doctor Merino la nueva sospecha, éste lo expulsaría de la consulta. Más valía guardar silencio. No tenía objeto continuar la conversación. Había descubierto el espantoso plan de Teresa: asesinarlo para apropiarse de su fortuna.

Dio las gracias y se paró haciendo un esfuerzo. Le costaba moverse después de saber que su vida estaba en peligro.

Al salir, la sala de espera le pareció oscura y advirtió que a Clarita, la secretaria, le faltaba el tercer diente de la izquierda. Rigoberto sacó un pañuelo y se secó la frente, mientras con la otra mano hacía un gesto de despedida. La escala metálica le pareció siniestra, igual que el ruido de sus pasos en los escalones. Fue interminable el descenso, hasta que por fin alcanzó la calle. Se encontraba desorientado, sin saber cuál era la dirección correcta para llegar a casa. Pero una visión malévola lo detuvo en forma abrupta: ahí, en la esquina, estaba Teresa. Por primera vez en años, sintió miedo de caminar por esas veredas a la sombra de los inmensos árboles. Ella se acercaba con una mueca de burla en la cara y no tenía forma de escabullirse. Debía aparentar que ignoraba la siniestra determinación y no despertar su ira en medio de la calle. Temió que ella fuese capaz de cualquier cosa, hasta de empujarlo bajo las ruedas de un automóvil.

–Hola, querido. Clarita me avisó que fuiste a ver al doctor. ¿Estás enfermo?

–No. Solo un dolor de cabeza –dijo Rigoberto, mirando hacia los lados en búsqueda de un peligro inminente.

–Te noto resfriado. Lo mejor es que te acuestes apenas lleguemos a casa. Prepararé una limonada caliente y verás como mañana amaneces sin ninguna molestia.

–Bueno. Pero no deseo tomar ninguna medicina –dijo Rigoberto, mientras sentía que las piernas no eran capaces de sostenerlo. Quiso volver atrás, a la consulta del doctor, pero el pánico se lo impidió. Estaba mareado y las cosas parecían girar a su alrededor. Cuando se iba a desplomar, sintió que Teresa lo cogía de un brazo y lo introducía en un taxi.

Él trató de pedir ayuda al chofer, decirle que corría peligro al lado de esa mujer diabólica. Pero no fue capaz de pronunciar las palabras. El único sonido que emitió fue un quejido y un tartamudeo incoherente. En cambio, Teresa le dio instrucciones precisas y agregó que su marido sufría un vahído por lo cual tenían que llegar pronto a casa. Luego pasó un brazo por sobre el hombro y lo atrajo hacia ella. Quedó inmovilizado en el asiento trasero, sin posibilidades de escapar. Era como vivir una pesadilla, mientras por la ventana veía pasar las figuras borrosas de los edificios. No tenía una conciencia lúcida cuando lo bajaron del vehículo y Teresa lo llevó hasta el dormitorio. Se estremeció de miedo al advertir que estaban solos y se desmayó. Entró en un periodo de somnolencia, con instantes fugaces de vigilia, en el cual alguien le hizo beber algo agridulce, una especie de limonada tibia. Después, un sueño profundo lo apartó por completo de la terrible realidad.

Despertó tarde, con la habitación iluminada por el sol del mediodía. Al principio no se movió y fingió seguir dormido. Podía asegurar que ella se encontraba al acecho, vigilando si el veneno hacía efecto. Dejó pasar unos minutos y abrió un poco los párpados, solo lo suficiente para percatarse de que estaba solo. A continuación, estiró las piernas y los brazos. Por lo menos, había superado la inmovilidad de la noche anterior. La casa se encontraba sumergida en un silencio profundo. Pudo escuchar la conversación de una pareja que cruzó la calle. Aún continuaba con vida, pero Teresa no cejaría en su determinación. Siempre fue una mujer empecinada y, al final, lo asesinaría.

Rigoberto, en un arrebato de valentía, salió de la cama y caminó en dirección a la puerta cerrada. Seguro que tendría puesta la llave para impedir que escapara. Sin embargo, la manilla giró de inmediato. Llegó al comedor sin hacer ruido y allí tampoco encontró a Teresa. Más tranquilo, continuó hasta la cocina, recorrió el baño, el patio y la sala de estar. Ella había salido. Esa era una espléndida noticia. Regresó al dormitorio y se vistió sin perder tiempo. Él debía abandonar esa trampa mortal. Pasó frente al espejo y observó el rostro sin afeitar. Tenía el semblante de un hombre enfermo. Buscó sus documentos en el cajón del velador y los encontró junto a unos papeles con la letra de Teresa. No pudo contener la curiosidad y avanzó hacia la luz de la ventana para leerlos. Allí estaba la prueba que necesitaba. Era una especie de diario de vida de la bruja de su mujer. Con una caligrafía redonda, impecable, había escrito, paso a paso, la forma como lo mataría. Ahora el doctor Merino tendría que escucharlo. Mejor aún, iría a la policía y denunciaría a su esposa por planear un parricidio.

Cuatro

A Teresa no le resultó fácil convencer al doctor Merino que la acompañara a casa. Era urgente que el médico examinara a su marido. El ataque de apoplejía que sufrió era grave. Ella estuvo despierta casi la noche entera. Antes que se desencadenara otra crisis, era necesario someter a Rigoberto a un tratamiento. Ella prefería afrontar la situación ahora y no cuando fuese demasiado tarde. Merino se mostró renuente a salir de la consulta, porque significaba atrasar la atención de una lista larga de enfermos. Pero no pudo negarse a los ruegos de Teresa. Los médicos de cabecera están para auxiliar a los pacientes en momentos difíciles como este, reflexionó. Eran muchos los años que atendía al matrimonio y, después de la conversación que sostuvo con Rigoberto, creyó tener la obligación ética de concurrir a verlo. Él mismo se reprochaba no haber advertido el estado de gravedad del viejo. El taxi paró frente a la casa y calculó que no tardaría más de media hora en estar de regreso en la consulta. Siguió a la mujer hasta la amplia mampara y vio cómo introducía la llave.

En los momentos que Rigoberto iba a alcanzar la calle, escuchó el ruido de la puerta al abrirse. De nuevo el miedo le agarrotó los músculos, pero ahora fue capaz de moverse.

Retrocedió por el pasillo buscando una vía de escape. Podía acceder al patio, pero le resultaba imposible superar la altura de los muros. Decidió esconderse y esperar que ella creyera que había salido. Si Teresa se marchaba de nuevo, se salvaba. El único lugar para ocultarse era el sótano. Levantó el rectángulo del piso que servía de puerta y vio la empinada escalera. En la medida que bajaba, con las manos volvía el piso a la posición original. Un vaho húmedo lo recibió hasta quedar en medio de una oscuridad absoluta. Prefirió no encender la lámpara. Descendió lentamente los escalones, hasta que sintió el piso firme bajo los zapatos. Conocía de memoria la distribución de los muebles y de los objetos guardados en el subterráneo, de manera que no le costó avanzar en ese mundo ciego. Se refugió detrás de un ropero viejo, herencia de su madre. Ahí estaba seguro. Escuchó a Teresa llamarlo, mientras pasaba de una habitación a otra. Un ratón saltó sobre sus pies y lo hizo maldecir. Pasaron más de diez minutos y la mujer insistía en buscarlo. Era empecinada. Por alguna razón no creía que él hubiese logrado escapar.

En el momento que menos lo esperaba, levantaron la tapa del sótano. Prendieron una débil ampolleta que inundó de luz amarillenta el espacio. Estaba perdido. La voz de Teresa lo asustó:

–Querido, estás bajo tierra. Sal, te conviene.

Rigoberto se apegó más al ropero. Esa bruja no descansaría hasta verlo muerto. A menos de un metro del escondite, pudo ver las herramientas de jardín en el rincón del sótano.

–Don Rigoberto, soy el doctor Merino. Salga para conversar. Necesito examinarlo. Usted está enfermo –dijo el hombre que bajaba lentamente la escalera.

Rigoberto comprendió que había caído en una trampa. El médico y su mujer eran amantes. Peor aún: eran cómplices. Los dos urdieron el plan para asesinarlo y quedarse con su fortuna. ¡Cómo fue tan ciego y no advirtió algo tan obvio! No tenía escapatoria. Lo matarían y el mismo Merino firmaría el certificado de defunción. Teresa miraba la escena desde arriba, sosteniendo una linterna.

–Don Rigoberto, no sea niño, salga de una vez por todas. Estoy aquí para ayudarlo –insistía Merino que había llegado a los pies de la escalera.

Ese fue el momento en que cambió por completo la situación. Rigoberto cogió una pala del rincón de las herramientas y descargó un violento golpe en la cabeza del médico. Al intentar un segundo golpe, pasó a llevar la ampolleta y solo permaneció encendida la linterna de Teresa. Al levantar la pala por tercera vez, la oscuridad se hizo absoluta. La mujer había cerrado la tapa del sótano. Rigoberto subió los escalones trastabillando, pero su mujer aseguró el escotillón poniendo unos muebles encima. De nada sirvió que gritara y que suplicara. No lo dejó salir. Al final, fue la policía quien lo rescató.

Teresa no se alteró ni amenazó. Por el contrario, fue muy gentil con los detectives. Rigoberto, al ver su comportamiento, sospechó que tenía una aventura sentimental con el comisario. De otra forma no se explicaba que los policías no creyeran que él actuó en defensa propia, de que no aceptaran que la mujer y el médico querían matarlo. Las hojas del Diario de Vida, donde Teresa confesaba las insanas intenciones, tampoco sirvieron. Ella afirmó que escribía un cuento para participar en el concurso de autores de la tercera edad. Además, mostró la primera versión que tenía varias décadas. Todo lo que ella dijo fue admitido como verdadero por los complacientes investigadores. En cambio, nadie habló a su favor. El único que podía ayudarlo se encontraba muerto al final de la escalera. Rigoberto quedó internado en un hospital para enfermos mentales. Teresa construyó una hermosa galería en la casa, con un acogedor rincón, donde escribe espeluznantes relatos criminales.

Fuiste mía un verano

CARLOS TROMBEN[22]

El dirigente sindical Lautaro Núñez Bahamondes salió de su domicilio ubicado en la Calle Coronel Santiago Bueras N° 456, comuna de San Ramón, conduciendo su taxi marca Fiat 125, patente RX-676. A poco andar el vehículo fue abordado por dos sujetos que lo encañonaron con una pistola Dan Wesson Calibre 22, Serie 23234. Lo obligaron a conducir hasta un sitio eriazo en el sector de Quilicura, donde le hicieron cuatro disparos a boca de jarro, tres de los cuales atravesaron la región occipital izquierda superior, izquierda inferior y derecha superior, respectivamente, localizándose el último en el pabellón auricular superior.

Según los peritajes, Lautaro Núñez Bahamondes no murió instantáneamente. Sus ejecutores le propinaron tres heridas punzo-cortantes en la región cervical. Su muerte se debió en definitiva a los traumatismos encefálicos, tanto por los proyectiles como por arma blanca, sin perjuicio de la oclusión de las vías respiratorias por el recogimiento de la lengua.

Antes de abandonar a la víctima, los ejecutores procedieron a limpiar minuciosamente el taxi, retirando numerosas especies del mismo, como el taxímetro, una linterna, una peineta y un reloj marca Jaeger Le-Coutre. La documentación de la víctima fue encontrada en la playa Los Lilenes, en el camino que une Viña del Mar y Concón.

*

Tres vehículos modelo Chevrolet Opala de fabricación brasileña, con vidrios polarizados y antenas de UHF, se

---

22   Nació en Valparaíso y ha trabajado como periodista, economista, redactor de libretos radiales y pre-productor de proyectos audiovisuales. Ha publicado dos novelas policiales, *Poderes Fácticos* (Mercurio Aguilar, 2003) y *Prácticas Rituales* (Alfaguara, 2004), la novela *Karma* (Seix Barral, 2006) y el libro de cuentos *Perdidos en el Espacio* (Calabaza del Diablo, 2008).

estacionan frente al Hotel O'Higgins, Viña del Mar. Las fans de Raphael levantan la vista por encima de los cordones policiales y se llevan la primera decepción de la tarde. No es su ídolo quien baja del primer Opala, sino un sujeto de estatura media, lentes oscuros y gruesos bigotes de galán mexicano, ajustándose el segundo botón de una chaqueta gris a rayas.

Es el mayor Armando González Concha, seguido de cuatro agentes de civil. El grupo cruza el lobby, repleto a esas horas de artistas, músicos, productores y directores de televisión. El mayor intercambia afectuosos saludos con el baladista nacional Roberto Viking Valdés y busca, sin éxito, llamar la atención de la actriz estadounidense Lindsay Wagner, mundialmente conocida como La Mujer Biónica. Luego sigue camino hacia la recepción, donde muestra su Tarjeta de Identificación de las FFAA a un joven que lo observa casi con terror. Con prontitud aparece un funcionario de mayor rango, con su nombre anotado en una piocha de bordes dorados.

–Mayor, bienvenido al Hotel O'Higgins… –balbucea servil.

El personal queda alojado en dos habitaciones dobles, con vista exclusiva al estero Marga-Marga. Al mayor, en cambio, se le asigna una hermosa suite, la misma, según el botones, en que durmió Julio Iglesias el año anterior. El mayor le da una generosa propina, abre el frigo bar, se saca la corbata y los zapatos, y con una botellita de vodka se asoma al balcón. En torno a la piscina hay hombres y mujeres bronceados, fotógrafos que retratan a las más bellas exponentes del sexo femenino allí reunidas para resaltar el *glamour* del certamen viñamarino. De pronto se oye un rumor, se agitan los sabuesos de la prensa, estallan los obturadores de las cámaras. De las aguas de la piscina emerge una hembra de piel cobriza y glúteos firmes, sin duda la más guapa de todas: la vedette venezolana Celeste Delgado.

El mayor siente una puntada en el pecho. Se ha acostado con todas las mujeres del espectáculo, lectoras de noticias, anunciadoras del tiempo, rostros de continuidad, bailarinas argentinas o españolas. Celeste es la única que ha osado rechazar sus avances, y del modo más rotundo.

Toma el control remoto y enciende televisor. El reportero policial Pablo Honorato muestra el taxi del sindicalista Lautaro Núñez estacionado en medio de unos malezales. Corte a Ministerio del Interior. Entrevista al Cardenal. Cuña del presidente de la Corte Suprema. Despacho en vivo desde Viña del Mar, donde la periodista Yolanda Montecinos resume para los televidentes los mejores momentos de una nueva noche de Festival: "La segunda noche de este festival se vislumbra más bien malita".

¿Cómo no estar de acuerdo? El mayor verá el espectáculo en el palco, a escasos metros del escenario y junto a la *crème de la crème*. Toda la noche esperará en vano la llegada de Celeste Delgado. Intentará entablar conversación con La Mujer Biónica. Escuchará con desgano al italiano amanerado cantando hasta el infinito te amo te amo te amo te aaaaamo... A la pálida competencia internacional seguirá una ridícula competencia folklórica, y luego vendrá el show del cantante nacional Eduardo Márquez, exponente del llamado Canto Nuevo, que al mayor le huele a curas y comunismo. Finalmente unos rockeros ingleses con pinta de maricones (el cantante tiene un aro en la oreja) torturarán al público adulto con sus estribillos para subnormales: dedududú-dedadadá...

*

Según los vecinos, un vehículo modelo Chevrolet Opala, sin sus placas-patente visibles, se estacionaron a las 11:38 PM frente a la vivienda ubicada en el Pasaje Tenglo del sector Gran Bretaña, Cerro Playa Ancha, Valparaíso. En ella vivía con su madre el pintor de brocha gorda Aurelio Méndez Neculñir, 32 años, soltero y sin hijos, desempleado. Cuatro hombres de civil se bajaron, permanecieron media hora en el interior de la mediagua y luego partieron a toda velocidad con rumbo desconocido.

Aurelio Méndez fue encontrado esa misma madrugada por su madre, quien regresaba del Festival de la Canción, al que asistía junto con una amiga producto de haber ganado dos entradas gratis en un concurso patrocinado por la Ilustre Municipalidad de Viña del Mar.

Aurelio Méndez se hallaba decúbito dorsal con la cabeza orientada hacia los pies de la cama, con heridas cortantes en ambas muñecas. Su brazo derecho colgaba y debajo de él había una hoja de afeitar. Se encontró también encima de un baúl una carta manuscrita en la cual este obrero no calificado, con enseñanza básica incompleta, confesaba ser el autor material del asesinato del sindicalista Lautaro Núñez Bahamondes, hecho que habría perpetrado bajo la influencia del alcohol y con el objeto de sustraerle ciertas especies, quitándose luego la vida en virtud de los remordimientos resultantes de esta acción.

El hecho fue caratulado por el Juzgado del Crimen de Valparaíso, en base a las pericias preliminares de la Policía Civil, como un suicidio.

*

—Quiero un autógrafo de Miguel Bosé —le ha dicho su hija por teléfono.

El mayor cuelga. Se pone traje de baño, se aplica Paco Rabanne en las mejillas y el cuello y sale. En el ascensor se cruza con uno de los rockeros ingleses, el del aro en la oreja, el que cerraba los ojos y cantaba dedududú-dedadadá...

—*Hello.*

El mayor lo observa con desprecio, no le contesta. Se abren las puertas y sale, camina por el lobby, recorre con los ojos el espacio abigarrado que repletan los artistas, los técnicos, los funcionarios municipales, los simples turistas. Avanza hacia la piscina con sus sentidos de sabueso en alerta. Mujeres y hombres se broncean, ríen, se zambullen y emergen del agua. Cuando ve a Celeste Delgado ya es demasiado tarde. El cuerpo de la mulata se refleja, en duplicado, sobre la superficie oscura de sus Ray-Ban. El problema es que no está sola. El cantautor nacional Eduardo Márquez, reconocido izquierdista que goza de la protección de los curas, le susurra palabras en el oído, que ella responde con una risilla coqueta, devastadora. Cómo quisiera el mayor echarle la capucha al invertido aquél. Un buen ablandamiento revelaría su esencia gelatinosa.

El mayor pide un Bloody Mary, se sienta en una tumbona y observa. El trabajo está hecho, sus hombres están en alguna parte de Viña o en sus habitaciones, durmiendo.

El mundo se ha detenido.

Celeste Delgado se levanta y coge la mano del cantautor, que la sigue manso y obediente ante los lentes de la prensa chismosa. Cinco minutos después se escuchan gritos, chillidos, rumor de pasos. "¡Es Miguel Bosé!", comenta alguien, y el mayor bebe su Bloody Mary en silencio.

Tras los pasos de "El Juanín"

José Miguel Vallejo[23]

En cuanto subí al micro, lo noté. Tampoco pasé inadvertido por él. Así era siempre; lo había "manyado" y también él a mí. Los delincuentes tienen un ojo clínico; distinguen al policía, no importa lo que uno se ponga encima. Pero se trataba de un asunto recíproco; el "rati" distingue al "choro" por presencia; por su "esencia", diría yo. Entre un millar de personas, el delincuente siempre es el mismo; su manera de pararse, de mirar, de caminar y aun de sentarse. El detective aprende a conocerlo en poco tiempo; es parte del oficio. La posesión de este conocimiento es, precisamente, lo que lo hace visible para su "presa": Dos miradas que se encuentran y que se buscan entre el tumulto; una que persigue, otra presta a huir...

El "lanza" dio vuelta el rostro receloso, tratando de esconderse atrás de su "mula", un diario manoseado y sucio. La diestra se refugió aprisa dentro de uno de los profundos bolsillos de su pantalón; estaba "cargado", unos billetes seguramente. A su lado, su inocente víctima, una mujer, se colgaba aún de las barandas interiores del vehículo con su cartera abierta. Me acerqué despacio, abriéndome paso con discreción entre los pasajeros. Estaba atestado de gente. La máquina corría rauda por Alameda en dirección al poniente.

Iba solo. Era un solitario; bien lo sabía. No me interesaba él, sin embargo, sino su hermano, un "monrero" pesado del sector

---

[23] Santiago, 1954. Escritor y detective jubilado. Ha publicado los libros: *La Marité* (1983), *El secuestro que conmovió a Chile* (1990); *Conspiración blanca* (1996). Durante cuatro años publicó en el diario *Las Últimas Noticias* la página dominical "Bitácora Policial". También animó los programas radiales: "Bajo la lupa de Vallejo" y "La voz de los sin voz", en Radio Nacional, e "Historias de la vida real", en Radio Bío Bío. Participó como panelista en el programa "Sábados Gigantes" (Canal 13) y desde hace nueve años es parte del programa "Morandé con Compañía", de Mega.

de Conchalí. El "Juanín Chico" era un "lanza" de poca monta. Cuando estuve a su espalda le hablé al oído secamente:

–¡Tranquilo, "pelao"! Te tengo. Baja sin "cuática"... La señora nos va a acompañar.

Noté cómo mudaba de colores, reflexionando tal vez. Un pensamiento rebelde pasó claro por sus ojos; lo vi venir. Hizo como que obedecía. Me dejó hablar con su víctima, la pobre mujer no podía creerlo; tuve que hablarle al oído para que se serenara. Pero era tarde; mucha gente se había dado cuenta.

–¡Calma! –les advertí en voz alta, alzando lo más alto que me era posible la placa que me identificaba como detective. No separaba los ojos del "Juanín"; tenía malas intenciones, lo presentía–. Soy un oficial de Investigaciones. Aquí no ha pasado nada. Solo me estoy llevando a un "niño" de malas costumbres.

La señora protestaba exageradamente en contra del delincuente, mostrando a todo el que se lo pedía la cartera abierta. El "Juanín Chico" estaba rojo. No debía tener más de 20 años y su porte llegaba con dificultad hasta mi nariz. Caminó con cuidado delante mío en dirección a la puerta trasera, sintiendo cómo lo asía de un brazo. El chofer detuvo el vehículo.

–Baje no más, señor –me dijo, gesticulando a través del espejo–, hay que llevarse en cana a todos estos hijos de... ¡Ojalá que se pudra en la cárcel!...

No acababa de abrirse la hoja metálica, cuando el chico, desesperado, se abalanzó hacia la calle. Salí a la carrera detrás suyo, escuchando cómo la señora gritaba hecha un mar de nervios desde la vereda.

A los pocos metros le di alcance. El bellaco se debatía como un demonio. Trató de extraer de su pretina un cortaplumas, pero se lo impedí con un puntapié. Botado, boca al piso, aprisioné con fuerza sus muñecas con las esposas. Los grillos sonaron agriamente al cerrarse.

Cuando me puse de pie, observé que varias personas nos miraban. Entre ellas, la señora. Todavía exagerada, me premió con un atolondrado beso cuando alcancé hasta sus manos la billetera que el delincuente le había sustraído.

No le gustó mucho cuando la invité a concurrir al Cuartel a estampar la denuncia; me costó convencerla.

¡Difícil día! Una redada en grande había traído hasta la Unidad numerosos detenidos. Tuve que encargarme de varios de ellos. Con todo, me quedó tiempo para conversar con el "Juanín", antes de llevarlo al Tribunal. Le metí susto con otras denuncias que presuntamente tenía en su contra. Antes de lo esperado, me estuvo contando lo que quería.

–¡Qué va, jefe! Cada uno cuida su… ¡Y yo tengo bastante con el mío!

Estaba peleado con su hermano, "El Juanín Grande". Me habló de varios lugares donde podía pillarlo.

–El más seguro –finalizó–, por las noches en el interior de la Vega de Franklin. ¡Anda de "linyera"! Duerme en la calle. Sabe que lo andan buscando.

¡Eso era! Por eso no lo había hallado en los dos domicilios donde hacía pocos días lo había ido a buscar. Debía saber que lo teníamos identificado. Veinte "monras" en el sector de Conchalí y de Renca tenían su sello. No había sido complicado dilucidarlo.

Fuimos esa misma tarde con Fuentes y otro detective hasta la Vega, aprovechando la pasadita de un turno de patrullaje. Conversamos con amigos del "ambiente". Uno, "El Lagarto", nos aclaró la película.

–Sí –nos dijo–, ésta era la "caleta" del "Juanín Grande" hasta hace poco. Pero tuvo una mocha con una "faite" y se fue.

–¿Sabes dónde?

–Creo que para en la Estación de San Bernardo… Aloja dentro de los vagones.

¡San Bernardo!, pensé. ¡Bastante lejos se había ido a esconder el muy bandido! Por eso es que nadie sabía de él. Aun sus contactos más habituales desconocían su paradero. A pocos les interesaba; la plata de los "choreos" se le había ido como por un tubo. Siempre sucedía así con los delincuentes. En mis años, conocía a muy pocos que se hubieran hecho ricos.

El "Juanín Grande" estaba empobrecido. Los numerosos televisores, radios y joyas sustraídas, se hallaban en manos de reducidores más vivos que él; de esos que pagaban a "precio de huevo" el "esfuerzo" ajeno. Para colmo, una querida le llevó hasta el último centavo; una "muelera", de esas que hurtan de las ropas del cliente dormido. ¡Era su amante! Lo había hecho "gil", igual que a un novato. ¡En vano la buscó para vengarse! La muy zorra compró pasajes al sur del país con más de 300 "milicos" en el portaliga.

Ahora, el triste "Juanín" tenía que pernoctar como los "linyera".

Avanzada la noche nos aparecimos por San Bernardo. La estación dormía hecha una taza de leche, oscura, tenebrosa, en esa fría noche de otoño. Tres colegas me acompañaban. En pareja nos repartimos los vagones; había muchos, estacionados al costado oriente de las líneas férreas. Descapotados algunos, otros con sus puertas abiertas, dejando ver la negra boca de cueva a que correspondían.

Con sigilo las fuimos revisando, una detrás de otra. Las linternas encendidas de súbito, iluminaban los interiores en el momento preciso. Ni un ruido. Ni un alma.

A pocos metros vimos acercarse las siluetas atentas de nuestros colegas viniendo en sentido contrario. Pavez, que seguía mis pasos muy de cerca, me murmuró:

—Solo quedan tres. En uno de esos debe estar.

Se refería a los vagones. Entramos presurosos al que quedaba a nuestro alcance. Las luces destellaron con claridad el fondo sucio del carro. Sentimos que algo se movía repentinamente en el vagón contiguo. ¡Era el "Juanín"! Dando un brinco, el "monrero" salió corriendo desde su refugio; alcanzamos a ver su sombra diluyéndose camino al cruce de calle San José. Pavez y yo fuimos los primeros en reaccionar. En pocos segundos salvábamos el paso ferroviario. Una luz de semáforo verde permanente daba el paso por las vías a vehículos inexistentes a esas altas horas de la noche. A no más de 50 metros, el delincuente se esforzaba por tomarnos ventaja; dando saltos se precipitó siempre por la línea del tren, en dirección al sur. Los frondosos árboles de la avenida Diego Portales, paralela a los rieles, ayudaban a oscurecer el sector. A ratos el maleante se dejaba ver. Corría con una rapidez asombrosa. Sus pies, acostumbrados a caminar ociosamente por los durmientes de la vía, lo transportaban con gran seguridad.

De pronto un ruido enorme y una luz encandiladora proveniente del sur apareció a lo lejos. Era un tren, el nocturno, sin duda. Un presentimiento terrible nos bajó a mí y a mi compañero.

—¡Párate, "Juanín" —gritamos en coro, apresurando la carrera.

La silueta del maleante seguía obcecada, directo al monstruo que se aproximaba. Finalmente se detuvo. Midiendo la distancia que aún nos separaba, nos advirtió:

—¡No sacan nada, "ratis"...! ¡No pienso correrme de aquí! ¡Van a tener que llevar mis ropas hasta la cárcel! Yo me voy pa' otro mundo.

Se tendió cuán largo, cara al cielo, con sus manos crispadas a un costado de su cuerpo. Estaba decidido a matarse... La luz del tren lo mostraba claramente; en cuestión de segundos lo arrollaría.

Pavez, más ágil que yo, sacando fuerzas de flaqueza, se adelantó. La máquina se venía encima. Lo vi arrojarse sobre el maleante e intentar jalarlo desde los pies. ¡El bellaco se agarraba de los fierros mañosamente!

El tren me cortó la visión intempestivamente. Al otro lado de la vía quedaron mi colega y el delincuente. No estaba seguro si los había agarrado alguna de las ruedas.

¡Nunca me pareció tan largo un convoy! Era interminable. Su bullicio atronador y el viento que despedía a su paso me atormentaban. Sentía zumbar el duro metal a centímetros apenas de mi nariz. No me explicaba cómo no había sido arrastrado. Cientos de pasajeros, ignorantes de lo que sucedía, desfilaban cual ráfaga, diminutos y con indiferencia, dentro de los cálidos carros iluminados. ¡Por fin volvió el silencio y el riel quedó despejado!

Revolcándose a dos metros míos, seguía Pavez, trabado en riña con el hampón. El corazón volvió a latirme. ¡Por primera vez una visión así me llenaba de gozo! ¡Duro trabajo había tenido que desarrollar el valiente policía para conservar la tozuda vida del "Juanín"!

Lo ayudé con gusto a reducir al antisocial. Este, todavía enojado, nos retaba mientras lo asegurábamos contra el suelo.

–¡Y qué les importa a ustedes! ¿Acaso van a ir a pagar por mí la "cana"?

Sabía de lo que hablaba. Nuestros cálculos eran cortos. Escondía 10 delitos más, aparte de los 20 ya establecidos. Muchos no se denunciaban aún. ¡Y todo el "bille" se lo había llevado la "ramera"!

Eso era lo que más le dolía. Tendría que ir a la cárcel "por bolitas de dulce"... Con seguridad el juez lo pondría entre rejas por una buena temporada. Entre otras cosas, ¡bien lo sabía yo que lo había visto nacer en su "carrera"!, era doble reincidente.

Tal vez adentro se encontrara con su hermano. Conversarían de mí, sin duda.

Tríptico policial

RENÉ VERGARA[24]

El sombrero de copa

Un hombre viejo giró la cabeza mirando, embelesado, el sombrero de copa que lucía un apresurado y nervioso transeúnte. El observador archivó su asombro y su amplia sonrisa se desdibujó en el olvido. Al parecer, no se fijó en el brillante bastón con cacha de nácar, que le colgaba del brazo derecho, ni en las polainas blancas que le cubrían la parte superior de los negros zapatos barnizados con charol; tampoco en su vestón negro, cruzado, de solapas brillantes; camisa blanca, alforzada; corbata negra, de lazo, y pantalones grises con rayas blancas.

Para vestir así, en mitad del siglo XX, era loco o genio, extranjero, actor, diplomático, propagandista callejero, director de circo... o se había desprendido de un cuadro del elegante y cortesano Van Dyck o no pasaba de ser una humana alucinación de mediodía.

"La alucinación" había descendido, velozmente, la escala de mármol del Club de la Unión mirando su reloj pulsera: ¿una cita? ¿Volvería al cuadro? Su rostro europeo era normal: blanco, tostado por el sol y el viento costeros. Pasos de atleta. Parecía ser el dueño de un carácter resoluto.

---

[24] (Santiago, 1916-1981). Durante su vida ejerció diversos oficios, como boxeador, escritor de tangos y periodista. Fundó la Brigada de Homicidios de la Policía de Investigaciones y tuvo una destacada carrera como detective en Chile y otros países. Creador de uno de los personajes emblemáticos de la narrativa policial chilena: el inspector Cortés. Algunas de sus obras son: *La bailarina de los pies desnudos* (1950), *El pasajero de la muerte* (1969), *La otra cara del crimen* (1970), *¡Qué sombra más larga tiene este gato!* (1971), *Taxi para un insomnio* (1972), *Un soldado para Lucifer* (1973), *La pluma del ángel* (1974), *De las memorias del Inspector Cortés* (1976) y *Más allá del crimen* (1978). Sus principales cuentos están recogidos en la antología *Crímenes inolvidables*.

El joven vendedor de diarios de la esquina de la calle Nueva York con Alameda lo saludó dándole un título extraño en Chile:

—Buenos días, señor conde.

—Buenos días, Raúl.

—¿Va a llevar los diarios?

El conde se detuvo un segundo:

—No. Ahora, no. Gracias. A mi regreso, Raúl.

El alto y enérgico cincuentón siguió su marcha y entró en el Edificio Undurraga —Estado y Alameda—, en cuya esquina estaba la "Farmacia del Indio". Subió, a grandes zancadas, las escaleras. En los altos funcionaba el Club Italiano. Abrió la puerta con algún estrépito. El dueño, don Gastón Mihailovich, lo saludó desde una mesa:

—Buenos días, carísimo conde de Barbarano. Puntual como siempre.

El aludido se detuvo en el centro del comedor, miró hacia el rincón donde estaba la percha-paragüero. Se sacó el sombrero y apuntó, dos veces... como calculando la distancia. Don Gastón y un mozo se mantenían quietos, silenciosos. Corrigió la posición de su cuerpo moviendo los pies como si fuera un bailarín. Hizo una leve flexión doblando las rodillas y lanzó su duro sombrero gris, redondo, de pelos abatanados. En el aire, girando hacia la derecha, ascendió como una moderna nave espacial con forro de seda púrpura. Descendió sobre la percha sin enganchar en ninguno de los tres colgadores de madera.

El conde Barbarano y don Gastón se rieron. El mozo lo recogió del piso con rostro alegre, lo limpió con un paño y lo colgó.

—No mejora su puntería, conde: lleva meses ensayando el mismo tiro. Usted es mi mejor cliente de los días sábados.

—Así es, Gastón, pero un día daré en el blanco. Tal vez la próxima semana. No siempre me va a ganar un yugoslavo.

—¿No? Le apostaría cualquier cosa a que jamás podrá hacerlo. Por lo pronto, y como siempre, hoy usted ha perdido dos almuerzos. Me da un poco de vergüenza cobrarle: me parece que lo estoy estafando.

–No, Gastón. Cuando yo sea el vencedor, usted pagará cara su derrota. Sabe que soy frío, insensible y duro en toda clase de juegos.

–Sí, a los naipes; pero, con el sombrero es otra cosa. Perdóneme la risa, conde. Le tengo codornices doradas, ravioles con mantequilla negra, milanesas de ternera, pepinillos y algunas botellas de Chianti.

Durante el almuerzo conversaron de Italia –Bari, puerto que apasionaba al conde, ubicado en el talón de la "bota náutica"–, tema de todos los sábados que, al parecer, elegía el conde de Barbarano: largas cunas vivenciales mecidas a la distancia por dos memorias que habían perdido el pasajero sentido de la cronología. A ambos les bastaba una inflexión de la voz, un silencio prolongado y los espíritus crecían rememorando infancias en el Adriático azul, embellecidas por la intrascendencia: cuando la primera garza vista, cubierta con recuerdos, se transformaba en permanente bibelot celular.

–Compré un yate, Gastón. Está anclado en Valparaíso.

–¡No! ¿Grande?

–Sí, y hermosísimo. Pienso alcanzar, alguna vez, hasta las lejanas playas maternas. Sé que usted vive mis ansias.

–¿Qué nombre tiene?

–Esperaba la pregunta: "Serva La Bari". Con sus velámenes desplegados es un limpio cisne de mar. A veces, cerca del timón, suelo rezar: Golfo de Tarento, Brindisi, Mola, Bari...

La voz del conde cambió de tono después de una breve pausa:

–Hasta podría caer en Dubrovnik, ese puerto que los italianos seguimos llamando Ragusa (anexado por Italia de 1941 a 1943).

–Me alegro por usted, conde. El póker ha sido generoso. ¿Solamente póker, cierto?

–Sí. No es lo mismo que con el juego del sombrero: luchar contra hombres, Gastón, que tienen más defectos que virtudes, es fácil. Luchar contra uno mismo es lo difícil. Usted, que dirige este club, debe saberlo muy bien.

–Aquí, el juego es menor, casi una disculpa para comer, beber y hablar la lengua de Alighieri. Usted nos conoce: no es como en el Club de la Unión usted donde concurren jugadores profesionales, como usted, que debe ser el mejor y el más audaz.

–No tanto, amigo mío.

–¿No? Empezó jugando, cuando era joven, en esa línea de vapores norteamericana que hacía "viajes de placer" entre Nueva York y Manila. Allí conoció a su multimillonaria esposa. No lo habrá olvidado, ¿cierto? Si así fuera, le recordaría a usted la historia del brillante por el que la policía estadounidense...

–No. Empecé a jugar, Gastón, para que mi biografía le sea más completa, en Génova, y solo era un muchachito. ¿Qué lo irritó?

–Usted sabe muy bien que a ningún yugoslavo le agrada oír nombrar a Dubrovnik con otro nombre.

–¡Ah! ¡Era eso!

–Todos los sábados, de un modo u otro, usted me recuerda a ese loco de Mussolini, el del penacho blanco sobre la gorra; el que fuera detenido cuando huía a Suiza y fusilado por los partisanos. El mismo cuyo cadáver fue expuesto en una plaza de Milán. Ustedes ya tenían y tienen una Ragusa en Sicilia.

Los efectos de la tercera botella de Chianti alborotaban pasiones, recuerdos amargos.

–Perdóneme, amigo mío; y eso que no he hablado de Trieste.

–¡No! ¡Yo tampoco he hablado de sus trampas con el naipe!

–¡No las hago! Usted lo sabe, Gastón.

–¿Como puede un hombre ganarse un yate al póker? ¿Azar?

–Baje la voz: usted es el dueño de casa. Azar es una palabra mágica en su esencia; para los humanos es el símbolo de lo mucho que ignoramos. Bacon decía: "El azar es algo que no existe", y Nietzsche lo calificaba como "Veredicto de la naturaleza"...

–Déjese de citas raras. En 52 cartas las probabilidades son las mismas para todo jugador. Es un cálculo matemático incontrovertible. ¿Por qué solo gana usted?

–Nadie juega póker basándose en cálculos teóricos: la humana realidad es lo único que cuenta. Seis jugadores sentados alrededor de una mesa son seis hombres diferentes en todo, unidos por el solo interés de ganar y, por cierto, unos son más inteligentes que otros. Llegar a ser rico es, generalmente, un largo proceso de acomodo de las mejores facultades de un individuo para conseguir ese fin. El rico imperfecto siempre está deseando tener más y por eso juega. Son muchos y no conocen los límites. Con astucia, tiempo y capital, los jugadores profesionales siempre los hemos ganado. Mi estrategia es saber contra quiénes juego. Yo vivo del y para el juego: duermo de día; no bebo si no me es absolutamente necesario; no fumo, y cuando me siento a una mesa sé lo que voy a hacer. Así gané el yate: estoy entrenado para ganar. Ganar a un rico, y usted lo es, parece arte.

–Siempre lo he ganado a usted, conde.

–Lo sé; pero si a mí me clasifica de jugador profesional, ¿qué es usted?

–Sí, es cierto. Lo gano porque usted es vanidoso.

–No. Jamás sabrá en qué consiste la diferencia que hay entre nosotros.

–Se lo he dicho: su afán de ostentar, de mostrar sus habilidades.

–Me va a obligar a darle una lección antes de tiempo.

–¡Hágalo, conde! Tengo más dinero que usted. ¡Pruébelo!

–Podría echar a perder un negocio fabuloso. He bebido demasiado y mi pulso ya no es el mismo: podría fallar.

–¿Se refiere al lanzamiento del sombrero?

–Sí. Creo que ahora lo podría colgar al primer intento.

–Bien, italiano; que su fanfarronería le cueste... mil dólares.

–Se arrepentirá, Gastón. Aquí está el dinero.

Bien. Llenaré un cheque por el equivalente en pesos. Supongo que no tiene reparos.

—No. Ni reparos ni conciencia.

El conde, excitado y vacilando, se acercó a la percha y tomó el flamante tongo gris. Lo acarició y volvió sobre sus pasos zigzagueando. Se detuvo en el medio del salón:

—Sé que le dolerán los mil dólares: Ragusa no es tan importante...

—¡Cállese y tire de una buena vez! Usted los perderá porque está ebrio y porque es un estúpido fanfarrón.

De Barbarano se acercó a la mesa y puso en ella cuatro mil dólares. Dijo, con voz titubeante: fue notorio el paso de la saliva por su garganta:

—No me insulte más. Ponga el dinero que yo he puesto.

—¡Van! Haré un cheque por el resto. Listo. ¡Lance!

Alzó la mano derecha y ensayó dos veces seguidas. No lanzó. Dijo:

—No se mueva, Gastón. Esto no es broma. Dígale a su mozo que se siente.

Volvió al centro a ensayar puntería. Volvió a ensayar. El sombrero voló ocho metros en el aire como si fuera una argolla de humo con mucho de ira y esperanzas. Gastón Mihailovich se apoyó en la mesa. El sombrero cayó sobre uno de los ganchos y giró hacia los lados: parecía que iba a soltarse y se detuvo.

El conde se limpió la transpiración con un blanco pañuelo de encajes. Recogió billetes y cheques. Bebió otro vaso de vino:

—A su salud, amigo mío. Beba, sirve para calmar los nervios. Supongo que aprendió la carísima lección. No olvide, Gastón, que algunos hombres dominamos eso que usted llama azar.

—Suerte. Suerte de ebrio. Una casualidad infernal. Lance otra vez por otros cinco mil...

—No. Basta con una. Tiene razón: he tenido y tengo suerte. No me expondré dos veces seguidas: puede cambiar.

—Por favor, conde, deme desquite: es mucho dinero el que he perdido.

–Sí; pero si vuelvo a acertar su pérdida sería cuantiosa y ya no habría desquite.

–Conforme. No creo que repita: usted es un ebrio envanecido.

–Bien. Después de todo soy su amigo. Una vez más y quedaremos a mano. Cuando mi sombrero bailaba en el gancho quería morirme. Allá voy.

–Espere. Llenaré un nuevo cheque. Listo.

Trastabillando, se dirigió a la percha y con violencia y rapidez descolgó el sombrero. Parecía que iba a vomitar. Se acomodó en el centro y lanzó de abajo hacia arriba: el sombrero cayó en el mismo gancho anterior y apenas se movió, dando la sensación de ser una ventosa. Recogió el cheque:

–Le dejo el sombrero como recuerdo. Adiós, Gastón.

Salió alisándose los cabellos sueltos.

En la esquina de Nueva York con Alameda, se detuvo a comprar los diarios.

–Gracias, Raúl.

–A usted, señor conde, por la generosa propina.

–Estoy celebrando un gran golpe de "suerte".

Entró ágilmente en el Club de la Unión, saltando, de dos en dos, los blancos escalones de mármol.

Dos días después, los hijos de Gastón Mihailovich fueron a la policía civil y le narraron los hechos al prefecto César Gacitúa.

–Nada puede hacerse, señores. No hay delito. ¿Dónde está el padre de ustedes?

–Se quedó en el auto. Tiene vergüenza.

–Llámelo: él debe conversar conmigo, a solas.

Mihailovich entró a la oficina del prefecto mirando al suelo.

–Esto será confidencial, señor. No se aflija: no es usted la única víctima: en Antofagasta y Punta Arenas cazó a dos yugoslavos con la misma técnica. Ese falso conde es un genio del delito de estafa que alguna vez cometerá un error.

–¿Cómo lo hace?

–En su casa tiene un perchero igual al suyo. Ensaya todos los días. Aún le quedan nueve sombreros de copa de la docena que encargó a Londres.

Los zapatos huachos

César Gacitúa, jefe de la Policía Civil de Valparaíso, tomó el teléfono y solicitó el 87639, Santiago, Brigada de Homicidios. Lo comunicaron con prontitud:

–Mono –apodo del inspector Carlos Cortés–, aquí estoy con mi segundo de a bordo, el prefecto Raúl Montecinos...

–Buen par. A veces pienso en lo que harías sin él, César. Es tu dique, tu control conductual.

–Claro; ¡cómo no vas a elogiar a tu amigo! Queríamos someterte a una pequeña prueba profesional. "Ahí va", como se lee en el caballo de copa: un hombre de tongo, polainas y bastón...

–Suficiente: el conde Barbarano. ¿Qué gracia hizo ahora?

–Remató ayer, en la aduana, sujétate, 300 zapatos italianos del pie derecho. Le salieron regalados porque no hubo otro postor.

–¿Estás embromando, César?

–Los números van del 40 al 42. Los vi: charoles negros, café, blancos. Preciosos. Fueron embarcados en Génova, en el "Antonio Ussodimare" por Giovanni Passi. Venían consignados a un tal Manolo Pérez que, por supuesto, no se presentó a retirarlos. ¿Qué crees, "Monito"?

–Que el delito de estafa, en Chile y en América Latina, es casi siempre el producto de cerebros europeos capaces de ver resquicios muy jugosos, económicamente hablando, en las costumbres, leyes y reglamentos de nuestros pueblos. Ha sido desafiada tu inteligencia y la de Montecinos. Ese condenado tiene que juntarse con los otros 300 zapatos izquierdos. Ustedes tendrán que cerrarle toda posibilidad. Difícil, ¿no?

—No has entendido nada: este llamado incluye una invitación: ven al puerto. Ya hablé con el señor Director. Te estamos esperando.

—Tengo crímenes pendientes, César. Lo robado y lo estafado solo cambia de dueño; los muertos, no.

—Ven. No es que necesitemos tus luces de velitas de cumpleaños; pero del viejo cuartel de Bellavista podrías volver a ver la bahía que tanto te gusta y el blanco yate del conde de Barbarano meciéndose en sus aguas.

—¡No! Un asesino en libertad es más peligroso que un prefecto porteño encaprichado en detener a un conde más falso que Judas.

—Cortés, es una orden del Director la que te he transmitido. A las 18 horas estarás bajando por Agua Santa. Conversaremos cerveza alemana y helada en el Casino de Viña del Mar.

—Sí, señor.

—Ah, ven "pensado": usa el camino…, para enganchar ideas.

Cortés amaba Valparaíso: había pesquisado algunos de sus crímenes y algunas de sus bellezas. Cerró los ojos y vio el viejo y amarillo edificio de la Aduana. Plaza Wheelwright, el inglés del primer ferrocarril de América Latina, el primer telégrafo, el del agua potable, gas y el del primer faro. La estatua blanca se alzaba sobre un pedestal de agradecimientos y desde éste la figura de Wheelwright (carretero o aperador) con sus pesadas y señeras botas altas de pionero mayor de Chile. Pensó en los Almacenes de Rezagos, con sus mercaderías decomisadas, retenidas o quitadas a los contrabandistas: relojes, radios, whisky, joyas alfombras, obras de arte, automóviles, herramientas, muñecas, paraguas italianos. Sabía que en los remates los comerciantes pagaban cualquier suma de dinero más que nada por obtener las boletas de Aduana, verdaderos certificados de corso para poder vender sin problemas otras mercaderías, ya adquiridas, que también habían entrado ilegalmente al país. Se dijo: "Cuando los pueblos son pobres se dan maña para sobrevivir; pero, las crean los incansables ricos en formación". El conde de Barbarano era otra cosa: un genio creador de figuras delictuales que escapaban de legisladores y legislaciones. Recordaba los casos de "El sombrero de copa", "Golf con el embajador de Brasil", "El diamante de Manila" y "Las fichas del Casino": las que faltaron en Chile aparecieron en el Casino de Montevideo, solo porque, habiendo sido confeccionadas en una misma fábrica nacional, los tipos y colores eran los mismos, los valores eran diferentes. Se sospechó del conde porque su pasaporte fue visado en las fechas de la estafa y porque su vestimenta delictual –tongo, bastón y polainas– fue descrita por los porteros del casino uruguayo.

Firmó algunos partes, se comió un sandwich de chorizo y bebió una taza de té. Llamó al inspector Corrales, su segundo en la Brigada de Homicidios:

–Voy a Valparaíso, Orlando, hazte cargo.

–¿Crimen?

–No. Una conversación con Gacitúa y Montecinos sobre unos zapatos huachos.

–¿Estás loco?

–Sí; pero veré el mar y probablemente suba a un yate por primera vez en mi vida. Será interesante comprobar, personalmente, la diferencia que existe entre los botes del Parque Cousiño de mi niñez y el "Serva La Bari".

–Suerte, "Mono". Ese *yachtman* italiano sigue invicto; su prontuario es una rosa blanca.

–Por ahora. Un día estallará. Son otras las leyes que rigen nuestros destinos. Transgredir es uno de los verbos más serios que conozco: insensiblemente se va pasando de la viveza a la vileza y de ésta a la crueldad hay solo un paso más: la esencia humana, alado mirlo celeste, crece y se convierte en azor envilecido, demasiado cerca de la tierra.

–¿Lo conoces?

–No. Lo vi una vez. Tenía el exterior de un hombre. Advertido por el prefecto Raúl Montecinos –codazo–, me acerqué y lo miré a los ojos. El también me miró. Me pareció inquieto, agitado, turbulento, desafiante.

Subió a su Chevrolet y enfiló hacia el oeste. Cortés era de los que creen que el plan de Valparaíso es una delgada serpiente multicolor, de tierra fértil, dormitando al sol y eternamente acunada por el mar. Le gustaba pararse en ese lomo orillero de rocas grises y negras…, a contar gaviotas, arenas, estrellas, o ir a caminar hacia el barrio San Francisco a oír las campanadas de la Iglesia Matriz, las mismas que anunciaron el nacimiento de la hoy gran ciudad.

Dueño de una mente curiosa, empezó a oler viento marino apenas dobló en Padre Hurtado rumbo a las cuestas. Divagó: "300 cojos del pie izquierdo, con dinero como para comprar zapatos acharolados, eran una irrealidad". Sonrió rechazando a probables cojos del pie derecho: "demasiados cojos. ¡Qué mitín de muletas!"

Gastó mucho tiempo en el cementerio de Curacaví, leyendo epitafios campesinos. Era su hobby secreto cuando viajaba al puerto. Uno lo atraía: "Abre la puerta, Anita; la tierra es la mejor cama". Miró el sepulcro y sus flores frescas. La fecha: "18 de marzo de 1918". La espera había sido larga, tan larga como la verdad y el amor de ese desconocido.

A las 18 horas el vehículo gris bajaba por Agua Santa. Atravesó el estero y se detuvo en la rotonda del Casino. Descendió fumando ideas envueltas en humo azul. Los dos prefectos porteños le palmotearon la espalda. Gacitúa lo saludó con un:

—Ven; la cerveza nos espera.

Gacitúa, el mayor de los tres, tenía un mechón que le caía sobre la frente ancha. Moreno. Duro por fuera, blando y jugoso por dentro. Un niño canoso que había jugado casi tres décadas a policía. Nacido en Los Angeles, llegó a ser minero en Chuquicamata. Pasó, sin escala, de la lluvia al desierto, del verde húmedo a la pampa acre. Se transformó en cacto espinoso para defender su fe, sus sueños. Gustaba de las charlas y de las trasnochadas.

Raúl Montecinos, de madre inglesa, alto, rubio, ojos claros; lector hasta de la guía telefónica; pulcro, casi ateo; poseía una mente analítica y un increíble conocimiento de las debilidades humanas. Nacido en Santiago, vivía apegado a su familia y esquivando la bulla pública. Siempre prefirió permanecer entre cortinas.

Cortés, el menor, venía del Laboratorio de Policía Técnica. Santiaguino; se asomaba con alguna timidez al mundo de los hombres, prefiriendo la compañía de las huellas silenciosas, rastros e indicios. De los efectos estaba recién pasando a las causas del crimen.

En verdad, formaban un trío casi inseparable que alcanzaba a las familias.

—Bien, "Mono", suelta la mejor de tus "pepas".

—Déjalo beber, César: debe estar sediento.

—La aduanas de los puertos en que recaló el "Ussodimare" deben ser los caminos de pesquisa —contestó el inspector.

—Sí —aprobó César—; pero no podríamos probarle delito alguno, si es que tu cálculo deductivo es certero.

—No —agregó Montecinos—. Pero podríamos dejarlo, si tenemos tiempo, "acachado" con los zapatos derechos. El barco recala en Arica, Antofagasta y Coquimbo. Podríamos avisar a la policía de esas tres ciudades. ¿Qué te parece, César?

—Sí. Está bien. Que retengan, hasta nuevo aviso, esos 300 pares de zapatos izquierdos. ¿Qué más, "Monito"?

—Tengo hambre. Me gastaré los viáticos que no recibí en pavo asado con apio.

—Yo pagaré. Raúl, llama desde aquí por teléfono.

El prefecto Montecinos se comunicó con la prefectura.

—Radiogramas a Arica, Antofagasta y Coquimbo: retiren 300 zapatos izquierdos rezagados en aduana. Esperen órdenes.

Regresó a la mesa y mientras Cortés comía y bebía, Gacitúa escribía en una servilleta: "¿Dónde estará el conde?" Pasó el papel diciendo:

—En el norte, si es que no recogió primero los zapatos derechos.

246

—Podemos comprobarlo llamando a su casa de Reñaca. Llámalo, Raúl. Hazte pasar por cualquiera de sus amigos de aquí o de allá.

—Conforme. Telefónicamente seré un ministro de la corte.

Fue atendido por una empleada. Según la versión de Montecinos, la respuesta fue: "Salió, señor, en su automóvil, ayer en la mañana". Montecinos agregó:

—Creo que está en Coquimbo, menos distancia. Remató aquí y partió.

—Buena, Raúl. En el auto de Cortés le echaremos una miradita a la casa: desde afuera se ve el garaje. Tienen tres autos; el más grande, el azul, es el del conde. Cualquier cosa que se relacione con Barbarano hay que probarla.

Tomaron el maravilloso camino a Concón.

—Para en ese bungalow. No, no está el vehículo. Regresemos.

—¡Ah, no! —gritó Cortés—. Vamos a caminar por la playa. Vivo en una ciudad que hace lagrimear los ojos y me paso encerrado en una oficina donde todo gira alrededor de cadáveres. Necesito luz y aire limpio.

Bajaron riéndose de las quejas del "Mono".

—¿Te gustaría tener —dijo César, dirigiéndose a Cortés— una esposa de la alta sociedad, bella, buenísima, joven, multimillonaria; dos hijos universitarios; un Mercedes Benz, último modelo; casa en Reñaca, yate en la Bahía y ser socio de los clubes más aristocráticos de Viña, Valparaíso y Santiago?

—¿Te gustaría tener, César, tres oficiales de la Policía Civil detrás de ti, una esposa en ascua permanente, dos hijos en contra e interesados "amigos" viciosos?

—¿Les gustaría a ustedes dos, idiotas congénitos, tomar té en ese lindo negocio?

—Le salió el inglés. Vamos. No había visto el caso como tú lo pones, Cortés —bramó César—. Sin duda es una situación confusa y grave.

—Es inexplicable —siguió Montecinos—. Ese hombre tiene todo lo que la gran mayoría ambiciona y algo más. ¿Qué busca?

El aire venía tibio. El cielo, arrebolado, estaba vistiéndose de obispo. Valparaíso, hacia el sur, encendía las primeras estrellas de sus 41 cerros.

La pregunta de Montecinos bailó en las cucharillas, en las tazas, en el aire y en las células.

—Más dinero —contestó César—. No pasa de ser un aventurero con suerte y alguna inteligencia. No sabe dónde pararse ni cuándo. Creo que se está burlando de la policía. Tú, que hiciste la pregunta, debes conocer la respuesta.

—¡No! Yo soy un funcionario casi administrativo. Ustedes representan al policía de pesquisa y deben tener más de una contestación.

La voz de César salió dura.

—No te corras, "Rucio". ¡Habla!

—Hay quienes viven desafiándolo todo; el conde es uno de ellos; solo que lo hace a su manera, con cautela, arte, dinero e influencias. Es un ajedrecista del delito, con un tablero nacional deficiente en la defensa. Nosotros, sus adversarios, eternos jugadores de piezas negras y rojas, nos enteramos, tardíamente, que un nuevo partido ha empezado. Lo hizo siempre: en su juventud desafió a la policía estadounidense, la que tampoco pudo detenerlo. Ha tenido éxito, ¿conoces el por qué, "Mono", de su conducta?

—No, Raúl. De hombres sé muy poco: siempre me sorprenden las conductas de mis amigos y compañeros; un poco menos la de los criminales. Hay un blanco y negro y gris en toda vida humana. Son nuestras zonas de siempre. A veces los cambios de tono son lentos; otras, rápidos. Yo mismo estoy en ese juego desde que nací. A los que ejercen las funciones de juez, sin conocer mucho la condición humana, suelo parecerles contradictorio. ¿Lo soy?

–Sí –arguyó César–; pero usas una lógica extraña. Después de todo, el conde es un buen ejercicio para las mentes nuestras acostumbradas a los cuadros de miseria de todos los días.

–Raúl tiene razón: Barbarano vive desafiando permanentemente porque él es el desafiado.

–No entendí nada; aclara, "Mono" –repuso César.

–Él debe estar buscando su verdad, porque ignora, como todos los humanos, lo que en verdad es. Conoce la debilidad de sus mecanismos y se ha dado cuenta de que todos los tenemos y los aprovecha. Para mí, está en un callejón sin salida, tapiando el cráter de su volcán en ebullición. Nadie puede hacerlo: su falla es ética.

–¿Qué es eso?

–Ay, César, conocer, por la propia conciencia, cuando se obra bien o mal.

–¡Los delincuentes no lo saben! –gritó el prefecto Gacitúa–. No son filósofos.

–No, no lo son; pero, aquel que conscientemente y con gran habilidad burla el espíritu de las leyes viejas, careciendo de toda motivación instintiva, debe conocer muy bien el campo opuesto. Entre el bien y el mal todos andamos. El que se inclina solamente al bien tiene una motivación superior, y el que se inclina solamente al mal, culto y rico, también la tiene. ¿Cómo podríamos, sin la existencia de esos extremos, seguir buscando el ideal social?

Montecinos se levantó a mirar el mar y, a pesar de su miopía, creyó ver, a través de sus gruesos anteojos, el vuelo natural y descansado de una gaviota tardía. Volvió a la mesa diciendo:

–Gracias, "Mono". Ese volcán tapiado reventará muy pronto: ha acumulado dinamita entre propios y extraños.

–Entonces –agregó Gacitúa– regresemos al cuartel. Tengo un pisco de Elqui escondido en la caja de fondos.

En el cuartel de Bellavista los esperaba la respuesta al radiograma de Montecinos:

"Los 300 zapatos italianos izquierdos fueron rematados, en la mañana de hoy, por un señor que usaba tongo y bastón. Ramírez. Comisario. Coquimbo".

Taxi... con cadáver

La indignidad también
es una actitud.

Gris es un tono en tránsito entre el negro y el blanco: un color en fuga, triste, que, a veces, tiñe los amaneceres de Valparaíso y la ciudad-puerto queda unida al mar-cielo. Se confunden luces con estrellas tardías y gaviotas con fantasmas inconcretos, viejos como el espíritu del hombre o renovados. La madrugada del 14 de marzo de 1950 traía, además, una llovizna leve.

De lejos parecía una enorme caja olvidada en calle Colón, cerca de Freire, frente al silencioso Hospital Van Buren. Más allá, en el final del cerro, velas encendidas por la fe de los porteños, señalando que la muerte no siempre es olvido. Los curiosos tempraneros se acercaron con recelo: no, no era una caja, era un taxi de color oscuro, con patente santiaguina, abandonado. Un gato negro lamía un viscoso líquido rojo que caía, gota a gota, del portaequipaje. Alguien lo palpó y olió. El pozo ya era grande, demasiado líquido para provenir de ave o pescado. Sangre espesa con tendencia a coagularse. El "hematólogo" callejero espantó al gato y avisó a la policía civil.

Un "comisario" postizo –fabricado por políticos– que jamás había enfrentado un crimen, concurrió al sitio señalado. Debió ser, en el mejor de los casos, espectador; pero era "autoridad". Ordenó a sus hombres abrir el portaequipaje. Lo forzaron y todos pudieron ver el cadáver de un hombre con el occipital perforado por un tiro y heridas contundentes, múltiples, en la cabeza. Estaba doblado como un feto gigantesco, rojo y frío. El comisario gritó su primer miedo profesional. Se sobrepuso y subió al vehículo temblando en baja. Miró y olvidó la intención de su primer impulso. Lo puso en marcha y se dirigió nerviosa y enloquecidamente al Cuartel de Bellavista. El prefecto Octavio Duffau, al recibir la comunicación oral, lo dejó sin servicio, trasladándolo a la capital a las órdenes del Director General.

–Usted no tiene culpa, señor; pero, yo no puedo correr riesgos inútiles. Seguramente usted borró, en ese automóvil, huellas importantes. El taxi debió ser fotografiado in situ.

Raúl Montecinos, segundo jefe de Investigaciones del puerto, llamó, telefónicamente, al inspector Cortés de la Brigada de Homicidios de Santiago, unidad especializada que ya tenía tres años de edad roja.

–"Mono", ven. Asesinaron a un hombre en un taxi santiaguino; probablemente es el chofer. El cadáver fue colocado en el portamaletas. Disparo en la nuca. Tiene algún dinero. La piel de su muñeca izquierda todavía conserva las marcas de la correa de un reloj. Le avisé a César Gacitúa. Supongo que vendrá contigo.

–En hora y media estaré allá. Iré con un experto en huellas...

–No es necesario. Carlos Escobar, el jefe de Identificación Criminal, se encuentra acá de vacaciones: está en mi casa.

–Bien. Pensaba ir con él.

El cadáver fue identificado: Antonio Cáceres Tobar, chofer, 56 años, domiciliado en 5 de Abril 3530: una cité santiaguina.

Escobar, uno de los creadores de la Clave Monodactilar (identificación por un solo dedo o fragmento de huella), con un ojo de visión perdida de tanto mirar fichas dactiloscópicas, observó el taxi milímetro a milímetro, con luz rasante y a contra luz, marcando con tiza los lugares examinados. No encontró huellas extrañas en el interior. Por fuera tenía una fina capa de polvo:

–Tal vez, "Mono", el criminal se apoyó en el exterior, en uno de esos actos inconscientes que tanto ayudan a los policías. Veremos.

En la tapa del estanque de la gasolina, Escobar halló la huella de un dedo y un trozo de palmar.

–Aquí hay algo. Por el grosor y su aislamiento… es pulgar. Voy a fotografiarlo. Puede ser de un bombero o del criminal: no es de Cáceres.

Montecinos y Gacitúa sacaban, con cortaplumas, una extraña tierra amarilla de los neumáticos. César comentó:

–Es tierra de los alrededores de Reñaca. Esta misma tierra, o muy parecida, está en las engrasadas manos del chofer asesinado. Hay, además, una piedra ensangrentada que debió ser recogida en ese lugar: tiene la marca de esa misma tierra y fue hallada en el asiento posterior del vehículo. También encontramos una colilla de Chesterfield.

Montecinos y Cortés miraron a Gacitúa: la voz "Reñaca" los unía y les alteraba: un hombre de tongo, polainas y bastón se dibujó en el aire de pesquisa.

–Dejémonos de tonterías –comentó Montecinos–. El conde de Barbarano está muy lejos de este crimen. ¿No es así, Cortés?

–Puede que esté lejos; pero nada hay más cerca que una obsesión colectiva: para nosotros tres, Reñaca ya es el conde.

–Bien. Olvídenlo –señaló Gacitúa–, pero la tierra es de ese lado.

–Es difícil olvidar –sentenció Montecinos–. Llamaré a Casablanca: los carabineros casi siempre son acuciosos.

El sargento jefe contestó:

–Voy a ver el libro de control.

La voz del sargento siguió:

–Sí, señor. Ayer pasó el taxi E.N. 2, de Santiago, según el cabo Soto, que revisó el vehículo. Los pasajeros eran dos jóvenes. El paso está registrado a las 21 horas.

Gacitúa parecía no "registrar" lo dicho por Montecinos al repetir su conversación con el sargento: estaba preocupado en exponer otro hecho:

–Para que el auto se detuviera –decía– en el camino de tierra de Reñaca, debió estar en panne: manos engrasadas de Cáceres y el volante limpio. Allí lo mataron: camino solo, piedra para aturdirlo y disparo. ¿Alguna observación, Cortés? Ah, espera: ese camino tiene un grueso prontuario de violaciones, asaltos. De noche es incitante. El vehículo, según el mecánico policial, tiene un defecto en el carburador. La luz interna es mala y la bocina no toca bien...

–Si ese es el lugar, no fue elegido por los criminales: un carburador falla en cualquier parte. De todos modos, la cercanía con el mar te pone lúcido: lo del volante limpio es valedero.

–No es el mar, es la bestialidad de este crimen: dos muchachos vienen de Santiago a asesinar a Viña y asesinan al chofer que los trajo. No tiene sentido: el robo de un reloj no justifica nada.

–Voy a rastrearlos –aseguró Montecinos– desde Barón a Las Torpederas, desde Quintero a Villa Alemana. Volveré a llamar a Casablanca. Ese cabo Soto...

–No, señor –dijo el cabo–, no recuerdo rostros. Creo que con ellos iba una mujer; aunque es probable que esté confundiendo rostro y automóviles: pasan tantos... Recuerdo que uno de los jóvenes o la mujer, cantaba en otro idioma. Rubia, me pareció bellísima.

–Gracias, cabo.

Se volvió hacia sus compañeros repitiendo lo dicho por Soto. Agregó:

–No son pelusas, el idioma los descarta.

–¿Por qué el plural? –preguntó Cortés.

–El cabo los vio o creyó verlos. Es difícil que un hombre solo...

–Regreso a Santiago, Montecinos, a buscar la respuesta.

–¿Dónde, "Mono"?

—En la familia y amigos del chofer. No es mucho lo que de él sabemos.

Cortés habló, en la casa de calle 5 de Abril, con una hija de Cáceres:

—Mi madre había salido. Mi padre habló conmigo: siempre que le salía una carrera larga venía a despedirse. Dijo que le pagarían 1.500 pesos por el viaje al Casino. Salí a desearle suerte.

—¿Viste a los pasajeros?

—Sí. Eran dos jóvenes. Uno, el que se parecía al esposo de la actriz Ana González, vestía un traje "sal y pimienta". Sacó la cabeza por la ventanilla y la luz del farol le dio de lleno.

—¿Conoces al marido de Anita?

—No. Vi su fotografía en una revista.

—¿La tienes?

—Sí. Voy a mostrársela.

La trajo señalando a un hombre:

—Este.

—¿La viste antes o después del crimen?

—Antes. Cuando vino con mi padre creí reconocerlo: es buenmozo.

Cortés citó al publicista de la foto: eran amigos.

—No pierdas tiempo, "Mono", bien sabes que no soy un criminal.

—Lo sé, Pepe; pero tu traje "sal y pimienta" fue enviado a la tintorería y tú no puedes o no quieres decirme dónde estuviste la noche del 13 de marzo y la madrugada del 14.

—Lo del traje es coincidencia. No te diré dónde estuve ese día. Si el caso se complica hablaré. Estoy defendiendo mi felicidad conyugal. En todo caso, tienes mi palabra: no me moví de Santiago.

—Te creo. Si es necesario, te volveré a citar.

El prefecto jefe de Santiago, el abogado Oscar Peluchonneau, llamó a su oficina el 24 de marzo, 10 días después del crimen, al inspector:

—Este señor —dijo el prefecto— es don George Di Giorgio, conde de Barbarano, y este joven es su hijo Pedro. El conde asegura que su hijo le robó una carísima máquina fotográfica. El muchacho niega.

Cortés estaba hechizado: su cerebro-archivo recorría, velozmente, los pretéritos y perfectos caminos delictuales del conde. Buscó, con la mirada, el tongo gris: no lo vio. Dijo en duro tono:

—Estoy sobrando, prefecto: nada entiendo de robos... ni de estafas.

—Es que el muchacho dice... Escúchalo, Cortés. ¡Pedro, habla!

—Mi padre me acusa de un robo que no he cometido —la voz era tranquila, lenta; los ojos alegres, pícaros—. Y yo he confesado... el asesinato del chofer Cáceres. No me han creído y lo han llamado a usted Supongo que el crimen es su especialidad.

El conde de Barbarano se había incrustado en uno de los negros sillones de cuero de la oficina. Cortés se le acercó:

—¿Usted teme o duda, conde?

—¡No es lo que interesa! —gritó el prefecto.

—Lo sé. Quería oír al señor conde, aunque su respuesta fisiológica y psicológica es clara: blanco, temblores, sudores, abatido. Ven, Pedro. Conversaremos de tu crimen en mi oficina.

Atravesaron el largo pasillo de baldosas oscuras y frías. En la oficina de la B.H. Cortés dijo:

—Siéntate, muchacho. ¿Un café?

Pedro rechazó asiento y bebida:

—Parece, por lo que oí y vi, que usted tampoco quiere a mi padre. ¿Estoy en lo justo?

–Te lo diré después de oírte. ¿Mataste a Cáceres?

–Supongo que lo sabe. ¿Es pregunta ritual?

–En cierto modo. ¿Cómo?

–Podría decirle lo que han publicado los diarios, ¿cierto?

–Tú tienes un objetivo, Pedro; yo otro. ¿Dónde?

–En un solitario camino de tierra roja, cerca de Quintero.

–¿Por qué lo pusiste en el portaequipaje?

–Para que el balsero del río Aconcagua no se diera cuenta.

–¿De qué?

–Pasamos tres y regresamos dos y un cadáver.

–Fue una estupidez, hijo de genio: el chofer pudo quedarse en Quintero o en Ventana; los balseros no son policías especializados. Tu macabra medida de precaución debe tener otro origen porque pudiste dejar el cadáver en el camino.

–Sí: el hombre parece contradictorio... después de asesinar, quería dejar el taxi... con cadáver frente a la Prefectura de Carabineros. No me atreví...

–Está bien. Espera. Puede que tengamos suerte.

El inspector llamó a su secretaria:

–Llama a Escobar, Carmencita. Dile que venga con lupa y con el negativo de la huella del caso del chofer de Viña.

El experto tomó el pulgar izquierdo de Pedro Di Giorgio. Lo miró 20 segundos y movió afirmativamente la cabeza.

–Gracias, Escobar. Empieza a preparar un cuadro gráfico demostrativo para el juez.

–Lo haré en una hora más o menos: las ampliaciones demoran.

Cortés cerró la puerta con pestillo:

–Ahora sí. Cuéntame la historia. Me interesa el móvil...

–Mi madre, una mujer encantadora, joven, sana, rica, murió, me parece, a consecuencia de abortos sucesivos. Es una forma de matar que escapa a los articulados de los códigos... ¿Sigo?

El inspector encendió, con dificultades, un cigarrillo bailarín. Se sonó y tosió. Tragó saliva para decir:

—¿Quieres uno? Son ordinarios: sé que fumas Chesterfield.

—¿Qué más sabe de mí, inspector? Nada. No sabe nada. El experto en crímenes camina sobre mi superficie. Fui regido, inexorablemente, por una inteligencia superior: mi padre. En mis escasos ratos de libertad viví enjugando las tibias lágrimas de mi madre, deseando crecer para defenderla. Desde que murió vivo cometiendo delitos menores que mi padre encubre. Tuve que llegar al asesinato para poder inutilizar su inteligencia, su poder. Usted lo vio: está en el suelo. Hoy ha sido mi gran día...

—Con unas cuantas pizcas de locura, Pedro. ¿Qué tenía que ver ese pobre y viejo chofer con tu drama familiar?

—Nada, es cierto. Para mí fue solo un medio. En Puerto Varas, hace meses, se salvó otro chofer porque se defendió con un fierro: nos agredió...

—¿Con quien ibas?

—Con Gabriel Hidalgo. Es mi ayudante. Él incendió el hotel donde nos hospedábamos... para no pagar la subida cuenta.

—¿Te acompañó en el crimen de Quintero?

—Sí. Hace lo que le ordeno. Yo soy para él "Giugliano".

—Bien, "Giugliano"; ¿dónde está tu ayudante?

—Aquí. En algún hotel barato y muerto de susto. Regresó conmigo.

Cortés se dispuso a salir.

—¿No va a oír el resto de mi historia? Yo asalté a...

—¡No! Voy a dar cuenta. Hay que detener a Hidalgo. Ahora debes comportarte bien: ya estás vengado; y detenido por homicidio calificado: a tu acto no le faltó ninguno de los agravantes del código.

Se aproximó a la puerta y gritó:

—¡Sayen!

El robusto y fiel detective apareció.

—Espósalo y vigílalo. Si va al baño irá contigo. Está incomunicado.

En la oficina del prefecto Peluchonneau la escena era casi la misma que Cortés había dejado: Di Giorgio permanecía sentado, silencioso, disminuyendo.

Saltándose jerarquía y reglamentos, el inspector lo orilló:

–Era cierto, conde: su hijo es el asesino del chofer.

–¡No! ¡Pedro miente! Lo engañó, inspector.

–Conservamos la huella de un pulgar izquierdo encontrada horas después del crimen. Huella de tierra fotografiada en el taxi de Cáceres. Calza exactamente con el pulgar de su hijo.

El conde, monosilabeando entre mocos y llanto, murmuró:

-Lo... logró... Nos... ha... deshecho. Es... el... fin...

Peluchonneau reconvino a Cortés:

–No era a él a quien debías informar y lo hiciste con dureza innecesaria. No eres más que un policía y juzgas.

–Esto estaba juzgado antes que los Di Giorgio llegaran aquí...

–Tienes un modo infame de decir y presentar los hechos... ¿Qué harás ahora?

–Tratar de detener a Hidalgo, el compañero de Di Giorgio.

–¡Hidalgo! –gritó el conde–. Ese homosexual es incapaz de matar a una...

–Eso es lo que cree usted desde su mundo de estafas y fraudes. Hidalgo ya intentó matar; es, además, incendiario. Conde, grábeselo: de todos los delitos de los jóvenes somos responsables, de uno u otro modo, solamente los adultos y algunos adultos son culpables de la locura roja de sus hijos.

–¡Cállese, inspector! –vociferó el prefecto.

Salió. En el pasillo enteró a Miguel Basaure de los hechos:

–Bien, "Mono". Yo seguiré con el caso. Anda al sur a averiguar lo de Puerto Varas.

–Avisa, Miguel, a Montecinos: se sacará una pesadilla. Dile que el hombre del sombrero de copa se acogió a retiro y que la tierra era de Quintero.

Cortés se equivocó: George Di Giorgio jugó todas sus cartas y logró que el Presidente Ibáñez indultara a su hijo y que decretara su expulsión por ser estadounidense. Pedro marchó a USA. Allí, después de un asalto a mano armada –tenía que persistir en el delito–, fue detenido, procesado y condenado. Los reos del presidio, donde cumplía pena de 40 años, lo golpearon y lo lanzaron desde un tercer piso. Murió con el cráneo abierto. Era, o parecía ser, según foto póstuma, un cadáver sonriente…

Índice

ESTE **LIBRO HA SIDO POSIBLE**
POR EL TRABAJO DE
Comité Editorial Silvia Aguilera, Mauricio Ahumada, Mario Garcés, Luis Alberto Mansilla, Tomás Moulian, Naín Nómez, Jorge Guzmán, Julio Pinto, Paulo Slachevsky, Hernán Soto, José Leandro Urbina, Verónica Zondek, Ximena Valdés, Paulina Gutiérrez **Secretaria editorial** Sylvia Morales **Proyectos** Ignacio Aguilera **Diseño y Diagramación Editorial** Paula Orrego, Alejandro Millapan **Corrección de Pruebas** Raúl Cáceres **Asistente de edición** Andrés Aylwin **Exportación** Ximena Galleguillos **Dirección de distribución** Nikos Matsiordas **Página web** Leonardo Flores **Comunidad de Lectores** Olga Herrera, Francisco Miranda **Distribución** Ruth Lazo **Ventas** Elba Blamey, Luis Fre, Marcelo Melo **Almacenamiento** Francisco Cerda, Julio César Zapata **Librerías** Nora Carreño, Ernesto Córdova **Secretaría Gráfica LOM** Tatiana Ugarte **Comercial Gráfica LOM** Juan Aguilera, Danilo Ramírez, Óscar Gainza, Marcos Sepúlveda **Servicio al Cliente** Elizardo Aguilera, José Lizana, Guillermo Bustamante **Diseño y Diagramación Computacional** Claudio Mateos, Nacor Quiñones, Luis Ugalde, Luis Gálvez, David Bustos **Coordinador de diagramación** Ingrid Rivas **Producción imprenta** Pedro Pablo Díaz, Gabriel Muñoz **Secretaria Imprenta** Jazmín Alfaro **Impresión Digital** Carlos Aguilera, Efraín Maturana, William Tobar, Marcelo Briones **Preprensa Digital** Daniel Véjar, Felipe González **Impresión Offset** Eduardo Cartagena, Freddy Pérez, Rodrigo Véliz, Francisco Villaseca, Ronny Salas **Corte** Eugenio Espíndola, Sandro Robles, Alejandro Silva **Encuadernación** Alexis Ibaceta, Rodrigo Carrasco, Sergio Fuentes, Pedro González, Carlos Muñoz, Luis Muñoz, Carlos Gutiérrez, Jonathan Rifo, Edith Zapata, Juan Ovalle, Braulio Corales **Despachos** Miguel Altamirano, Pedro Morales, Felipe Gamboa, Pablo Acevedo **Mantención** Jaime Arel, Elizabeth Rojas **Administración** Mirtha Ávila, Alejandra Bustos, Andrea Veas, César Delgado.

L O M   E D I C I O N E S